U0721989

等闲海风

王槐珂 著

上海文艺出版社
Shanghai Literature & Art Publishing House

图书在版编目（CIP）数据

等闲海风 / 王槐珂著. -- 上海 : 上海文艺出版社，2024. --（南海潮 / 彭桐主编）. -- ISBN 978-7-5321-9072-0

Ⅰ. I267

中国国家版本馆CIP数据核字第2024V0E719号

发 行 人：毕　胜
策 划 人：杨　婷
责任编辑：李　平　程方洁　汤思怡　韩静雯
封面设计：悟阅文化
图文制作：悟阅文化

书　　名：等闲海风
作　　者：王槐珂
出　　版：上海世纪出版集团　上海文艺出版社
地　　址：上海市闵行区号景路159弄A座2楼
发　　行：上海文艺出版社发行中心发行
上海市闵行区号景路159弄A座2楼206室　201101　www.ewen.co
印　　刷：成都市兴雅致印务有限责任公司
开　　本：880×1230　1/32
印　　张：80
字　　数：1850千
印　　次：2024年7月第1版　2024年7月第1次印刷
I S B N：978-7-5321-9072-0/I.7139
定　　价：398.00元（全10册）

序　言

文/马向阳

文化公众号“HN野菠萝”的主持者，是一位才情丰沛、娟秀清丽的女士。近几年来，在她的精心打理下，公众号发表了350多篇文章。文章均为原创，大凡记录生活场景、采撷民风民俗、研讨学术问题、分享阅读感悟等，多有涉猎，题材广泛、内容丰赡，文风清新活泼，情感真挚美善，一经推送，广为转载，就连传统的报纸副刊也争相转发，在文化界产生了一定的影响。

于是，诸君子中有好事者，于有意无意间便向余打探起这位女士的情状，并以能够结识这位女士为荣。思忖斟酌之下，觉得能够告诉诸君者，约有三点。其一，她是一位师德高尚、师能精湛的中学语文教师。长期从事班主任工作，使她养成了亲切、随和、睿智、聪慧的秉性；长期从事语文教学工作，使她具有了敏锐、真诚、善良、悲悯的情怀；长期坚持阅读与写作，更使她对文化传承、社会生活、价值判断、审美趋向等多了一些清醒的认知和执着的坚守。于是，她躬耕园圃，滋兰树蕙，春风桃李，俊彦辈出。在培育时代英才的同时，也丰盈着自己的精神世界，催生着个体生命的不断成长，海南省卓越教师工作室导师、海南省学科带头人、中学语文正高级教师职称，便是社会组织机构向她表达的诚挚敬意，向她献上的一束美艳的礼花。

其二，她是一位热爱阅读、笔耕不辍的文化学者。作为一位读书人，她志趣广泛、涉猎广博，举凡文学、历史、哲学、宗教、艺术、民俗以及科普与社会伦理之学，均在其阅读范围之内。因此，她中外兼修、文史融通，学问渊博、辩才无碍，赢得了师长、文友、学生与社会人士的敬佩与爱戴。同时，她还是一位体验式阅读的践行者，不仅广泛地阅读纸质书，还用自己坚实的脚步去感应和体悟自然的乃至社会的这部大书。她的屐痕已遍布长城内外，大江南北，瀚海流沙，黄土高原。荒寂苍冷的古战场，曾留下她笃笃的足音；雨打芭蕉的小庭院，曾记录她喃喃的细语；草原之夜曾有过她与先贤的对谈，海岛早春曾有过她沉静的凝眸。灵感奔涌，生发联想，率意成文，铸成佳作，于是便有了这部散文结集。从中可以看出她对社会问题的考量，对文化传统的叩问，对乡风民俗的缱绻，对山水风物的流连，对亲情友情的讴歌，对人生人性的沉思。这一切又无不渗透着“HN野菠萝”的精神实质：原创、真诚、简劲、活泼。

其三，她是一位清雅脱俗、内慧外秀的佳丽。每见她讲完一节示范课或做完一次学术分享活动之后，娴静地立于讲台一侧，柔和的灯光映在她俏丽的脸颊上，越发显得安详而从容，那是一种知性的美艳；每见她于友人雅集之时，默默地坐在茶室的一隅，聆听着诸位学者的宏论，会心处笑靥如花，不怿时眉头微蹙，瀑布一样的长发诗意一般地飘于身后，那情景简直就是一幅耐人寻味的水彩；每见她陪伴友人郊外游赏时，呼朋唤友之际，雀跃地忙前忙后，热情洋溢、青春四射，彤红的脸颊宛如初升的朝阳，即便心肠如铁石者也不禁为之倾倒。这是一位集才情、聪慧、娇妍于一身的女士；这样的女士所书写出来的文字，也是融学识、情趣、文采于一体的佳构。

女士的芳名叫王槐珂；其倾情奉献的佳构为《等闲海风》。

癸卯年立秋翌日草于明斋

目录

第一辑　故园风物

第二辑　至爱亲情

第三辑　心香一瓣

第四辑　行走风景

第五辑　读书偶得

第一辑　故园风物

乡村喜宴

月是故乡明！“乡愁是一棵没有年轮的树，永不老去。”离开家乡已有二十多年，对之总有一种特殊的情怀，无论行走何方，总会频频回望。

在家乡最热闹的不是春节，不是元宵，不是中秋，而是家里大办喜宴。挨家挨户用槟榔宴请宾客，张罗锅碗瓢盆、桌椅凳子，准备食谱、食材。每每此时，最操劳的是大人，最开心的是小孩，因为可以大吃大喝几天几夜。

在我的记忆里，家里张罗过多次喜宴。我家总是双喜临门，三哥四哥同一年考上大学，我和三姐又是同年金榜题名，两次皆举办喜宴。之后哥哥姐姐结婚，也少不了回乡下宴请宾客。而上一次操办喜宴是我出嫁时，是带着丈夫一起回去祭拜祖宗的仪式，那已是十多年前的事了。

直到这一次，侄女上大学，全家人浩浩荡荡回乡下办喜宴，是在暑假八月末。

已经十多年没在夏天回家乡了。从城里到乡下，这一次见证了海南西南部家乡的骄阳似火，酷暑难熬。不挂蚊帐，没有风扇，没有空调，也不知当年是怎么度过一个个来来往往的夏天的。

犹记得儿时，露台边上，煤油灯下，我们在做功课，奋笔疾书。漠漠夜色，飞蛾扑火，还有蚊虫萦绕。夏风吹来，火苗随灯芯摇曳。偶尔走神，逮住一只血汁饱满的蚊子扔进圆形玻璃灯罩内（我们称为“灯筒”）的火苗上。随着噼里啪啦的声响，散发出烧烤的香味，不由拍手称快。幼时童趣如今想来仿佛仲夏夜之梦。

时隔多年，低矮的瓦房已换新颜，是轩敞的两层楼，多得数不清的房间，却还是坚硬的木板床，粗糙的草席。直射的阳光黎明就劈头盖脸而来，海南之南的热带高温让人汗流浃背。庭院里曾经花果飘香的石榴树年岁太长已经枯死，改种的是枝繁叶茂的印度紫檀树。为了防台风，母亲先前嘱咐亲戚修剪了枝叶，只剩下光秃秃的树干。白天地上像下了火，夜晚清风徐来，热气消除，倒也凉快起来。

夜幕降临，清亮的夜空漫天星斗，还是记忆中的“迢迢牵牛星，皎皎河汉女”。北斗星毅然定立在亘古不变的方向，清晰夺目。灿烂的银河气势如虹、横贯长空。晚风悠悠，丝丝缕缕，踏着月光托着长翼迤逦而来，轻轻拂过，像极了当年月下母亲一遍又一遍哄我入睡轻轻抚摸我脊背的手。

村里的习俗，喜宴的前一天晚上，大块帆布棚架搭起，高瓦度的日光灯高高挂起在大门口，白炽的光芒增添了喜庆的气氛。晚饭后，左邻右舍、亲朋好友都前来拜访。他们团团围坐嚼着槟榔，抽着水烟，喝着茶水。三五成群，家长里短的。识字有点文化的男人谈论国家大事、社会热点；目不识丁的农妇在交流耕作心得，谈论庄稼播种、农事收成；还有的聊聊天气，或谁家儿子结婚啦，女儿出嫁啦，谁家孩子考上大学啦。仿佛是盛大的沙龙聚会，只是少了文化的氛围和小资的情调，却也是一种乡里乡情的田园牧歌。

母亲坐在农妇中间，身边还有风烛残年的闺蜜以及她的表妹，是和她一样十几岁就开始学抽烟的女汉子。如今已是头发斑白，脸上的沟沟壑壑如同利刃雕刻的印记，纵横交错。她们一边交谈一边嚼着槟榔，唾沫星子乱飞，不时往身边的痰盂里吐出鲜红的槟榔水。正聊得起劲，年老多病的母亲此刻正眉飞色舞，是多时不见的神采奕奕。

故乡是一片热土，洋溢着浓浓的人情味。这是母亲最想回到的地方，热热闹闹，有许多人围着跟她说乐东话，抽着水烟筒，嚼着槟榔，声气相通，其乐融融，不再孤单……

喜宴定在中午十二点开局。天未亮，睡梦中的我就被楼下的喧闹声惊醒。下楼，看到主厨和副厨都已到齐了，全是亲戚。他们磨刀霍霍，杀猪宰羊。一只小黑猪，是来自红五（黎区）的山猪，滴溜溜的眼神，短肥的小尾巴向上翘着，肉墩墩的身子圆圆滚滚，小宠物般超可爱的模样，真不忍心让它死在乱刀下。当白刀子进去时，听到它稚嫩而惨痛的叫声，我站得远远的，捂住耳朵，把脸撇到另一边去，心揪成一团。

暴烈的阳光下，远房亲戚陈叔坐在案板前，高举大刀一直在砍堆积如山的肉，汗如雨下。堂哥、表哥和侄子们在一旁搭灶起火，黝黑的脸庞被晒得通红。大铁锅放上灶台，锅铲很沉。他们分工合作，每人负责炒一道菜。一侄儿在熬羊肉汤，掌控火候，调配油盐、姜蒜、香料，在烈日下、炉灶旁，动作利索，面部油光可鉴，却是一脸认真的模样。相邻妯娌蹲在屋檐下摘菜，是荷兰豆和卷心白，她们围成一团，叽叽喳喳，乐不可支。

父亲记起对联还没有写，急忙招呼孙辈摆好桌子，抬出他的老行当，是笔墨纸砚。那个砚台，从我有记忆起就已存在，有一个小缺口，父亲却对之敝帚自珍。一直以来写对联是父亲的事，而如今父亲年事已高，手会抖动，再也写不了了。还好，有接班人，是大堂哥。记得很多年前，还是学生的堂兄还写春联到街上卖。红纸摊开，超过桌子的长度，堂哥站立在圆桌前，拿起汁液饱满的毛笔，微弓着身子，在墨砚里调兑了几下，按照父亲折叠的格子大小，开始横竖撇捺，一笔一画精心勾勒，行云流水，洋洋洒洒，浑然天成。这古老的汉字，以它最初的模样，在一个晨曦微露的早上，在一个古老的村落，在金色光芒中翩翩起舞。源远流传，赏心悦目。那一刻，是一种神圣的感觉，而那一个凝神执笔的堂兄，书生意气，挥斥方遒，足以让我仰视！

客人陆陆续续到达，大部分貌似也是前晚来过的，多是亲戚和相邻，他们聚集而坐，又一次嚼槟榔、喝茶水，海阔天空。正午十二点，各类菜肴新鲜出炉，番薯粉、白切鸡鸭鹅、粉丝羊肉汤、烤乳猪、爆炒回锅肉……配上酒水，满满的一桌，热气腾腾。庭院里，高高撑开的帆布遮挡着阳光，也遮挡了风，高朋满座，大杯喝酒，大口吃肉，大声说话，大汗淋漓，喜庆热闹。

哥哥操办这次喜宴，一律不收红包，其目的不仅是庆贺侄女上大学，还是让多年不见的亲人聚集到一起，给亲人创造一次会面的机会，也算是一次大团圆。这一次，我见到了多时不来往的亲戚，见到了哥哥姐姐们常挂在嘴边的恩人。他们说，那是艰难岁月里一起同甘共苦的人，最让他们怀想！

阿杰哥是姑妈的儿子，已经是爷爷辈的人了，头发斑白，却依旧是挺拔的身姿，他曾从盐灶村赶着大群鸭子到我们村边水塘扎营。同是喜爱养鸭养鹅放学了常下水塘割草的三哥说，当年粮食短缺，溜到阿杰哥的鸭棚里吃鸭子饭（那是用粗米煮给鸭子的食物）是很幸福的事情。三哥还说，我们家孩子多，很穷，虾酱或扁豆酱是主菜，经常吃地瓜充饥，当年特别喜欢去走亲戚是为了改善伙食，能够吃上一顿干饭或者一块肉，心里甭提有多高兴。

哥哥姐姐们最想念的人是月姐，她是他们艰苦年月最纯美的记忆。月姐的爷爷和我爷爷早年结拜为兄弟，认作是“同年”，这样一来两家便是世交和亲戚。20 世纪 70 年代末 80 年代初，月姐来冲坡中学读书寄宿在我家。那是艰难困苦的年代，我家人口多，土地少，粮食奇缺。食不果腹的岁月，月姐家总给我家运来大米救急。哥哥说，月姐在我家吃饭她家是亏本的。母亲过意不去，家里没什么好吃的，就常在蒸虾酱的碗里加个蛋，偷偷藏在前庭的横梁上，留给月姐放学回来吃，算是特殊的照顾和待遇。三姐发现了这个秘密，馋嘴的她趁母亲不注意总偷偷用调羹挖一个小洞来吃。

月姐长着瓜子脸，一双丹凤眼，天生丽质，温柔贤淑，勤劳能干。每天放学回家干很多活，煮饭、劈柴，挑水装满两个大水缸，摘花生、打谷子，样样农活都干。当看到三哥打骂偷懒不干活的四哥时，月姐总是好言相劝，并说："不要对弟弟这么凶，你什么都好，就是凶了点。"

月姐学习很刻苦，但却差了点好运气。每次高考月姐总是差几分而无缘及第。她已经拼尽全力了，总共参加三次高考，但均以失败告终。试图通过知识改变命运的她最后也只能留在农村，一生一世，面朝黄土背朝天。

记忆里的月姐是勤劳善良美丽的化身，是哥哥姐姐们一直牵挂的亲人。失散多年，三哥说，这一次一定要找到月姐，她是和我们同甘苦共过的姐姐。经过几番周折，最终打通了月姐的电话。

月姐远道而来，风尘仆仆，到达时已是下午时分。夏日午后的阳光还是一样的火热，迎面而来的月姐，单薄的身子，简朴的着装，干净整洁，依稀是当年清丽的姿容。瘦削的瓜子脸，黝黑的肌肤布满皱纹，坚毅的眼神略带憔悴，透出沧桑，看得让人心里生疼。

月姐说，离开我家后嫁给了一个退伍兵，后来定居报国农场。这些年来很艰辛，体弱多病，姐夫下岗，境况不如意，过得不好就不想来见我们……隔着三十年的光阴，再美的月色也未免有些凄凉了。

我们逐一自我介绍，月姐逐个辨认当年的弟弟妹妹。"今天我们最想见的人就是你，”三哥说，“一走就是三十年，月姐你的心真狠啊！”那时候，月姐家需要一只公鹅交配，受父母之嘱托，十岁多的四哥独自一人抱着我家的一只鹅走路到几公里之外的利国镇上给月姐的家人。四哥眼眶里噙着泪花，一边回忆一边说：“月姐，人生流泪的场合只有几次，而今天见到你我忍不住流下了眼泪。”

父亲说月姐来我家读书时我只有三岁。我对月姐没有多少印象，但此情此景，却让在一旁的我也不由泪光闪闪……

苦涩的记忆却值得让人咀嚼一辈子！喜宴，是一次亲人的大团圆，是一次全家人集体的忆苦思甜，是缅怀，也是感恩！历经贫困与磨难而后的锦衣玉食，更显来之不易。如今相聚，让人怀想的不仅是月姐，更是那年那月那些苦难的日子，是在苦难的日子里同甘共苦、相互扶持、催人奋进一生一世的深情厚谊。

乡俗·年味

公公婆婆的一位20世纪50年代在浙江大学的同学，每到年前总从桂林洋农场拎一只自家养的走地鸡不辞劳苦来到海口送给他们。也不知道过了多少年，年年如此。年轻一点的时候是坐公交车过来，现在老了走不动了就打的过来。今年临近小年，公公婆婆的这位已是八十九岁高龄的同学一如既往，一个人打的拎一只六斤重的大阉鸡送过来。还老了有点糊涂，记错白龙南为龙昆南，走错了位置又掉头回来。这位公公婆婆的同学是当年响应返华建设祖国号召的归国华侨。大学毕业，他们支援祖国边区建设，从云南西双版纳辗转海南，一路南下，最后随大江大河汇聚在同一个地方。从风华正茂的青年到垂垂暮老的耄耋之年，这份纯朴的长达几十年甚至一辈子的同学情谊，如一位八十九岁的老人拎着一只六斤重的大阉鸡沉甸甸，也非常有过年的仪式感，着实让人感动。

而年前，左手一只鸡右手一只鸭，走东家串西家，互赠年货，礼尚往来，已是中国人根深蒂固的过年习俗，也是传统文化的一部分。

（一）

越是生活在纯朴的地方，这种你来我往的人情味就越浓。尤其是在农村，每到年前，邻里亲戚都会串门互表心意。而互赠的礼物往往是从土里新鲜生长出来的豆角、玉米、番茄、萝卜，或是刚刚采摘的哈密瓜、火龙果，抑或是养肥了的走地鸡。邻里互通，从东家到西家，忙忙碌碌，手里提着装有鸡鸭的竹笼子，“咯咯咯”“嘎嘎嘎”，一唱一和，一路高歌，热热闹闹、红红火火，年味也就扑面而来。

这样的记忆我幼时就有，时隔多年，时代发展到今天，乡村这种纯朴的风情也一直保留，未曾改变。不仅是在年关，寻常日子里也是时有发生的，这也印证了中国的一句老话，“远亲不如近邻”。邻里之间大事小事互帮互助彼此关照已是乡下人的习俗。侄媳时有在群里发居家做的特色美食，还有各种家乡味，还说在农村不缺吃的，家里养的鸡，还有左邻右舍送来的各种果蔬都吃不完。

（二）

乐东是农业重地，阳光充足，土地肥沃，水源丰富，蔬菜长势喜人，瓜果大又甜，是俗话里说的“插根筷子都可以长”的地方。农民勤劳致富，小洋楼一栋栋拔地而起，雕龙画凤、鳞次栉比。前庭后院，槟榔成林，芒果成片，绿树成荫，繁茂苍翠，仿若小花园。左邻右舍常有相聚，支一张桌子在树底下喝茶，聊天，吃槟榔，都是极为惬意的。

春节返乡，行走之间，发现一个现象，就是乡下人普遍比城里人更显得健康和年轻。纵然是七十几岁的老人，也是健步如飞，骑着电动车风风火火，看起来肌肤也显得紧致光亮。沐浴阳光，热爱劳动，估计也是强身健体的法宝之一。

扎根乡土，光宗耀祖，也是乐东人根深蒂固的传统观念。因此乐东外出读书人多有返乡造房子，每逢节假日多回老家祭祖拜公，团聚休闲。时代发展，乡村振兴，水泥路铺到家门前，交通便利，现在居住在农村也是舒适怡人的。田园牧歌，空气新鲜，土地平旷，房舍轩敞，物资丰盈，农家菜应有尽有，环保绿色又健康。故园变新居已是外出读书人养老的后花园。

（三）

乡间民风淳朴，人情味浓，这一点我回老家过年时也是深有体会的。居家小院，亲戚家今天送来一只鸡，明天送来一麻袋玉米，一会儿又嘟嘟嘟电动车到，送来一箱哈密瓜或是本地的青芒果，都是很受欢迎的。而庭院里全家人围着圆桌吃甜甜的瓜，或是酸酸的青芒果蘸辣椒盐吃得停不下来的情景也是很有味道的。

而家乡味是我们一直怀想的味道。春节回家，我们兄弟姐妹总迫不及待到老屋的菜园子里采摘蔬菜。园子里种的蔬菜绿油油、水嫩嫩，新鲜采摘炒出来多汁清甜，那种甜脆的口感是城里买的蔬菜没法比拟的。

在农村可买到家养的猪肉，炒在锅里香飘四溢，还没起锅，趁热夹一块吃，套用老家的一句话是“香通耳根后”。我们返城经常都会带几斤猪肉、几只鸡、几斤海鲜、几条粽子，还有塞满后备厢的蔬菜。家乡味，混杂着海岛南部蔚蓝大海和热烈阳光的气息，是城里无法找寻的治愈系滋味。

年少时我们拼命读书只为逃离农村改变命运，而如今无论行走多远，总会频频回望故乡，那是我们味觉与精神永远依恋的方向。

最喜欢的是老家柴火烧的菜。用石头搭起炉灶，大口铁锅撑起，大把铁铲炒起，灶里柴火熊熊燃烧，锅里热闹翻腾，发出“滋滋”的声响，香气阵阵扑鼻，味蕾瞬间被挑逗，不禁垂涎三尺。

尤其是每逢乡宴，左邻右舍、亲戚朋友不请自来帮忙干活。妇人团团围蹲在大箩筐旁择菜，四季豆、空心菜、小白菜、豆芽菜一筐又一筐，眨眼工夫就已择好洗净。掌勺大厨往往是男人，打下手的也是男的。日光下，男人坐在案板前举着大刀剁肉，剁满一盆又一盆。我家有个远房叔叔，从我有记忆起，每逢大型家宴，他总是坐在那里砍肉。几十年过去了，前不久正值老家操办宴席，他依旧坐在那里，亮烈的阳光下，树影斑驳处，挥舞着大刀，错落有致，极有节奏地剁肉。七十岁了，不减当年，举刀之间，手臂上暴露出结结实实的肌肉，黝黑的肌肤，显得更刚健硬朗，时光仿佛在他身上静止。而他手中的锅铲轻轻一挥便是一锅锅热气腾腾、色香味俱全的佳肴，仿佛是演奏家轻轻挑动指挥棒从指尖溢出一阕阕美妙的乐章……

（四）

乡下过年也是年味十足的。从大年三十贴对联开始，炮仗声就此起彼伏，不绝于耳，尤其是除夕之夜开年后鞭炮就一直噼里啪啦响到天亮。乡下串门拜年也只需带上一串炮仗和一对蜡烛。到了对方家里，先燃放炮仗，再拿槟榔恭喜，然后再坐下来慢慢闲聊，仪式感满满。

十二点的开年仪式也类似。先燃放一长串鞭炮，再一家老小聚在一起，穿着新衣手捧槟榔向长辈挨个敬拜，同时说着“恭喜发财”。长辈给晚辈挨个发红包，不漏掉任何一个。父母过年都要给子孙发红包，直到他们成家立业，无论他们有多大年纪都发，这是家乡的习俗，红包里有美好的期许，意味着新的一年大吉大利。

在老家，无鸡不成宴，除夕夜十二点之前要杀好第二天吃的鸡，开年之后就不准再动刀子，连同剪刀之类，更不能杀生。天亮前煮好白切鸡，备好一大锅萝卜干炖肉，还有洗净生吃的包饭菜、生葱、香菜及其他美食。大年初一不能睡懒觉，一家人天蒙蒙亮就得起床穿戴整齐祭祖拜公，吃丰盛的开年饭，这就意味着一年到头丰衣足食，吃好喝好。这一点与婆家浙江过年的习俗正好相反。婆婆说年夜饭要多煮、菜要多烧，意味着年年有余，大年初一就不再煮饭做菜，而是吃年夜余留下来的饭菜。不同的风俗蕴含着不同的地域文化，刚开始还有点不习惯，后来就入乡随俗了。

大年初二，嫁出去的女儿回娘家拜年，大炮仗和大蜡烛也是必备的。如果这家女孩多且都回来拜年，炮仗接连起来是要打半日了。王安石有诗云："爆竹声中一岁除，春风送暖入屠苏。千门万户曈曈日，总把新桃换旧符。"放鞭炮辞旧岁，送瘟神，是自古以来中国人的习俗，也中国传统文化的一部分。过年放炮仗还是孩童的乐趣。乡下孩童炸完大炮仗还不过瘾，意犹未尽，又围在一起从炮仗壳堆中找出残余的小炮继续炸，一会儿炸猪，一会儿炸牛，蹦蹦跳跳、嘻嘻哈哈，调皮捣蛋，乐此不疲。而点燃炮仗的过程可以锻炼一个男孩的胆量。

相比农村，城里的年冷冷清清，禁燃鞭炮之后，更是缺少年味。没有鞭炮的年不是年。中国人向来喜欢热闹，爆竹声声，辞旧迎新，喜气洋洋，正如乡下的年，有声有色、有滋有味，团团圆圆、热热闹闹、欢欢喜喜，年味飘香。我更喜欢乡下的年，家乡的年！

乐东婚俗

久居城里，民俗风情已淡出我们的视野。过年回乐东乡下参加亲戚婚礼，半夜里去迎亲，难得遇上一回，心里有种复古的小惊喜。乐东传承古崖州文脉，当地婚俗也有诸多讲究。

一、洗头

女子出嫁前一天称为“洗头日”，女方家大宴宾客也在洗头日。在这一天里，新娘要洗头、洒水、开额、修眉、绞面，收拾整洁，容光焕发。而这一系列的女工需由生辰八字相匹配的长辈来完成，由谁来洒水（即往额头上弹几点水花），谁来开额（绞额）都是有讲究的，就连坐向也是有讲究的。如属木命的人，五行缺水，就请水命的人洒水，请土命的人开额，寓意是土载木，水来浇，木必长得好。如同大自然二十四节气里万物和谐共生，方可欣欣向荣。

开额也算是女子的一种成年礼，日子设定在出嫁前一天。开额之后意味着已长大成人，往后从一而终。

二、搭棚

迎娶新娘前一日，男方家是搭棚日。这一天，男方家庭院搭起棚架，张灯结彩，布置新房，贴红双喜，仿佛盛大的节日，为迎娶新娘、大宴宾客做好充足的准备。

在这一天的中午，有一个仪式要举行，就是挑槟榔。从族里选出年长的妯娌八或十人（取双数为吉利）挑槟榔、大米、圆饼等礼品到女方家，用竹箩筐装置，上面盖上写着“永结同心”“百年好合”字样的竹匾。祭祖宗，鸣炮，主婚人致辞，说大吉大利的话，然后才挑担子出门去。女方家以同样的仪式迎接，并以好酒好菜盛情款待。

三、摘媳妇

摘媳妇，就是迎娶新娘。“摘”是从乐东方言中翻译过来的。这个民间用词很有深意，耐人寻味。“摘”，有采摘果实之意，蕴含着等待成熟的过程。从相识、恋爱至结婚，是不是也如一朵花开到结果的过程？抑或是一枚果子从青涩、饱满直到瓜熟蒂落的过程？

乡里“摘媳妇”是很激动人心的时刻。男方家一整夜人来人往，杀鸡宰羊，通宵达旦准备第二天的酒席。三更半夜新郎带着伴郎团走起，顶着星光摸黑去迎亲，一路敲锣打鼓，放鞭炮。伴郎成群结队，欢声笑语，热热闹闹，天亮之前要把新娘接回到家里。

出嫁当夜，新娘子整宿未睡，在姨母（伴娘团）的簇拥下整理好精致的妆容，穿上华丽喜庆的嫁衣，戴上闪闪发亮的首饰，打扮得漂漂亮亮等待夫君的到来。听到敲锣打鼓和爆竹声声由远及近传来，就知道夫家来“摘媳妇”了，那种激动的心情是难以言喻的。

迎亲中还有一个重要角色叫“摘亲”，往往由新郎的嫂子或族里的掌门女性来担当这个职务，是迎亲中的领队。她领着新郎走在第一位，手捧槟榔盒子，把新郎领到女方家长面前，敬上槟榔，尽婆家礼仪。中国传统是讲究礼尚往来的，有接就有送，与“摘亲”相对应的称为“送亲”，是送新娘子到婆家去的贴身陪同，一般是新娘的嫂子，属娘家代表。

伴郎最大的乐趣是逗“姨母”，看上哪个喜欢的，可以多看几眼，多逗几句，说不准只因为在人群中多看一眼，一场婚礼后就有一对或几对新恋人产生呢。

新郎携同新娘敬拜岳父岳母后就可以把媳妇“摘”走了。新娘子出门时有再多的不舍也千万不能回头。娶亲返程一路欢腾，爆竹声不绝于耳。

中国传统女子的温柔贤淑、矜持羞涩在婚礼上是要表现得淋漓尽致的。把媳妇“摘”回来，新娘子低眉顺眼，一天到晚只能在新房里待着，足不出户，不可与大家共餐，不能在众人面前大声说笑，就连吃饭也是避开人群悄悄进行的。逢入新房的客人，需微笑着敬上槟榔，柔声细语，侍奉茶水，温文尔雅，以礼待人。

四、安床

当大伙儿都去“摘媳妇”，凌晨卯时起轿后，男方家里要开始启动一个安床仪式。

婚床安放因人而异，时辰也各有不同，最重要的参照依据是新郎新娘的生辰八字。床位的朝向也是深有讲究的，事先给风水先生看好，一般按照《新婚吉课》（婚礼流程表）上安排的进行，如床位坐东朝西为大吉。

其实，婚床之前就已经安置好，只是仪式启动时再稍微移动一下床脚，然后放置绣着鸳鸯的枕头、被褥等床上用品，再在床上摆放用红纸条圈住的糯米团一对，还添置水果、糖果、饼干、茶水等之类的供品，在床头贴上“安床大吉”的红色字幅。点烛燃香拜床鸣炮后，让族里小男孩立刻爬上床去抢吃，并在床上滚几滚。

乡下人是重男轻女的，此时小女孩是靠边站不能上婚床的，这是一种封建传统观念，却带着祈福与美好的祝愿：早生贵子，旺丁添福。

五、捧茶

“摘媳妇”回来，灯火通明，夫妻双喜拜礼拜堂为大吉：在天地桌前拜天地，在庭前拜父母，再登高堂拜祖宗，夫妻对拜。天蒙蒙亮，八方宾客纷纷而至，开怀痛饮，场面热闹，喜气洋洋。直至接近中午，客人渐渐散场后还要举行一个重大仪式——捧茶。在主婚人指引下再次拜堂，家里老小济济一堂，新郎领着新娘挨个介绍认识长辈并敬上槟榔、奉上茶水。长辈回以红包为大吉，新娘此时也会回赠自己带给夫家人的礼物，如给婆婆赠送的往往是一双精致的尖头绣花鞋子。而晚辈是不够资格接受捧茶的，只能在一旁看热闹，但也有收到礼物。

六、闹洞房

“摘媳妇”回来的当天晚上也是极为热闹的，犹如举行盛大的派对，伴郎伴娘共聚一堂。年轻人闹洞房，各种花样百出，打情骂俏，欢声笑语不断。村里的老年人也聚集过来听“官子”（乐东方言）。这一天晚上男方家还会宴请“官工”“官母”来“唱官”（乐东方言），男女对歌，一唱一和，曲调或高亢激烈，或婉转悠扬，歌词内容关乎爱情。乐东九所黄流一带过去属三亚管辖，传承崖州文脉，“官工”“官母”唱的也是流传民间大家耳熟能详的崖州民歌。

七、和门

迎亲第二天，叫和门日（也称为回门日），就是新郎新娘在送亲带领下双双返回娘家的日子。回家路上遇见行人无论老小，新娘子都会敬上槟榔，礼貌待人，娘家聚集族亲届时准备好酒好菜款待女婿。

回门当日夫妻酒饭后一起返回婆家，开启新日子，婚礼到此算圆满结束。

中国是礼仪之邦，各地习俗特色鲜明，满满的仪式感，流传千古，阅不尽说不完，也是中华传统文化重要的组成部分。

故园之恋（一）

大洋彼岸的红雨姐写文章回忆少女时代在老家琼海仙窟村上树摘小种石榴的情景，说辗转多年于异国他乡偶然相遇，曾经的香气真有故人重逢的喜悦，还说“石榴”就“石榴”啊，还什么“番石榴”呢。确实，这种土生土长的绿绿梗青青皮熟了变黄变软散发浓香的热带水果，我们从小就叫“石榴”啊，哪有什么“番石榴”的说法呢……如同遇见共同相识的故友，隔世隔空字里相逢引起共鸣，连同儿时的记忆，散发出热带海岛绿植的馥郁香气。

循着番石榴香气扑鼻的方向，沿着记忆的河流，我也来到了故园。那里流溢着生命最初的味蕾之蜜，伴随着每个人走过千山万水，甚至漂洋过海多年后仍旧时常咀嚼、回味。

一、小花园

属于我的番石榴记忆，应该从我家的小院落说起吧。那是小时候的家，农家院子，一大家子人热热闹闹，却被母亲收拾得干干净净。有时邻居大婶过来和母亲唠嗑，会不由赞叹：“你家的地板真干净呀，就连米粿落下都可以捡起来吃。”

我家的院子除了干净整洁，还种有各种绿植。翠色入目，树影婆娑，繁花耀眼，更有番石榴飘香，一年四季都不会寂寞。

院子里都种些什么呢？依稀记得最东边小楼前是扶桑花。枝枝丫丫向阳而生，蹭到大半层楼高，横斜的叶子密匝匝半遮半掩着旁边的扶梯。乡下人管它叫大红花，没心没肺一年到头都开出碗口大的红红艳艳花朵，晨开暮合，日子一寸寸消逝，我也一天天长高。海岛西南部阳光强烈，雨水充沛，花花草草都疯长，轰轰烈烈，阳光下红花绿叶相互映衬，也是楼前一景。有时，枝叶长得太茂盛，母亲会适时修枝，清清爽爽，如此花冠的形状就越发好看了。

院子的东南面是我家的小厨房。其实就是一间简易的小瓦房，是用瓦片搭在木楞架子上盖成的小房间。墙壁不是砖砌也不是石砌，更不是水泥砌的，大抵就是用稻草混合泥土砌成的。这样的房子看起来有些简陋，母亲就在旁边栽种牵牛花。风里雨里阳光下，牵牛花随墙壁肆意蔓延，愿意长多高就长多高，爬上屋顶。日复一日，四季轮回，屋顶被牵牛花层层叠叠覆盖，开出紫色的花来，前墙后壁也挂满了喇叭形状的花，在灼灼夏日，在徐徐微风中轻吟浅唱，甚是好看。

小厨房斜倚着一株木棉而建。早春二月，细雨点洒，木棉花从光秃秃的枝丫间盛放，如轻云，如火炬。莺歌燕舞绕枝头，仿佛是报春的使者，与穿紫衣的小喇叭花相映成趣，斑斓如画，仿佛是一场梦境。

而院落的边边角角也不能空着，母亲就地围着一个个小栅栏，里面种着各种花。有的种在地里，有的盆栽，指甲花、太阳花、水仙花、菊花、向日葵、美人蕉……还有一些叫不出名字的时不时开出花来，姹紫嫣红，一年到头珠光宝气的样子。指甲花还可以用来染红指甲，美美的；太阳花也称为“止血草”，不小心扎破手指头可以用来捣烂敷在伤口上。

现在想来，我的母亲，一个农妇，插秧种田，养育八个孩子，在那个连吃饭都成问题的年代，每天都为生计操劳，早出晚归，忙忙碌碌，却仍不忘追求美，用鲜花和绿植美化环境，装点生活，陶冶性情，愉悦身心，这是多么难能可贵的精神！

二、古井与谷场

院子东南角还有一口水井。水井旁边是挺拔的椰子树，偶有椰子坠落，从来不会砸到人，也是惊喜，捡回来劈开喝水吃肉都是清甜的。正午时，日头透射在井底，明晃晃亮晶晶照出人的影子。井水清澈透亮，从不干涸，却是咸咸的、涩涩的，口感不好。乡下人说是水质太硬，不能饮用，只能用作洗漱。哥哥们就是在大冬天寒风凛冽中，也是站在井头边光着膀子大声唱歌呼呼啦啦热气腾腾地洗冷水澡。夏季台风天，井水漫上来，不需要手持系着绳索的水桶伸长脖子探身下去，只需蹲下身子拿着水瓢便可打水。

那会儿，饮用水还需到村口海棠树下的古井去挑。古井是圆形的，井栏光滑之间泛着青苔，建造年月已无从考究，却被全村公认是水质最好的井。井水清凉，入口甘甜，润泽四方，就连住在附近人家的姑娘也长得好看，水灵灵的，肌肤光洁，白净透亮，如同古井旁盛开的海棠花，姿容清丽、洁白芳香。

这株海棠树似乎是为守护古井而生的，郁郁葱葱，椭圆形大片大片的厚叶子泛出青青的绿，为古井默默垂下绿荫，送来阵阵清凉。夏天海棠开出大朵大朵洁白的花，花瓣如振翅的白蝴蝶，微风过处，飘来沁人心脾的芬芳。树与井也是互为滋养的，花树之下，古井有多处泉眼，一年四季井底咕咚咕咚地冒着水泡，源源不断，清澈透亮，生生不息。

井头人来人往，络绎不绝，有挑水的、洗衣的、饮牛的，还有孩童在阳光下沐浴、嬉戏，好不热闹。

小时候我最喜欢的事情就是和邻居小姐妹们一起到井头去戏

水了。先用布团紧紧塞住出水口，再用尽吃奶的力气小姐妹们齐心协力打满满的一池水，然后就是可以各种花样“游泳”与玩耍了。如躺平在水里比憋气，有时又打起水仗来，水花乱溅，银铃般的笑声回荡，孩童的快乐就这样无忧无虑，夏天就这样悄悄过去了。

我是家里的老小，得到的宠爱最多，只管玩就好了，挑水这种重活自然也不会轮到我。大姐早早就出嫁了，家里挑水的活儿落到二姐和三姐的肩上。她们每天放学回家第一件事就是挑着两个铁桶去挑水，一担担一趟趟不知走了多少个来回，扁担挑弯了，肩膀压疼了，直到家里的大缸小缸全部盛满。长年累月，周而复始。

一根扁担挑起全部的生活。在海南乡下，挑担子是一种生存技能，且这种重任往往落到女人肩上。在海南的农村男人是不挑东西的，这也造就了海南女人吃苦耐劳、隐忍负重的性格。除了挑水，还挑谷子、挑大米、挑花生、挑番薯……一大箩筐一大箩筐地挑，这对海南女人都是家常便饭。有一次生产队比赛挑谷子，说是谁挑起多重的谷子，谷子就归谁。那一次，母亲竟然能挑起 200 斤重的谷子。这也是生活所迫，不会挑担子意味着没水喝，没饭吃。就连晒干的谷子也需装在箩筐里挑去碾米厂脱壳再挑回来，才有白花花的大米饭；就连去干农活，路途遥远，午间不回家，也要用担子挑着一大锅米饭、烧好的菜、煮沸的水等各种吃的用的到田间地头，一干就是一整天。

小时候的我也不是完全不做事情。不会挑水，不会插秧，不会种菜，不会干田间的农活，在家里晒晒谷子、晒晒花生之类的活儿便轮到我头上。乡下院子里的空地和楼顶自然成为晒谷场，不同季节轮番晒不同的农作物，甚至屋檐上母亲有时也会晒地瓜干、萝卜干。

记忆中家里晒谷子和花生最多。饥荒年代，地瓜的收成特别好，花生也年年大丰收，是它们救了我们全家的命。而农忙季节天天晒东西可真是累人的活儿，即使我不是全程负责，更多时候也只是帮忙。特别是大热天，阳光暴晒，地上像下了火，堆得像小山一座又一座的谷子堆和花生堆，一麻袋又一麻袋将它们打开，用耙子摊开、展平，又用耙子一点一点聚拢，一麻袋一麻袋装好，搬进屋里，那可真是巨大的工程。每次完成任务时已是筋疲力尽，汗如雨下。

农民靠天吃饭，晒农作物也是要看天的，每每心里总默念祈祷老天爷不要下雨。有时眼见阳光明媚、心情大好，可刚刚将谷子一摊开，突然老天就变了脸，乌云密布，狂风大作，骤雨倾盆，这可是最糟糕的事情了。措手不及，一阵忙乱之后还不一定能挽回农作物被淋湿的损失。乃至，离开故乡多年后，我还会梦见当年晒谷子晒花生被雨淋湿着急忙慌的情景。

三、番石榴飘香

院落前庭下栽种的是石榴树。一棵是石榴树，另一棵还是石榴树。一棵是小种的石榴树，长得高大，种的年份较长，结的果小颗，却香甜。另一棵是大种的石榴树，长得矮小，年份较短，零星几枝，偶尔只结一两颗大果，不甜且微酸。

我还是偏爱小种石榴，树长得跟屋檐一样高，枝枝丫丫极力伸展，浑身流淌着绿，清凉的风从叶尖吹来，有时云朵从缝隙间穿过。初夏花苞如初长的少女开始鼓胀，渐渐迸开，花瓣洁白，浅绿并鹅黄的花蕊细细碎碎，毛茸茸的，散发出淡淡的清香，吸引着蜂飞蝶舞一团团闹哄哄。一场又一场雨之后，石榴花开始结果。幼时的我总在树底下踮起脚尖伸长脖子眼巴巴看着石榴果子一点点长大，像一个个小灯笼悬挂树枝树梢，应该是暑假来临前就可以熟了，却可望而不可即。

乡下的孩子多会爬树，他们爬酸豆树、杨桃树、石榴树、椰子树，爬什么树就摘什么果吃。我是胆小鬼不会爬树，那就等外出上学的哥哥回来吧！哥哥爬在石榴树上，我站在树下，仰起头，用手指着石榴说："这枝，哎，这枝这枝，再过来一点，弯过去的，哎，对了对了！"就像汪曾祺散文《花园》里写他当年爬在树上掐花表姐们在下面叫嚷的情形一模一样。往往是哥哥在树上摘，我在树下接住，还有最熟的那一颗一定是匿藏在叶间被聪明的老鼠偷吃了一半，我们品尝到的大多是老鼠挑剩下来的了。小种的石榴尤其是熟在树上的，芬芳四溢飘满庭院，又软又甜，清香可口，轻轻一咬，甜丝丝、美滋滋，那是记忆中夏天的味道。

这也算是儿时最美味的零食了。那时经济紧张、物资缺乏，几乎很少有机会吃到糖果饼干之类的东西。记得那会儿老妈子挑着零食担子在校园里，卖得最多的除了糖果、椰子片，往往就是石榴、西红柿、芒果、香瓜之类的时令水果，旁边放一碗辣椒盐加酱油可蘸着吃。嘴馋也是孩童共同的特点，老妈子的担子旁总是闹哄哄地团团围着一堆堆的孩子。

小时候家里地瓜多，还可以用地瓜换零食吃。比如两个地瓜换一裤兜水煮小田螺，或者换两个西红柿，或者几个地瓜换一碗米糕等。没有人民币，就以物易物吧，资源共享，互换美食，解馋又果腹。这种交易方式，现在想来也是挺有意思的。

而各种时令水果中我最喜欢吃的还是小种的石榴。小时候很少有零花钱，或者零花钱很少。记得那会儿，当我干了什么活儿得到一角两角母亲犒赏的劳务费时，就会攥着这皱皱巴巴的毛票，走路到村里离家有点距离的一户老人家买石榴吃。全村人都知道他家种的石榴最好吃，我也慕名频频光顾。

记得老人的石榴园子是用篱笆围住并锁上的。夏天雨水过后，石榴树越发蓊郁，披着一袭青衫，在风中招招摇摇。老人七十多了，深居简出，童颜鹤发，干干净净，利利索索。看到有顾客来，赶忙拿出绑着挂钩的竹竿，对准藏在枝叶间微微泛黄、沉甸甸的石榴用力一拉，扑通落下，捡起来，放在衣襟上搓几个来回就放到我手里。一手交钱，一手交货，如获至宝，舍不得吃，左闻右闻垂涎三尺，就连吃也是慢慢地一点点地啃，细细品嚼，怕一下子吃完就没了。

那是盛夏里充沛雨水浸润与炽烈阳光沐浴的热带果木特有的味道，芳香浓郁，清清甜甜，让人回味无穷。

十五岁离开村庄，到外地求学。再后来到省城，也到过许多不同的地方，所遇水果品种繁多、新奇，偶尔也会看到黄黄软软、香气扑鼻的小种石榴，却再也吃不到儿时熟在树上那么好吃的石榴了……

而曾经的故园，乡间小院落的那些花、那些树、那些果，都蕴含丰厚的养分，让生命拔节、分蘖，伴随阳光、雨露，还有乡土的气息，草木的香气、母爱的清芬，在岁月长河里最终长成今天的我。

故园之恋（二）

回望故园，隔着悠长的时光，家乡风物林林总总皆有趣，一草一木总关情。

一、凤凰花

“叶之飞凰如羽，花若丹凤之冠”，凤凰花栽种在与我家相邻的抱岁小学，不止一棵两棵，而是错落点缀在教室前后，甚至是遍布整个校园。从我家楼顶望去，凤凰花犹如鲁迅写的上野樱花，在花开烂漫的时节，远远望去像绯红的轻云。走近一看，红彤彤的一大片，如火炬，如烈焰，团团燃烧。

抱岁小学是我的母校，也是我童年的乐园，我在那里读完了五年制的小学。夏日倾情，书声琅琅传遍校园，仿佛小鸟叽叽喳喳，在凤凰花枝头回荡。花树下，语文老师领着我们每人圈出“自留地”，蹲在地上用树枝一笔一画在田字格里写“上、中、下”，写“人、口、手”。写满一块地，擦去，又重新写，反反复复，偶有一朵花落了下来，掉在肩上或是颈项里，却全然不在意。在纸张缺乏的年代，以荻画地是每天的功课，我因此也认识了许多方块字。

花树下，小女生也常围聚在一起举着双手玩勾绳，灵动的小手像变魔术一样，飞快变换之间呈现出应接不暇的花样。课间操时间，小女生也常玩跳皮筋。三五人或者更多，身如飞燕，在橡皮筋之间自由穿梭，一边点点脚勾起皮筋，一边唱着童谣：“一二三四五六七，马兰花开二十一，二五六，二五七，二八二九三十一。三五六，三五七，三八三九四十一。”一直跳到“九九八十一”才算过关……跳着唱着，马兰花开，凤凰花开，小女生也一天天长高，童年就这样过去了。

小时候的天空很蓝，云朵很白，映衬得凤凰花越发红艳，如火如荼。刮来一阵风，花瓣雨纷纷落下，仿佛是童话绘本。孩童轻轻拾起花朵，将花心放进嘴里慢慢咀嚼、吮吸，甜丝丝的花蜜溢出，唇齿之间带着植物的芬芳，那是童年里的小确幸。花蕊仿若戴着一顶黑帽子，耷拉着脑袋，小姐妹们你拿一支我拿一支，嘴里念念有词，拉钩上吊一百年不变，谁的蕊须帽子先脱落谁就输了。输了就输了，有什么关系呢，再从低低的枝头摘下繁花一枝又一枝。

暑假快到来，一场雨又一场雨，尤其是台风过后，红衰翠减，凤凰花开始淡去，仿佛熊熊火苗渐渐熄灭；亦如台风过后滔滔江水转向平缓；又仿佛一场戏剧高潮之后的结局。凤凰花开花落，踩着节气而来，炽热燃烧，轰轰烈烈，终是趋于平静，又仿佛什么都未曾发生。

凤凰树的果实乡下人称之为“松豆”，扁长略带弯曲，厚厚的绿皮包裹住的颗粒半透明中泛着浅浅的绿，十分诱人，是孩子们争相抢吃的零食。可是就像椰子肉一样，取之也是不容易的事情。小孩子拿着松豆像甩长鞭一样往凤凰树的枝干用力敲打，直到表皮松动、脱落，晶莹剔透的籽儿才一颗颗露出，仿佛洁白的牙齿工工整整镶嵌在那里，温婉如玉的样子，让人舍不得吃。可是，最终还是一粒又一粒把它剥下，放进嘴里，像吃青豆子一样，一粒接着一粒，直到一粒也不剩下。那味道，清清甜甜，又略带有青草味儿。

凤凰树材质松软、枝条脆弱，上树是有点危险的，想吃“松豆”，却不能上树，又够不着，那就用竹竿钩子钩吧。

粮食紧张的年代，各种植物的花花果果都可以入食。时隔多年，如今想来留存在童年记忆深处里的树，一定是一棵可以充饥的树，如同一株花与果都带来味蕾之蜜的凤凰树。

二、海棠树

村口古井旁边栽种一棵琼崖海棠树，想到它总是感觉到热带海岛炎炎夏日里的一片清凉。不必说它奇崛的枝干，也不必说它婆娑的姿态，更不必说它遮挡骄阳的宽厚椭圆形闪烁着蚌壳光芒的叶片，单是它洁白无瑕、散发淡淡清芬的花朵如同白玉兰的姿容，就让人无比怜爱。这琼崖海棠花不同于苏轼诗句里写的“只恐夜深花睡去，故烧高烛照红妆”的红花海棠，这花儿总让人想到她定是个银装素裹的女子，姿容清丽、温婉可人、明眸善睐、顾盼生辉，让人忍不住想摘一朵别在胸前或发梢。

海棠树在海南西南部农村是一种常见的树，房前屋后，古井旁、溪水边、墓地里，一大片一大片满是的。海棠树可谓全身是宝。它的树干粗大，材质坚硬。农村人就地取材，常用海棠木来造牛车，尤其是车头、车轴、车轮，这些关键部位须是用海棠木来把关。用海棠木造的牛车牢固结实，经久耐用，风里来雨里去，跋坡涉水，长年驮着重物，蜗行爬索在崎岖不平的荒郊野外，在路况复杂的田间地头却稳稳当当。由它，我总是想到海南的农妇，戴着斗笠，披着面巾，肩挑重担，播种、插秧、施肥、除草、灌溉、捉虫、收割……早出晚归，风风火火，辛勤劳作，一年到头忙忙碌碌，像陀螺转个不停，却越发刚健有力。仿佛海棠木制成的老牛车饱经沧桑，在岁月的洗礼中，在艰苦的磨砺中，越发质朴透亮，由内至外散发出坚韧的光芒。

风调雨顺，海棠树开出一簇簇一朵朵洁白的花，也结出累累的硕果。海棠果初长时是青绿青绿的，吮吸雨露，沐浴阳光，果子潜滋暗长，变成玻璃珠一样大，渐渐又长得和乒乓球一样或略小一点就不长了。就像所有的果子成熟一样，盛夏里海棠果的青绿表皮慢慢泛出浅黄，再深黄，再等一等就变成红褐色了，摸上去软软的，这就是海棠果成熟了。随手摘下放在手心或衣襟揉搓两下放进嘴里，细细品爵，微微甘甜略带青涩的滋味缠绕在味蕾间，带着草木的芬芳，那是夏天独特的味道。

小时候吃海棠果比小狗啃骨头还仔细，碎碎渣渣啃个精光，光秃秃的核儿就露出来。再拿着它在粗糙的石板上或砖块上用力地磨来磨去，就像小时候每逢过年前都要彻底清洁磨去脚后跟上的死皮一样，脚丫子就变得光洁如新了。最后，那个被磨得光亮的海棠果，乡下人俗称为“海棠仁”。

海棠仁可受小孩子欢迎了，每人都会收藏好几颗。那会儿，乡下孩子是没有机会玩玻璃球或钢珠的，连同玩具也只好就地取材了。左邻右舍几个孩子围在一起趴在地上弹海棠仁（我们称之为“弹空子”）是常有的事。这种游戏活动也是一种小小的竞技比赛。从相同的起跑线出发，谁先把海棠仁弹到事先挖掘好的既定小土坑里谁就是冠军。为了领先一步到位，聪明的孩子往往想着法子在小土坑和海棠仁之间找到一条捷径，并用三指挖出小沟槽作为快速通道。有了既定的轨道，海棠仁便顺顺利利溜进小土坑……就这样在土里摸爬滚打，弄脏了衣服，弄脏了手脚，一玩就是一整天，而一颗果子带来的快乐也是无穷的。

海棠仁成为孩童的玩具那只是小儿科，它的作用可大着呢。当你轻轻摇一摇晒干的海棠果，会发出哐哐当当的声响。原来，坚硬的果壳内还有一个核儿，这个海棠核儿可用来榨油。海棠油可以生火，做饭前浇一点在木头上，很快熊熊烈火就燃烧起来。而在乡下，海棠油最大的用处是点灯照明。

那会儿乡下还没有电灯，家家户户都用煤油灯，海棠油可作为煤油灯的燃料。夏天一到，天气炎热，我们的学习阵地往往也由室内转移到露台上。繁星流动，凉风习习，夜空下，一盏油灯引来各种蚊虫萦绕。偶有飞蛾扑上灯台，一命呜呼，散发出烧烤的味道。学习之余，随手一拍，打到一只蚊子，送进灯罩里，听着噼里啪啦的声响，大有沈复《浮生六记》中所描写“留蚊于素帐中，徐喷以烟，使其冲烟飞鸣，作青云白鹤观”拍手称快之趣。

我小时候胆小怕黑，害怕黑夜到来，害怕到黑漆漆的屋子里去，总担心会有黑魆魆的鬼影突然冒出来。从学校晚自习回来看到家里没人，会哭喊着摸黑挨家挨户去找母亲的情景多年之后仍历历在目。那是一个孩童紧张害怕、孤独无助又一往无前、坚定勇敢的要找到母亲的一种执着。

对于一个孩子，母亲就是黑暗中的那盏油灯，送来光明，送来温暖，带来慰安。那些年月，往往是我坐在灯下学习，母亲便坐在一旁陪伴着我，她时而拨弄手中的针线活，时而挑一挑灯芯，让火苗更旺一些，当灯光暗淡快熄灭，又及时往灯里添加海棠油，火苗又噌噌上来。月影西斜，灯黄如豆，四处漆黑，夜静悄悄的，母亲在，心便安。

那时候，我们还提着煤油灯去上晚自习。我和邻居的小女孩抬着长板凳，提着小油灯，低低矮矮，亦步亦趋，在磕磕绊绊的乡村小路，在熙熙攘攘的人群中，周遭一片漆黑，人影人声都在梦中。

星星点灯，海棠油默默燃烧，传递火种，烛照黑暗，点亮未来。而一棵树带给你乐趣，送给你光明，引领你走向美好的前程，它就是琼崖海棠树。

三、割舍果

我家祖屋老宅边上有一株高大的割舍果树，从我记事起，它就已经是那样高大了。“割舍果”，乡下人俗称“割罗”。名字有点吓人，吃了它舌头会流血，可是我们却仍旧亲近它，喜欢它。

割罗树高出房屋，汤碗口大的主干笔直向上，枝枝丫丫旁逸斜出，椭圆形的叶子在阳光映照下苍苍翠翠，落下斑驳的树影。割罗树的皮比较光滑，微微泛出灰褐色。春天来了，割舍果就开花，洁白的花心挥舞着小爪儿，散发出馥郁的香气，让人有点晕乎乎的。初夏开始结果，果子刚开始是青绿的，渐渐长大成熟，变为浅紫色，再是深紫色，一粒粒别在枝条上，仿若一串串的葡萄匿藏在枝枝叶叶之间，引入驻足，仰望，垂涎。

割舍果低低垂下来的早就被路人摘去了，而越大颗越饱满的果子往往长在最高枝，迎风露出小脑袋，这可馋死小孩子们了。兴许是饥饿，造就了乡下的孩子个个会爬树。他们爬什么树就吃什么果，或者是想吃什么果就爬什么树。例如酸豆树、杨桃树、石榴树……爬割罗树也是常有的。割罗树多枝杈，便于登踏，且木质坚硬，不会有摔下来的危险。小姐妹爬上树摘，我在下面，看准哪一枝结的果子多就在下面一边指点一边嚷嚷：“哎，这枝，这枝！——对了，对了！”我们要的就是黑葡萄一样又大又甜的那一枝。

这种熟得紫黑的果子，轻轻一掐，果皮裂开，不小心果浆迸溅到衣服上，也是紫黑紫黑的，回家被母亲看到弄脏的衣服会挨骂的。果皮之下有一层果肉包住果核，放在嘴里含着，用舌尖舔来舔去，果肉便变薄，轻轻吮吸，甜丝丝溢满嘴角，直到剩下光秃秃的核儿才吐掉。这是一种让人无法自拔的小浆果，明明知道吃了舌头会流血，却也是停不下来，一颗又一颗往嘴里塞。吃完后小姐妹总是不约而同伸出小舌头，看看谁流的血多，然后咯咯地笑。

而止血良方竟然是割罗树的叶子，世间万物如此相克又相生。农村孩童有丰富的生活经验，吃割舍果后舌头血流不止时，就知道从树上摘下一片叶子含在嘴里，过一会儿，血流就止住了。如今想来，这也是很神奇的事情。

又想起屈原《离骚》中吟咏的诗句：“朝饮木兰之坠露兮，夕餐秋菊之落英。”那不正是岁月长河中我童年生活的真实写照吗？春去秋来，花落花开，流年似水，故园如梦，草木有本心，但愿不曾负！

乡土小岛民

晨读明斋先生的10月10日读书日记一则，他读的是陈传席先生《悔晚斋臆语》一书，其中写道："一地有一地之景境与人文，一地有一地之水土与地气，'一方水土养一方之人'。人居一地，则得一境之地气与人文；居数地，则得数地之气与人文。故人居地愈多，得地气之资亦愈多。"读来感同身受，深以为然。记得儿子报考大学志愿的时候也曾咨询过明斋先生，明斋先生的观点是，要走出海南岛，最好到一线城市去读书；读书的同时充分接受那里的人文、历史、地理、经济、政治、风土等文化的熏陶。同时，最好能游学世界各地，那样一个人的胸怀和格局会很不一样。

今又读明斋先生关于"多移居者多有成就"的文章，心有戚戚焉，回想自己一辈子当小岛民，很乡土，貌似是亏大了。

原来自己一直以来都安于现状，不思进取，碌碌无为，才疏学浅，莫非这是跟自己一辈子待在一个地方有关?

保守落后，安居一隅，小岛民的思想大多如此吧。这可能跟地域有很大的关系。大海的阻隔让小岛自有天地，别有洞天，也让岛民目光短浅，缺乏探索与冒险精神。同时海天相隔，也挡住了许多外来的文化。

俗语说，人挪活树挪死。而小岛民真实的生存状态是生于斯长于斯死于斯，从一而终，不求移居，不求变通。

就如我的祖父，清末出生的人，思想也是十分守旧，十分乡土。20世纪50年代正当校长的父亲有一个到华南师范大学读书的机会。当时父亲已成家并育有两儿一女。按理对于读书人父亲，上一流大学这是千载难逢的机遇，且上了大学谋求更好的发展也可改善家庭条件。可事实是因为祖父和母亲的万般阻拦，父亲只好放弃到广州读书的机会，把这个名额转让给了其他人。后来的父亲在50年代末的整风运动中，被下放接受劳动教养，就连校长也当不成而沦为农民。思想决定选择，选择决定命运。这就是目光短浅、思想狭隘的小岛民错误的选择。他们只担心父亲从此远走高飞，不尽孝道与夫职，这也是一种狭隘的私心。试想，如果父亲当初选择了华南师范大学就读，不仅躲过政治风云一劫，还能提升自己的学历、修养和学识，走向更高更广阔的天地，取得更多的成就。可谓一举多得，给家庭带来福祉，也免受灾难。

其实，祖辈、父辈小岛民的保守思想是有根源的，读费孝通先生的《乡土中国》就可以从中找到答案。

费孝通先生深刻分析了中国农民的乡土思想，书中写道："从基层上看去，中国社会是乡土性的。土字的基本意义是指泥土。乡下人离不了泥土，因为在乡下住，种地是最普通的谋生办法。他们都是很忠实地守着这直接向土里去讨生活的传统。"

书中还提道："乡土社会在地方性的限制下成了生于斯、死于斯的社会。常态的生活是终老是乡。"

费孝通先生认为："因为只有直接有赖于泥土的生活才会像植物一般在一个地方生下根，这些生了根在一个小地方的人，才能在悠长的时间中，从容地去摸熟每个人的生活，像母亲对于她的女儿一般。"甚至费老在读《论语》时，也悟出了"孝"可以归结到"心安"二字。他说，做子女的得在日常接触中去摸熟父母的性格，然后去承他们的欢，做到自己的心安。

对“土”的厮守和依恋，家父的例子就最典型，爷爷也是抱住“土”死不放手的人。也难怪，这是乡下人活命的根源。所以，以刻碑文为业的爷爷每有创收，总把银币换为土地，老家房子的旧木柜里至今还存放用红纸包裹着的爷爷当年用小楷字写得工工整整的多张土地契约。用费孝通先生的话说，“土”就是他们的命根，是最近于人性的神。费老还说他初次出国时，他的奶妈偷偷塞给他用红纸包裹的东西说，假如水土不服，老是想家时，可以把红纸包裹的东西拿来煮汤喝，这是一包灶上的泥土。

“乡村里的人口似乎是附着在土地上，一代代地下去，不太有变动，这是乡土生活的特性之一。”由此看来，土地是仅次于上帝的神了，乡下人坚守土地的传统思想是不可撼动的。

所幸的是，历史长河滚滚，时过境迁，国门的打开，新文化的崛起，以致日新月异。时代发展，改革开放，科技创新，全球化的当下，乡土味渐渐被淡化、异化，可喜，也可叹。放眼世界，打通疆界，全球化，这是社会发展、人类发展的必然趋势。而在这广阔的天地里自由驰骋的人，定是时代的宠儿，终成大器。正如明斋先生读书笔记里引用陈传席先生的话：“大率有成就者，一生多移居，鲜有终生居一地者。若终生居一地能成功者，若能多移居，则成就必更高；然终生不移居，亦必行万里路，方能有所成就，然终不若多移居者为得。”

“海阔凭鱼跃，天高任鸟飞。”吾辈桑榆已晚，日薄西山，只待儿辈雄鹰展翅。美少年，任驰骋……

故乡是一枚胎记

每年清明回乡扫墓已是一种家风。又是一年清明时节，我们一大家子人从四面八方返回家乡，团聚于乡下房子的宽阔院落，就像回到小时候的家，热热闹闹，沉寂多时的老宅子顿时又充满人间烟火，鲜活起来。

夜晚，星空下，清风拂面，树影婆娑。茶余饭后，你一言我一语，往事又重现，如浪花朵朵，跌宕起伏……

忽地，四哥望着小帅，打趣说："你这发型好有范儿，'柁路'好清晰。"小帅云里雾里，不知何为"柁路"。于是二哥在一旁便缓缓道来："柁路"这一词是有来历的，过去乡里人经常上山伐木，砍下的木料捆绑好，将绳索系在牛头，让牛驮着下山。山势陡峭，木料在山路上碾过，留下深深的划痕，走的"牛"多了，便成了"柁路"。再说了，家乡人习惯以"柁"来计量木料的单位，比如"一柁木"，大概是指可以造一个三门柜的木料了。于是，"柁"也有木材的别称，木料在山间碾过的痕迹也就称为"柁路"……一条有意无意的发际线，原来可以深藏许多故事，对不同阅历的人，有不同的解读。二哥这样的讲解对在城里生长的小帅来说还是有一点"天方夜谭"。

可看着他三七分的发型，时尚中又略带复古风，不由笑叹四哥的联想丰富且巧妙。故乡是一枚胎记。一个在农村长大的孩子，打着深深的乡村烙印，无论日后走向何方，无论年岁多长，总会不时流露出乡土的本色，连同言行与品质。

记得小时候，还在睡梦中，半夜三更时有听到窸窸窣窣的声响，抑或是嘈嘈切切的父母低语，那定是父亲早起准备各种装备和粮食赶路上山砍柴。以往的年代，真是靠山吃山、靠海吃海。连温饱都没法保障，人的存活都成问题的年月，也无法顾及保护树种与生态了。家家户户盖房子也是自力更生的，木料是亲手从山里伐回来的，砖块是亲自从砖窑里烧出来的，还有沙土都是各自从河道里挖回来的……所有的建筑材料都是自己动手日积月累准备的。听妈妈说当时盖房子只是出少许工钱。就连二哥也有和父亲早起上山砍柴的难忘经历。而我因是耳濡目染，乃至多年之后，我有时看到小帅早起，就开玩笑似的说："你是要上山砍柴吗?"真是乡情不变，"乡音"难改啊!

而说到"柁路"这话题，也勾起三哥的一段回忆。他说起当年在生产队的时候，父亲曾被生产队委派到屯昌买牛。当时路况不好，交通不便，具体的情形是买了一头小牛，得牵着小牛从屯昌步行回家。牛尚小，还不能骑。从屯昌到乐东，近两百公里的路程，兜兜转转，曲曲折折，父亲顶着烈日，冒着风雨，长途跋涉，渴了喝溪水，饿了啃干粮，累了倚着树木休息。峰回路转，踏遍坎坷，脚都磨破了……这一程也不知走了多久。

与父亲同行的一位伙伴害怕辛苦，不负重荷，竟然半途而废，把自己手上牵的牛甩手交给了父亲，自个儿就乘车跑了。如此一来，父亲这位好人得负责牵着两头牛，独自一人穿山越岭走回家乡。牵一头牛尚且不容易，更何况是两头，这不亚于雪上加霜，可父亲也欣然接受。漫漫长路，风雨兼程，孤独寂寞，艰辛劳累，我无法想象这是怎样的情形，只觉得这对于我是不可能完成的任务。而父亲也并非生来是干苦力活的劳动人民，他也曾是一介白面书生，也是知识分子，也曾是教师乃至校长。可生不逢时，被下放接受五年教养后回乡当农民。从此，拿着教鞭的父亲改为拿牛鞭，这一拿就是二十多年。当父亲牵着两头牛在崎岖泥泞的山路行走时，他该是怎样的姿态？“莫听穿林打叶声，何妨吟啸且徐行。竹杖芒鞋轻胜马，谁怕？一蓑烟雨任平生。”总感觉父亲有苏轼的气度，忍辱负重，能屈能伸，与人为善，纵是人生低谷也坦然面对，从容镇定，吟啸徐行，成为我们心目中的一座丰碑。

三哥说，父亲牵回来的小牛成为家里的重要一员，也成为他童年的好伙伴。他每天放学回家都去野外放牛，牵着小牛在地头田间吃最肥嫩的草，喝最清澈的水，在河沟里泡最痛快的澡。总之，三哥对小牛照顾细心周到，喂养得很用功，也很用心，希望小牛快快长大、长膘，好有力气干活。后来，1976年，“文化大革命”结束，父亲重返教坛。因调离了生产队，小牛也需归公。这样我家的小牛被发配到新的人家。

而把小牛送出去，最不舍得的人是三哥，他曾为小牛付出很多心血，与小牛朝夕相伴，日久生情如同亲人。没想到父亲获得新生之时，却是小牛受难的开始。后来，小牛到了新的人家，遭遇很悲惨，它不但没有得到优待，而且被活活累死。原来，小牛还没有长成年，势单力薄，但主人总让它干重活，尤其是常牵着小牛上山砍柴，山路险峻崎岖，小牛超负荷驮着沉重的木料下山。终于有一天在长长的山路上小牛走不动了，被活活累死。当年三哥惊闻小牛噩耗，很伤心，还哭了很久。

艰苦岁月，特殊时期，人世是一部充满苦难的大书。人的遭遇悲惨，一头小牛犊也不能幸免……

往事如风，时代变迁，放眼望去，历史已翻开新的篇章。琼乐高速通行，更是家乡人的福祉。记得大学时代天蒙蒙亮起来搭乘长途汽车一路颠簸，天黑才能到达海口，而今不到三个小时就能从海口到乐东老家，交通十分便捷，不由惊叹海岛的飞速发展。当前，建设海南自由贸易港的号角迎着改革的春风已经奏响，海南正以蓬勃的姿势起飞，与父辈相比，生逢新时代，吾辈何其幸运！

一个村庄的记忆

很小的时候，我生活在一个遥远的村庄。那里有蔚蓝的天空，辽阔的大海，银白的沙滩，蓊郁的森林。太阳还没有落山，西边的金星便冉冉升起，守望着这一片天边的乡村。当夕阳的最后一缕余晖渐渐隐去至无，点点星星你推我搡瞬间便挤满了整个深邃的夜空，星汉灿烂，灼灼其华，满天喧闹。

每当夜幕降临，繁星漫天的时候，哥哥姐姐们便伏在蚊子、飞蛾萦绕的煤油灯下埋头苦读。

四周是寂静的，四周又是浓郁厚重的一片漆黑。这漆黑淹没了乡间纵横交错、蜿蜒曲折的小路，淹没了在栅栏里熟睡打鼾的牲畜，淹没了呆立在横斜枯枝上恹恹欲睡的大鸡小鸡，唯独淹没不了那个时候那个年龄的我脑海里翻腾起伏的鬼故事。

夜里，这个小村庄异常的宁静。这里没有电灯，当然也没有收录机、电视机，没有闪烁的霓虹和曼妙的歌舞，没有任何的消遣与娱乐方式，与世隔绝。

母亲的性情开朗，人缘极好。晚饭后天黑时左邻右舍的三姑六姨们总喜欢聚集到我家院子里侃侃而谈，流长飞短，喋喋不休，叽叽喳喳。东村的张三喜结良缘了，西村的李四喜添贵子了，北村王五大爷走了，前屋家的女儿疯了……接着便是一个个面目可憎的活生生的“鬼”在唾沫星子之间飞舞来飞舞去，如此形象，如此真切。幼小的我躺在妈妈的怀里，竖起耳朵凝神静听，不敢再睁开眼睛看四周，生怕一睁眼就会看到张牙舞爪的鬼在来回穿梭。小小的心纵然是不停扑通的，惊悸不安的，但在母亲宽大的臂弯里，在母亲粗糙却温暖柔软的掌心下，自然感觉自己是受呵护的，很安全的，渐渐地便也进入了温软的梦乡……

前屋家的女儿疯疯癫癫的样子白日里我是亲眼看到了，同时还亲眼见到她后来疯病好后正常归顺的样子。而这中间，不是因为接受药物的治疗，听母亲和她那帮长舌妇们说，求医是无门了，得了这怪病，家里人最后只把希望寄托在搞迷信活动上了。果然，一个晚上，也是天很黑的时候，只见前屋的家里灯火通明，人影憧憧，披着长袍飘着白须的半仙手举着火把在前屋家的客厅，在疯掉的女子旁来回移动，念念有词，意是驱鬼。之后，又举行大型的“上刀山下火海”之类的装神弄鬼活动，热闹了几天几夜，仿佛盛大的宴会。说来也奇怪，自从那之后，前屋家女儿的疯病竟慢慢好起来了，只是头发被烧得所剩无几、参差不齐，最后只好剃了个光头。

这样的事情历历在目，又被母亲及那帮妇人津津乐道了几天几夜。村里这样类似的事情，这样类似的迷信活动几乎天天上演，并且愈演愈烈，愈演愈真实。我越是听多了越是毛骨悚然，尤其是夜里，胆小如鼠。

于是，在我幼小的心里，一直相信这个世界是有鬼存在的。我惧怕夜晚，惧怕独处，更惧怕鬼会出现。黑夜到来的时候，仿佛鬼怪就潜伏在身边每一个阴暗的角落里，随时都可能会探出青面獠牙，伸出三头六臂。漆黑足以将我淹没，让我胆寒，让我窒息。因此，在遥远的村庄，我一直很怕黑，很怕晚上一个人在家，害怕一个人走进一间空空的屋子。每天晚上我做功课的时候必定有母亲或者父亲陪在我的身旁，寸步不离。有时，去学校晚自习回到家里看不到任何人便号啕大哭起来，然后壮着胆子摸黑挨家挨户地找母亲。至今想起来，那样不顾一切趟着夜路寻母，算是赴汤蹈火，生死度外了……

无数次凝望浩瀚的夜空，灿烂的星河，便开始想象遥远的都市，闪烁的霓虹、繁华的街市、琳琅的商品，定然让人流连忘返、目不暇接……某年某月的某一天，我也要远离这穷乡僻壤，魍魉横行的地方，到达那一个光明磊落、五光十色的城市。这便是最初的梦想！

后来，我来到了城市，看到灯火辉煌的街市、各色珍奇的物品，看到亮堂堂的屋子、洁白的墙壁、干净的床，确定这是没有鬼藏身的地方。也许，鬼是不会到城市里来的，我曾经这样想。然后，随心所欲地在城市里徜徉，走夜路，独处，抬头挺胸，气宇轩昂，无所畏惧……

很多年后的春节，我回到乡下，回到我原来生活的那个院落。院子里的树还是枝繁叶茂、寂寂低垂，而最初低矮的屋顶上摇曳着枯草的瓦房已经换成了轩敞的两层楼，这楼上楼下到底有多少间房子我至今还没数清。村子里有了电灯、自来水、有线电视，每个房子里有耀眼的灯光，白白的墙壁，晚上通透得就像白天。而当我伫立于楼上偏东方向朝北的窗前，透过茶色的玻璃，朦胧中只见北屋人家已经破败不堪，只余断垣残壁，荒草丛生。那里曾经住着一个头发花白、满脸沟壑、拄着拐杖的满肚子鬼故事的老阿婆，漆黑中我仿佛又看到鬼影在飘动……

这一个遥远的村庄承载着太多的故事、历史和记忆，无论你走多远，也无法割舍。于是，我终于明白，灯火辉煌的城市里兴许不是没有鬼，只是那里没有故事，或者那些过去发生和正在发生的故事与我没有任何牵连，仅此而已。

怅望青田云水遥

故乡，就在不远处，伸手可及，如同幸福。还乡，之于我，如此轻而易举，高速公路直达，三个多小时的车程。一直引以为豪，无论漂泊何方，还有这片灯火可以远眺，还有这片土地可以还乡。

春节驱车回老家，走海南最美高速，北纬18度，热带植被茂密，一路阳光呼啸而来，驾着春风，寂寂青山绵延起伏，脉脉蜿蜒至远方。翠色入目，高高的山岗上迎风挺立一株株木棉，奇崛而独立，漫山遍野，火红盛开，在微寒的早春洋溢着盛夏的热情，是我最喜欢的树种……

傍晚时分，落日西斜，三角梅怒放，车子绕过曲折的小路，不磕不碰，安全使进自家院落。

被修枝的印度紫檀树已经冒出一大截，枝繁叶茂，一树荫凉。小侄子忙前忙后，接风洗尘。运来大米，安装水泵，清洗水池，抽水，搬出久没使用的煤气灶……这个院落只是我们回来时候才生火做饭一次。平日里请一邻居帮忙看管，打扫卫生，每晚开灯，给厨房前母亲栽种的兰花浇水。母亲不在了，而她亲手栽种的花树依然妖娆，盛开出芬芳的花朵，沁人心脾。

吃过晚饭，乡村的夜空清亮如一面宽大的镜子。依稀看到儿时熟悉的星座，寥寥银河划破长空，波涛汹涌的河岸，盈盈一水间，牛郎织女星座遥遥相对，脉脉不语。北斗七星，勺子形状，赫然显目在遥远的正北方向。悠悠晚风拂过脸庞，月色洒满庭院，如同积水空明，疏影横斜，星光璀璨。没有路灯，四周是一片漆黑，人音稀少，清风徐来，兄弟姐妹围坐庭院里，叙旧到很晚，温馨的感觉，仿佛回到小时候热热闹闹的家……

记起小时候，正是上幼儿园的年龄，农村没有开设幼儿园，我就跟着姐姐上学。网络上传的山区小女孩抱着九个月大的弟弟去上学，事迹辛酸感人。其实，那就是那当年我的姐姐。只是，我的年龄稍微大一点，白天父母都到地里干活了，家里我最小，姐姐每天负责带着我上学。我可以自由出入教室，或在一旁玩耍，或当旁听生，跟班学。慈祥的笑容，温婉的话语，那一位和蔼可亲的王老师视我如亲子，对我呵护有加，教我认识了好多字，是我的启蒙老师。那是一种至真至善的淳朴情感，收割季节，家人也不忘给她送去大米、番薯、花生之类致以报答。

六岁，我开始正式上学，小学就在家门附近。那时，村里没有电灯，每个孩子提着一小盏煤油灯摸黑去上晚自习。没有练习本，老师带着孩子们经常在教室门前圈地写生字。教室里是泥巴地，坑坑洼洼，所谓的桌椅，就是一条长板凳和两张小矮凳，是从各自家里搬去的。我的同桌恰好是前屋的女孩，小小的年纪，我们一起抬着一条长凳，一前一后、磕磕绊绊地来来回回。后来，大概是到了三四年级，教室里终于有了课桌椅，再后来又有了电灯……

艰难苦读，只为走出农村，改变命运。这是每个农村孩子的梦想，而许多的人却梦断何方？一次，从老家回海口，车子行驶在狭窄的乡村小道上，是三哥开的车，前面是一辆牛车。拉车的农民，脏乱的头发，苍老的脸庞，黝黑的肌肤，穿着破旧的衣裳，裤袋里揣着一把镰刀，在阳光的暴晒下挥动着牛鞭。我们的车子慢慢地跟在牛车后面，三哥说，前面的正是他的同学。历史如此巧合，小学同学，多年之后，竟是这样的相遇，一前一后。一个是拉着牛车赶路去地里，一个开着小车赶路回城里，那一刻的鲜明对比，永远定格在我的脑海里，很多年后都不会忘记。

如果当初没有发奋读书，我也许就是这样牵着一头牛过一辈子了。这样的情景，我不止一次用来教育孩子、启迪学生。但是他们没有亲眼看见，没有经历过那些苦难，又怎么能体会到其中的酸涩滋味呢？

我也常用父亲在世时跟我讲述的“闻鸡起舞”的故事来鞭策学生，说的是村里同族的一位长兄。家贫，没有闹钟，每天晚上睡觉前把一只鸡绑在床脚，每听到鸡叫便起床苦读，天天如此。因为刻苦勤奋、坚持不懈，这位长兄最终考上心仪的大学，也算是学有所成，而今已是城里某银行的行长。

艰苦年代许多的人付出很多，也吃了很多的苦，却没能如愿以偿。为了逃离农村，莘莘学子，悬梁刺股，凿壁偷光，有的甚至复读了七八年，最终也没能考取大学，只好回家务农。不是他们不够刻苦，而是竞争太残酷，或者个人天资不够，运气不佳，命运捉弄人。这似乎是上天的安排，无论你多么努力去改变，有的人注定当一辈子的农民，面朝黄土背朝天，这其中该有多少的不甘呐！

返城的路，我开始释怀。村口看到苍翠的稻田、碧绿的菜畦，农民在割空心菜，茂密的一大片，槟榔树间一水护田将绿绕，房屋错落其间，两山排闼送青来……守着一方水土，牵着一头牛，一箪食一豆羹，却是田园牧歌，是自由无羁！而城里，许多人在熙熙攘攘中呼吸着污浊的空气，日复一日忙碌奔波于密集的高楼大厦与车水马龙之间，貌似在职场意气风发，却在疲累之中早已丢失了自己。

我们曾经执意要离开乡村，可心底的柔软处却永远安放一席牧歌田园。出走半生，归来时，青田云水，咫尺之间，却犹如隔着一道亮晶晶的玻璃门，再也回不去了。

怅望青田云水遥……

脚门，乡村爱情故事开始的地方

春节期间回乐东老家。走在儿时的乡间小路，曲曲折折通到巷陌深处，花草掩映，常常会迷失方向，找不到回家的路……

高大的酸豆树依旧浓密，割舌果树还在结青绿的果。路过有些废弃的老宅区，人去楼空，房子破落，屋顶灰黑，瓦片残损在风中，青草从夹缝间延伸，摇曳屋檐，仿佛在叹息。拐弯处，只见墙脚有一扇窄小的门。姐姐指着说，这是“脚门”，旧式房舍大门朝前，脚门开在偏房的后墙。还说这是私情通道，发生传说故事的地方……

你可曾想到，一扇小小的不起眼的偏门原来隐藏诸多的妙用。

“脚门”乡下也称为“侧门”“后门”，乡下的住宅按风水取向多为坐北朝南。如果，因地势房子坐向与风水取向有所偏差，会在偏房的后墙再开一扇“脚门”。这是关于“脚门”的一种说法。可生活中的“脚门”实则与风水已无多大关系。在乡下，它更多的是“找爱”的通道，因此“脚门”开得很普遍，也成了爱情故事开始的地方。

记得在我的老家男生找对象叫“鲁号”，一旦看上哪家的姑娘，晚上会带一群小伙伴一起前往女方家。而女方家的姑娘也不会只身一人，也是召集一帮妙龄闺蜜在偏房里“坐落”，等待男生的到来。男生来的时候都是走“脚门”的，不惊动家人或父母，悄悄遁入，极为方便。若是对上眼了，就可以私约，再不需大群人做陪衬或当电灯泡。“脚门”也就成了男女自由恋爱的通道，一来二去，眉来眼去，捻熟之后，生米煮成熟饭，姑娘就可嫁出去了。

自古有“月上柳梢头，人约黄昏后”之说。在我的老家，有这样的习俗。晚饭后，女生打扮得花枝招展，男生装扮得风流倜傥，闺房有成群如花似玉的姑娘“坐落”，小伙子结伴挨家挨户“鲁号”，这是旧时农村找对象的方式，而“脚门”是自由恋爱的重要通道。美好的爱情往往从打开一扇“脚门”的初见开始。

想起年前拜访东坡书院，就在儋州中和镇偶遇一场盛大的调声表演。男生手勾手站成一排，穿着白色短袖、黄色裤子，十足鲜艳减龄的搭配，头发也梳得光亮，极为精神。只见男生随着领唱齐声歌唱，高亢热烈，气势磅礴。女生也是光鲜亮丽，穿白T扎腰喇叭牛仔裤，勾勒出苗条有致的身材，歌声柔美婉转，绵绵不绝，与男声相互应和。那一刻，我听不懂他们唱什么，可是那种热烈的场面，那阳刚之气与阴柔之美的自然和谐，给我强烈的视听震撼。

我终于忍不住问一旁白发苍苍的阿公：“他们在唱什么？”阿公回答：“他们在找爱。”

原来“找爱”是儋州话。本土方言，往往更具有表现力。“找爱”言下之意，“爱”是找出来的，而不是坐着等来的。

既然要“找”，就要有一定的社交活动。儋州这个地方，调声很流行，这本身就是男女找对象的一种手段。否则，没这些活动了，人也就走不到一起来。比如上面所述唱调声的男女就是来自中和镇的两个不同的村庄。这样以“调声”会友，你来我往，素不相识的年轻人便可走到一起，甚至擦出爱情的火花。

有些习俗就是方便年轻男女“找爱”的。所以，如果没有什么活动，人是走不到一起的。这些秘而不宣的东西，就是一些人性的东西。每一个地方都有特定的风俗特点。其中，如何方便年轻男女交往就是一个重要的特色。比如，府城的正月十五元宵节，原先是送香节，现在是换花节。

就像关于乐东姑娘的“脚门”，实则给青年男女自由往来多开设了一个活动的通道。以前的老房子、闺房阁楼，似乎也有类似的安排。只是年代久远了，现在没有多少人记得起这是怎么回事。

过往的农村，姑娘年龄一大，确实犯愁。如果嫁不出去，娘家人自己难看，姑娘也感觉没脸见人，不敢住娘家。所以，女大不中留。与其如此，不如给她留个后门，看她造化了。

这其实就是一种地方文化现象。由此可见我们海南人还是比较乐观、宽容，甚至比较开放的。

时至今日，相比较现在许多父母，往往对女儿严防死守，担心被坏人拐跑了，对女儿管得太严之后导致剩女太多，成了社会问题。其实明明男人远远多过女人，凭什么就剩下女人了？而我们的长辈、前辈老早就明白了，要给自己的姑娘留个“脚门”。

一扇矮小的“脚门”照见时代的变迁，风俗习惯的变化，更有爱情的美好、自由的可贵，还有人性的宽容，可谓妙趣无穷也！

家乡的端午节

记忆中的端午节总是随着一年中最炎热的时日到来。热带海岛，湛蓝的天空，炽烈的阳光，劈头盖脸，不由分说炙烤着大地，热浪袭来，没有一丝风。正如白居易的诗句里所写："田家少闲月，五月人倍忙。夜来南风起，小麦覆陇黄。相随饷田去，丁壮在南冈。足蒸暑土气，背灼炎天光。力尽不知热，但惜夏日长。"端午，在乡下也是割稻、晒谷子、收花生的农忙时节。而无论多繁忙，母亲总会放下地里的活，腾出时间来给我们过端午节。

骄阳似火，乡村院落，树荫一隅，看家的黄狗慵懒地趴在门前，喘着粗气，吐着红舌头。母亲盘起发髻，挽起袖子，端坐在长条板凳上包粽子，汗水浸湿了衣服，不时从额前滴落。五月虫翩跹而至，偶尔停靠在方形的原木饭桌上，怯生生地张望着琳琅满目的粽子食材。

盆里盛着泡软并拌上多种香料的糯米，碗里堆着切成块状腌好的半肥瘦猪肉，还有色泽鲜艳的咸鸭蛋。粽子叶是母亲从野外采摘回来的野菠萝叶，浑身流淌着青绿，长长的叶片边缘布满坚硬的小刺。需用刀片小心翼翼剔除干净，再用麻绳捆绑，放入清水中浸泡，然后煮上半个小时，为的是增加柔软度，以便于折叠。用野菠萝叶包粽子工序烦琐，单是将叶子上浑身的刺去掉就需要好半天，难度不小，弄不好包裹不严实还会露馅。但是这样的粽子口感好，软糯细滑，且散发出植物独特的清香。

母亲将煮软的粽叶摊开，用一块带油的肥肉来回擦拭叶子的底面，将细长的叶子绕圈围成小船的形状，再往底部填充调配好的糯米，到三分之一的高度就塞进猪肉、咸蛋，接着将叶片往上缠绕，继续填充糯米。最后，母亲用牙齿咬住麻绳的一端，用手拉扯另一端层层缠绕，勒紧打个活结就大功告成了。母亲心灵手巧，动作利索，一睁眼工夫就绑好一摞摞的粽子，有四角形的，有三角形的，形态各异，有的方正质朴，有的娇小玲珑，而我们最喜欢挑选的是带有蛋黄的粽子。艰苦年月，物资紧缺，添加咸蛋的粽子寥寥无几，选中的孩子都格外开心。

母亲每次绑粽子少则大大几十条，多则百来条，却从不愿让任何人来帮忙，也不愿让我们待在一旁偷师学艺，生怕我们耽误了学习时间，也生怕我们添乱，妨碍了她的工作进程。

母亲总是风风火火，像一台机器，转个不停，重活轻活全部包揽。她又心灵手巧，插秧、割稻、酿酒、缝纫、烹饪无不精通，而她一直认为这些都是不会读书的人才干的。她最大的心愿就是希望子女能够学好习、读好书，考上大学，将来有出息。为此，母亲甘愿自己默默扛起家务及农活的重任。

往往端午节的前一天，母亲就开始忙碌了，连饭也顾不上吃。直到月牙爬上树梢，才在院子里搭起炉灶，在装满粽子的大口锅下生起柴火，大火烧开又文火煮近十个小时，慢慢熬出香味来，一直煮到下半夜。粽香升腾弥漫的夜晚，孩子们睡下去又爬起来看看粽子熟了没有。从母亲剪粽叶到包粽子，盼望着，盼望着，等到粽子新鲜出炉的那一刻别提有多高兴。

母亲记性不好，众多孩子中，母亲也只有记得三哥的生日了。那是一个特殊日子，端午节的前一天，临盆在即，母亲照例为全家人绑好一大筐的粽子之后，才入屋生下了三哥。生了孩子又下地干活，就像每个寻常的日子一样。

端午节饱含着母亲的艰辛，还见证了一位母亲内心美好的期许。天亮了，一大早起来，只见母亲用菖蒲、艾叶插在屋檐下、挂在门楣边，意为避邪驱鬼。庭下高脚凳上放置着一盆母亲刚烧开的热水，里面浸泡着艾叶、野菠萝花、黎母草等，散发着花香与草香，那是母亲去剪割菠萝叶的时候在田间地头一并采摘的热带植株。按照母亲的吩咐，孩子们排队有序地往盆里用毛巾濯水洗脸，每个人都不能漏掉。母亲在一旁说，洗了全年不长疮，不长痱子。这也是当年乡下夏天常被热疾困扰的孩子最朴实的愿望了。如今想来，这就是洗龙水吧，也是一种祈福的方式，意味着一年到头全家人没病没灾，吉祥安康。

完成了所有仪式后，母亲把煮好的粽子装在箩筐里，分成许多份，让我们逐一送往各家各户。这是家乡特有的习俗，若有亲人去世，三年之内（守孝期）是不能绑粽子的。于是，左邻右舍都会给他们家送去不同的粽子，真是吃百家粽呢！

端午节在我的家乡算是盛大的节日。除了吃粽子，还要杀鸡杀鸭，准备丰盛的菜肴摆在厅堂的八仙桌上，祭祖，缅怀先人，之后才能开饭。

孩提时候，期待端午节，不仅期待味美的粽子，丰盛的美食，还等待五月虫的到来。那是在屋檐底下飞来飞去的虫子，挥舞着墨绿色的羽翼，闪烁着橘红色的斑点，肌理纹硬翅下还覆盖着一对软翅。孩子们总喜欢在房前屋后竖起竹竿，当五月虫飞来停靠，便蹑手蹑脚走上前，轻轻放低竹竿，双手合拢便把五月虫捧在掌心。用白色棉线从翅膀中间圆点穿过绕在指尖，轻轻旋转，五月虫便像小风车转个不停。对于孩童，一只小虫子就是最好的伙伴，可以和它玩耍、对话半天。在不知玩具为何物的时代和地方，那一只只小小的五月虫是指尖最美的风景，曾给我带来无限的乐趣。

自从来到城里，就再也看不到五月虫了。那些曾经飞在乡下低矮屋檐之间的小生灵，那些在年年五月曾给我带来快乐的小生命不知已消逝何方。

又逢端午节，五月虫仿佛震颤着小羽翼迤逦而来。在梦里，又见母亲来来回回，忙忙碌碌，掀开锅盖，热腾腾的野菠萝叶包裹的粽子一袭青衣，香飘扑鼻，弥漫着草木的气息、大自然的芳香，还有母爱的清芬……那是岁月长河里我最怀恋的滋味！

家乡的元宵灯

乡下老人常说，过完元宵，年也就“过海”了。自古以来就有“闹元宵”的说法，乡下的孩子用炮仗炸烂青藤间悬挂的葫芦瓜是常有的，就连府城的换花节也“闹”成抢花节了……

又是一年元宵时，火树银花灯如昼。我总喜欢遵循乡下习俗来过节，每个房间每盏灯必定点亮，连同厨房、阳台，家里所有的大灯小灯都亮着，直到深夜才熄灭。那是儿时的记忆，已经记不清是多少年前了。乡下没有电灯，每到元宵节的晚上，母亲总在每个房间里点上煤油灯，甚至门槛上，猪圈、牛棚、鸡笼等牲畜家禽栖息的地方也点上蜡烛，整个屋子到处都是亮堂堂的。灯火通明，燃亮了每个角落，就意味着一年到头红红火火、顺顺利利。

这是乡下的元宵节，家家户户到处张灯结彩，而且不仅点亮地上的灯，连天上也要点灯。在乡下，天上的灯称为“天灯”（孔明灯）。

那是村子里最欢腾的时刻。谁家晚上放天灯白天里早已传遍家家户户。晚饭过后，暮色降临，月上柳梢，大人孩子欢声笑语，兴致勃勃，集中到放天灯人家的院子里屋檐下，熙熙攘攘，里三层外三层围得水泄不通。踮起脚尖，伸长脖子，目光炯炯，欢喜莫名……

依稀还记得，天灯的底座是一个圆形竹圈，直径大约一米半，可根据天灯大小来调整，中间用铁丝拉成网状固定，作为支架，然后用竹片架成圆桶形，外围粘贴按比例裁剪好的红色薄纸，密密包围，开口朝下，大约有两米多高。据说，天灯能不能升上天与顶部纸张切割的角度、对称情况有极大关系。当然，也和燃放天灯的技巧与过程密不可分。

点灯的必定是男性，连同在一旁高高直立举起双臂把持天灯桶状上方的也是男人，女人只能围观，不许动手。男人把糊好的天灯立起来，在底部的支架中间绑上一块饱蘸煤油的宝纸、棉布，将其点燃。燃烧过程中不断往上冒烟，热气升腾，天灯逐渐被鼓胀。当有一股力量往上冲扯、抖动的时候，把扶天灯的手同时松开，天灯便如同热气球一样稳稳当当袅袅升天，带上人们美好的祝福与心愿……

如果有天灯从天而降飘落到你的家院落，一定要出门接福，并放鞭炮庆贺，这是喜庆的事情。然“来而不往非礼也”，中国是礼仪之邦，故凡拾到者来年务必做两盏天灯，其中一盏算是回礼，一盏是送礼。海南方言中“天灯”和“添丁”谐音，据说，放天灯就会添丁，故放天灯有“人丁兴旺，家景兴隆”之意。有喜事的人家以放天灯的形式表达欢庆，如有孩子考上大学、喜结良缘、喜添贵子、中大奖等。放了天灯就如愿添丁的人家，来年更要放天灯，以表还愿。就这样，不断循环往复，元宵节放天灯，便成为乡下经久不息的一种习俗。

有一种说法，天灯能够顺利升腾上空，远走高飞就意味着成就大事，美梦成真。相反，摇摇晃晃、飘飘荡荡没出家门或者一出家门就坠落或烧毁就意味着心愿难圆了……

又见元宵灯，不由记起朱淑贞的词：“去年元月时，花市灯如昼。月上柳梢头，人约黄昏后。今年元夜时，月与灯依旧。不见去年人，泪湿春衫袖。”

流年似水，佳期如梦。故乡的云、故乡的月、故乡的山水、故乡的人，已渐行渐远，而那一盏盏遨游长空、逍遥自在的元宵灯却一直燃亮在记忆深处，璀璨夺目，清晰如昨……

幼时看戏

在家乡乐东话中“看电影”和“看琼剧”都可称之为“看戏”。

——题记

小时候，住在琼南乡下。没有电灯，没有电视，没有一切的电器可供使用，更别提电脑、互联网之类了，最奢侈的享受是装上三个5牌的电池听听收音机。农民生活常态是日出而作，日落而息。大人的消遣方式多是在农家小院聊聊天，谈谈农事，有时也聚集在大树下点着煤油灯开生产大会，唱唱崖州民歌。

乡间的夜晚甚是漆黑。有月亮的晚上，孩子们就会出来活动活动，玩各种游戏，如石头剪刀布、跳山羊、老鹰捉小鸡、捉迷藏等；挨家挨户乱窜，从月上梢头到月影西沉，直到汗流浃背，直到母亲跑满村呼唤着乳名找人才恋恋不舍各回各家。而最开心的是村里放电影，但这是很难得的，除非逢年过节或者是在什么特殊的日子。

大约是20世纪70年代末80年代初吧，那时当红影星唐国强、陈冲、刘晓庆、张瑜、郭凯敏等家喻户晓。犹记得当时的电影场是在村庄的老王祠堂前一片空地上。《洪湖赤卫队》《地道战》《苦菜花》《小兵张嘎》《上甘岭》《小花》《一江春水向东流》《庐山恋》等黑白老影片便是在那会儿看的。年代久远，影片故事已模糊，但儿时看电影的场景依旧历历在目。每次适逢放电影仿佛盛大的节日，家里提早就做好了饭，我早早吃完饭就和邻家一女孩一起抬着长板凳早早到场占正中间最佳的位置。她还是我小学一年级的同桌，我们那会儿上学也是这么一起抬着长板凳去当课桌的。当时放电影是场场爆满的，电影场往往被围得水泄不通，里三层外三层，后面到场的要伸长脖子看一整晚电影也是够累，还有的干脆把孩子扛在肩膀上看。

小孩子们看的不是电影，而是热闹，是电影之外的快乐。占据了有利地形，安放好凳子，我们就满场跑开了。小摊贩也挑着箩筐来做小生意，电影场边上卖甘蔗，卖椰子片，卖西红柿、香瓜、芒果、阳桃等各种时令水果。我们喜欢将不同的水果蘸着辣椒盐酱油吃。物质缺乏的时代，就连饼干糖果之类也难得吃上一回，而大自然的花心花蕊都可入食，如木棉花刚抽出的叶心或凤凰花的花心和结成的扁长豆状的果实小时候我们都吃过。这些从土里生长出来的枝枝叶叶或果实也算是小时候最美味的零食了。如今想来真是有一点“朝饮木兰之坠露兮，夕餐秋菊之落英”的意趣了。

记得当时乡下的小摊，如果没有钱也可以以物交易，比如从家里带几个番薯换一个香瓜或换一碗米粉糕。小孩子就是好玩好吃，熙熙攘攘的电影场简直成了乐园。多是冲着吃喝玩乐去的，从来就没有安心端正坐好完整地看过一部影片，和小朋友一起跑跑跳跳玩各种游戏或买零食吃才是最喜爱的。那份生命最初单纯的快乐至今仍让人怀恋。而匆匆一瞥的黑白影片中的“小兵张嘎”或“小花”却也是一直挥之不去的影像，就连《小花》的主题曲至今我也耳熟能详。

幼时，除了看电影，最期待的要数看琼剧了。至今，对琼剧仍有一种特殊的情愫。虽然说不出看过什么琼剧，虽然从来没有看懂它，虽然分不清琼剧中的生、旦、净、丑，从来不理解舞台上的肢体语言，甚至对那激扬高亢的唱腔有些排斥感，却会一如既往地怀想它，怀想看它的那年那月。犹如翻看发黄的老照片，遥远的记忆，陈旧的色调中却依稀流淌着一种似曾相识的温暖。

那时，戏班子来演戏一般不下到村里，只在镇上。爸妈是戏迷，每有戏班子来，他们必要一睹为快。对于琼剧，我一窍不通，却也喜欢凑热闹，总屁颠屁颠地跟着父母步行到几公里外的镇上看戏。夏日夜晚，朦胧夜色，去的路上总兴致勃勃，小脚步轻快如飞。

戏场是露天的，却有长条的石凳座位，凭票入场，而我还不够售票的高度，从人群里就钻进去了，每次最迫不及待的是到后台去看演员化妆。

龙凤呈祥的绸布前摆放着简易的桌子，碟儿盏儿填满五颜六色的脂粉和涂料。只见彩笔一挥，或轻描淡写或浓墨重彩，生、旦、净、丑各具形态，栩栩如生呈现眼前。最让我好奇的是，男性的头发总是长长地垂到腰间，真猜不透这长发是怎么接上去的。只见巧手一盘，就是造型独特的发髻，高高耸立，戴上官帽，更是英气逼人了。女性的装扮更是复杂，戏袍花色艳丽，丹凤眼，嘴唇涂红得像樱桃，项链、耳环、发簪、挂饰……满身珠光宝气，熠熠生辉，散发出迷离的光，让我凝视良久，几近入迷。与其说是去看琼剧，不如说我迷恋这神秘舞台背后的金簪、坠子，还有精美的长袍服饰。在那个贫穷的年代，在那个闭塞的乡村，吃惯了粗茶淡饭，穿惯了粗布棉衣，看惯了简陋的瓦房，这璀璨的物饰，这奢华的装扮，无疑是世界上没有的珍奇……

舞台上白炽的灯光引来了许多蚊虫萦绕，伴奏的乐器摆放在一旁。只听见锣鼓一敲，帷幕徐徐拉开，眼前是层次丰富、景致幽深的幕景，如梦似幻，又仿若真实存在。正旦手执小扇碎步登台，缓缓而来，如仙女下凡，赢得热烈的掌声。背景随场次更换，花生鼻梁上涂小块白粉，踏着轻浮放荡的步伐，招摇过市。

年幼无知，听不懂台上唱的是什么，看不懂台旁的字幕，对琼剧的热情除了那光彩照人的服饰和葳蕤生辉的头簪，还有那表情丰富的姿容，就再也不知道该看什么了。

那刺耳的唱腔，犹如夏日里聒噪的蝉鸣。渐渐地，眼皮子重了，唱声模糊、悠远，婉转低回入深谷，幻化为柔软的催眠曲……往往是第一场没演完，我就睡倒在母亲的怀中了，曲终人散，还在甜美的睡梦中。爸妈怕惊醒我，小心翼翼，轮流背着我走着崎岖的路，蹚过低洼的水从镇上摸黑走回家。第二天，就连戏名都不记得了。而下一次，有戏班子来，我却又总乐此不疲地跟着父母去看戏。模仿是孩子的天性。趁父母不在时，还常常以大红大绿的被单为戏袍裹在身上，以睡床为戏台，伸出兰花指，蹁跹起舞，咿咿呀呀唱起来。小伙伴们是观众，着实是过了一把唱戏的瘾。

这是一种执着还是孩童的一种任性？记得有一次，父母去看戏，没带上我，是从后门偷偷溜走了的。那一次我大发雷霆，从父母房间横架的竹竿上扯下所有的衣服，并用脚恶狠狠地踩踏，以此泄愤与报复他们把我抛弃，大哭大闹不止。对于孩童时的我，即使看不懂琼剧，但是错过一次看戏的机会却也是委屈难过得要死。

十五岁开始离开家乡，外出求学，渐渐地把异乡当家乡。但从那以后，就再也没有看过琼剧了。走过很长的路，到过许多地方，饱览了世间风景，儿时迷恋的那些旖旎光影，那些绚丽的服饰，那些奇异的脸谱，那些珍贵的挂饰，已经不再稀奇。而每年早春二月，适逢离我家不远的高坡村冼夫人庙公期，按照海口习俗搭台唱戏是传统，戏班子婉转悠扬的唱声从远空传来。那缥缈茫远的琼音，隔着时空飘忽而来，仿若淡淡花香，恍惚相识，轻轻晚风中，仿佛又回到儿时的故乡，依偎在母亲的怀里……

海南古老的美容术——绞面

当“美容”一词还没有进入我们的日常生活时，我就有了对“绞面”的记忆，这印记来自我的心灵手巧而爱美的母亲。

很小的时候，在一个遥远的小村庄，在一家低矮的屋檐下，在树荫的一隅，常看见母亲忙里偷闲绞面的身影。那是一个食不果腹的年代，而母亲却能够在起早贪黑的辛勤劳作中不忘了给自己留出一点宝贵的时间，收拾自己的容颜，装扮自己美丽的心情。

每逢母亲绞面，那一定是晴朗的日子，是放松的时光。那会儿，小小年纪的我也很爱臭美，总喜欢搬个小凳子坐在母亲的身旁，一边模仿母亲的绝活儿，一边瞎捣乱。

每次母亲绞面都搬来一张靠背椅，一张小矮凳。椅子上斜靠着一面干净透亮的硕大玻璃镜，还有绞面必备的一小堆火灰（从厨灶里取的柴火灰）、一把锥子、几根细棉线。母亲端坐在小矮凳上仿佛古人对镜贴花黄。她先将毛巾折叠成长形，在头上盘一圈，将头发往后捋，箍紧；再往脸上均匀地抹上薄薄的一层火灰，然后用食指与拇指夹住锥子尖端，利索地拔掉鬓角、额头、眉等处的多余毛发，草草地修整一遍，露出一定的形状；再用嘴咬住细棉线的一头，用右手拉住另一端，用左手勾住线的中间挽成八字形的活套，左手拇指与食指一开一合，控制活动线圈的大小，一松一紧地在脸上来回绞动，仿佛施加魔法，一会儿工夫整张粗糙暗淡的脸便光洁如新，眉宇间也如含秋水。记得当年母亲总喜欢将头发往后揽，高高盘起一个发髻，与绞得宽宽的、亮亮的额头相衬，显得干净利索、明媚爽朗。

绞面不仅是海南民间传统的美容方式，更是乡间婚俗中不可或缺的一个重要的传统礼仪，寄寓着美好的期许。我们老家女子出嫁的前一天叫“洗头日”。这一天除了要洗头发，还要经历人生的第一次绞面。女子头一次绞面也叫作“开脸”。通常是在女子出嫁前由女方长辈施行，是一种成人礼。按照乡下习俗，未出嫁前，女子不得去除脸上汗毛，只有到了出嫁前一天，才能绞面（开脸）。开脸意味着女子从少女走向少妇。女人一生只能开脸一次，寄意从一而终。之后，如有改嫁不再开脸。

当年我出嫁时，也不例外地开脸，只是为我绞面的不是我的母亲，而是我的婶婶。一名女子出嫁前，在什么时辰，坐什么朝向，由谁来绞面，这些都是很有讲究的。母亲说，这些跟新娘子的生辰八字有关，即所请来绞面的人，其生辰八字与新娘子要相匹配。

而女子出嫁前的开脸与平时妇人的绞面又有所不同。出嫁前绞面先要“洒水”，即象征性地将几滴水洒在额头和面部，然后才抹上火灰（或石膏粉），再开始修整、绞面。还有，出嫁前绞面需使用红色的棉线，以图吉利，而平时绞面使用任何颜色的线都可以，大多用最平常的白棉线。

母亲说，女孩子开脸之后就意味着她已经长大成人了。旧时，未婚女子只能留着长发，最多只能扎成一捆的马尾辫，不能将头发挽起。女子开脸之后，就可以将头发盘起，就不再是“留毛”（披头散发）了。一名女子如果没有出嫁或没有经过开脸就夭折的话，那就将成为无家可归的“留毛”鬼。而女子开了脸，结了婚，生前死后就都有了归宿。因此，女孩要早早就把自己嫁出去。而从母亲那里听的诸多民间故事或传统习俗，总是或多或少带有些迷信的色彩。譬如，每逢乡下七月十四的“鬼节”，母亲总不忘在家门口外烧纸钱，说这是烧给无家可归的阴魂。虽是迷信，却也可见一个农村妇女的悲悯之心。

其实，有一种关于开脸起源的传说，说隋炀帝滥抢民女，于是有一家人就把出嫁的女儿脸上的汗毛全部除去，涂脂抹粉假扮城隍娘娘抬到新郎家，以躲避官兵的检查。后来大家跟着学，成了风俗……

绞面，是海南乡下旧式女子通晓的美容术，是女子的成人礼，是婚俗。女人参加乡宴等重要场合时绞面还代表着庄重和仪式感。而今，村落间还有多少爱美的女子像母亲当年那样延续这种古老的美容方式，我不得而知。但在一个双休日的午后，我在城里却有一个惊喜的发现。那天当我从海口泰龙城里走出来时，在繁闹街市一隅一棵大树底下遇见一个绞面的群体，几个上了年纪的妇人正在为几名时尚的年轻女子绞面。日光斜照，树影婆娑，妇人指尖的棉线在青春的脸庞上飞速转动……如此场景，恍惚相识，如是故人来。

不曾想到，隔着悠长的时光，绞面这种古老的美容术不但没有丢失，还能紧随时代步伐，以其简易价廉的优势，在五光十色的都市占有一席之地。

住在时光里的上海表

上海表，始于1955年，新中国成立后三十年的时间里，曾是时尚的标志，是身份的象征，是国人手腕上的骄傲。每个人的心里都曾有一款上海表，当时还流行一种说法："男人有一块上海表，就不愁找不到老婆。"

（一）时尚的标志

前些日子，我写了《二姐》一文发公众号，二姐提供了一张老照片。那是她在20世纪80年代初在通什市读自治州卫生学校时，平生第一次穿上校服短裙，与两位美女同学金云姐和黄匀姐在照相馆的合影，云鬓花颜，清水出芙蓉的模样。黑白照片定格的不仅是姣好面容、纯美时光、青葱岁月，还是一个时代的时尚印记。她们仨，光洁的手腕上都佩戴着上海表，二姐提醒说，这在当年很"色水"，是时尚的标志。

我问二姐她的上海表是否还在。在一旁的二姐夫却把他的上海表找出来。隔着悠长的时光，表面依旧光滑清亮，十二点方向的下方镶嵌着的"上海"二字依旧安然挺立，闪烁着悦人的光彩，伴随着钟表的滴答声不紧不慢地丈量着时间的长度。

二十世纪七八十年代，人人以骑凤凰牌自行车、用蝴蝶牌缝纫机、戴上海手表、听红灯牌收音机为荣。这四件物品，成为当时的家庭梦想，大家曾称之为“三转一响”。上海表是当年的潮流，是名牌产品之一，可以想象当年戴上上海表如花似玉的姐姐们回头率有多高，又是多么扬眉吐气！照片里的金云姐也曾回忆说，当年戴上海表都喜欢穿短袖衣或即使穿长袖衣也要把袖子挽得高高的，显摆一下手表。就像当年在英歌海盐场工作的一位大姐姐一样，买辆新凤凰牌自行车，从进村口开始就有人没人都不停地打铃，害得全村青年既羡慕又嫉妒，直骂“假精”！

（二）昂贵的高考奖品

上海表还是当年长辈时兴奖励给莘莘学子的最时尚也是极为昂贵的高考奖品。

二姐夫说，他的这块上海表购买于 1977 年，是家人给他的高考奖品。恢复高考第一年，二姐夫以优异的成绩考取华南师范大学物理系，他的姐夫给他买了这块手表作为奖励。而在那个物资紧缺的年代，购物需凭票，就连买斤猪肉都难，更何况是供不应求的上海表。

当时供销、食品部门是让人羡慕的单位。二姐夫的姐夫当时正好供职于乐东县冲坡公社百货商店，算是近水楼台“开后门”，才能买到这一块上海表。

二姐也拿出她当年照片里手腕上的那块上海表。这块表和二姐夫的上海表一样大小，但色泽有所提亮，白底金边，刻度、指针皆镀金，宽厚朴实的镜面配上宽边的弹簧表链，其实看起来更适合男性佩戴。二姐说，这也是父亲奖励给她的高考奖品，购买于 1981 年。当时我家里有个堂姐夫在乐东县冲坡公社批发站工作，父亲托他帮忙购买的。这两块上海表前后时间不过相差四年，统一标价均为 125 元。

当时国家工作人员的工资大约 30 到 40 元，这就意味着当时购买一块上海表抵得上普通职员三四个月的工资。如今，用三四个月的工资购买一样物件，也算是件奢侈品了。

二姐说，那时我们家盖的一栋房子，两室一厅加前庭，工钱也只是一百多块钱。20 世纪 70 年代，我家房子盖好后还欠缺工钱，母亲就把家里最贵重的一样东西蝴蝶牌缝纫机卖掉，150 元，和买进的价格一样，一分钱都没有少。因为一直以来村里许多人都垂涎于我们家的这台蝴蝶牌缝纫机，所以很抢手。母亲卖掉她心爱的缝纫机，很舍不得，但也是无奈之举。

捉襟见肘，生活贫困，可父亲为何在仅有几十元钱工资养一大家子人的艰苦条件下还买这么昂贵的名表给二姐？由此可见，父亲对子女的教育是多么重视，也印证了在我们家“谁读书好，谁就受宠”的家风。照片里的金云姐也曾说，在当年经济紧张、物资匮乏的情况下，她的父亲还给她买下这块昂贵的上海表作为高考奖励，也是在鼓励她的弟弟妹妹，谁考上大学（或中专）谁就可拥有上海表。由此看来，上海表在当年的普通家庭里还有激发梦想的励志作用。

（三）一种永不忘却的优雅

话语之间，二姐又从屋里拿出一块金黄的小巧而精致的女款手表，说这一块也是上海表，购于她工作之后的 1991 年。这一款女式上海表当时标价七十多元，价格已没有先前的那么昂贵。仔细端详，这一块手表的十二点方向已经隐去了“上海”字样，取而代之的是一朵小梅花，典雅清幽安居在时光里……

20 世纪 70、80、90 年代的上海表摊开在桌子上，时针优雅从容、不急不缓，迈着相同的步调，时过多年，还在精准地把握时光的刻度，不得不让人惊叹上海表工艺之精湛。

每个时代都有每个时代的潮流。在艰苦的年月，在最困难的生活中，也不失人们对美的追求和向往。经典永流传，一款旧物，有历史、有故事、有感情，有亲人传递的温度，是一种永不老去的优雅。

而随着科技发展的进步，随着改革开放热潮的掀起，随着市场经济的激烈竞争，80 年代末后外国品牌手表大量流入中国市场，石英表、电子表也纷纷登场，上海表不再一枝独秀，甚至从国人的骄傲渐渐遭遇冷落和忽视。据金云姐讲述，曾让她引以为荣的上海表，直至 1986 年，她到广州市第一人民医院进修的时候，广州医院的老师们因她戴的手表大而笑她是土包子。她只好恋恋不舍地把这块珍贵的表卸下压在箱底，在夜市买了块五元钱的电子表取而代之。

流经岁月，沧海桑田，上海表经历了起起落落。时至如今，上海表已有六十四年的历史。随市场的需求，上海表也在华丽转身。从一开始的机械表慢慢发展到便捷，不需要每天转动转轴的石英表，并以盛装示人，款式新颖、风格多样。精细的工艺，蓝宝石材质的表镜，全自动的机械机芯，夜光指针，可谓尊贵典雅，气度不凡，再次升华为“民族工业品牌”，踏上了一个新的起点……

再回首，往事随风，而当年涌现的时尚物品已成为一种经典的永恒，沉睡在岁月里，不经意间总会被轻轻唤醒。

有一款潮流，比如上海表，永远住在时光里。

四方食事，不过一碗人间烟火

常常有人问我一个问题：什么东西最好吃？我总是这样回答：妈妈做的菜最好吃，你是哪个地方人，就喜欢吃哪个地方的菜。

——蔡澜

味觉是一颗种子，被妈妈播种在我们生命的最初，生根发芽，伴随我们一路成长，游走四方。

对某种味道的依恋，有许多的情愫掺杂，不仅是美味本身。当某种味道烙上了特殊的记忆，如母亲的馨香，抑或是爱人的气息，这样的味觉已经与我们的生命融为一体。从某种角度来说，对一种食物的偏爱，对某种味道的执着，是一种鲜为人知的情感深处的隐秘，也是一种生命的依恋。

（一）

最古老的味道在民间。

如果，有一种记忆需要有人共同回味，那就是这些弥漫在大街小巷的味觉气息。

地域美食是衡量一个地方生活品质的标准，随着生活水平的提升，人们对吃的要求也更高。而最有人间烟火的地方是夜市，最特色的小吃在老街，最古老的味道在民间。

如台湾各地至今仍保留着夜市集市的传统，各色小吃琳琅满目，应有尽有，色香味俱全，让人垂涎。人群熙熙攘攘排长队等吃的情景也是空前盛大，那是市井生活的原生态，也是一个地方饮食文化的一张名片。

又如海口西门美食一条街，汇聚海口最本土最古老最特色的味道，随意一指一个店铺或一个摊位都是二十年的老字号。适逢元宵节，路边摊支起老阿婆现包的鸡屎藤糯米汤圆或椰子馅或芝麻馅或花生馅。人群围得水泄不通，供不应求。而这里的海南粉最为出名，一直以来吸引着四方食客。又如海口大同路的吉祥面包，新华南的清补凉，西天庙的甜薯奶……无论时光如何流逝，城市如何发展，一直以不变的姿态在时光里散发着一座城市特有的体香，成为本土住民的共同记忆，那是故园的味道。

（二）

一款美食也需要坚守。

日本一个街边小寿司店有几百年的历史，不扩大规模，对食材严格挑选，依旧简朴，依旧精致，依旧顾客盈门，祖传厨艺在代代传承中延续，精益求精，历久弥香。

乐东黄流福哥老鸭店美味飘香，美名远扬，客源不断。多少年来，每天只做 100 只鸭，是对品质的承诺，也是对俗利的蔑视，更是一种匠心的恒久坚守。

天下熙熙皆为利来，天下攘攘皆为利往。不随波逐流，坚守是一种高贵的姿态。对一款美食的坚守，秉承的不仅是一种厨艺、一种经营理念，也是一种优良的传统品质。当美食与人品达到了和谐，便具有不可抵挡的饮食文化魅力。

（三）

对的味道需要等待对的人。

如同遇见知音，当对的味道遇上对的人，在味蕾之间缠缠绵绵，碰撞出曼妙的滋味，才能发挥一款美食的全部价值。

美味不仅需要懂得的人来品尝，更需要声口相传，在食客的传播中名扬四方。

民以食为天。我们常抵挡不住美食的诱惑，也常会看到排长队等吃的食客。许多的人都有不辞劳苦去寻觅一款美食的经历，缘于口口相传及好奇心而对某一种美食有探知的强烈欲望。

多年后仍记得那一晚，我从白金海岸赶夜路到文城东阁粿仔吃鸡屎藤的情形。人生地不熟，十几公里的路程，到达文城不是问题，麻烦的是不知东阁在哪条街道哪条小巷，那时这是导航搜索也无结果的偏僻小摊。只好在车水马龙间没有方向地穿梭。好在还有可以求助的电话，但由于对路况不熟悉，不知道绕了多少弯路又掉头，甚至在千回百转中闯入逆行街道，又灰溜溜地转出来。不知走了多少冤枉路，峰回路转，最后在深深小巷里灯影绰绰中看到了东阁。那一刻，真是一种“众里寻他千百度，蓦然回首，那人却在灯火阑珊处”的惊喜。

择一棵树底坐下，习习凉风迎面吹来，店主端上一碗招牌加蛋的热腾腾的鸡屎藤，拌有炒花生米、红糖水、姜片，是微醺的气息，自然的馨香。当绿色藤蔓的清凉与微甘缠绕在味蕾间，所有来路的疲惫和辛苦瞬间消除。

吃货不仅需要一点小冲动，更需要一颗热爱生活的年轻的心，还有那个和你趣味相投的人。

我们来回走了几十公里的路，历尽周折，兜兜转转，打了多个电话，发了多条微信，还冒着违章的危险，只为了吃上一碗7

块钱的鸡屎藤。

也许，姐迷恋的不是鸡屎藤，而是东阁的一个传说……

（四）

传统民间，掌握一门手艺才能安身立命。

最美的味觉在小巷深处，也在大山里。从云南宣威火腿肉的制作到苗族人祖传的葛根粑籽，都是深藏在大山里滋养生命代代相传的技艺。

想到我的母亲，艰苦年月里，食粮短缺的年代，能够拉扯大八个孩子，需要的不仅是勤劳聪慧，更是要懂得各种生存本领，掌握养家糊口的绝技。记忆中，母亲是心灵手巧的人，除了通晓农活，精通厨艺，还擅长裁缝、酿酒及磨番薯粉，这些手艺都可以换来饭钱以及家庭的各种开销。

我常常对现在的孩子们说我们这一代人是吃地瓜长大的。在水稻特别低产的食不果腹的艰难岁月，田间地头的番薯却长势喜人，常常会丰收得贮满粮仓，堆得像小山一样，那可是当年的救命粮，但如果存放时间长了番薯会发芽，变质，损坏。母亲会想着法子变着花样把它们储存下来，比如刨成片晒成地瓜干，或磨成番薯粉。然后翻新花样做各种地瓜系列美食给我们当饭吃。而凉粉的原料番薯粉的制作也是一项浩大的工程。

记忆中，在我小时候，半夜鸡叫，母亲就爬起来磨番薯。番薯盆大且重，单是要抬动它就不容易，盆内是细密的利齿，一不小心手指头就会被蹭破皮。母亲用布条缠住手指，坐在小矮凳上半弓着身子，一磨就是一整天，有时会通宵达旦。母亲似乎有使不完的劲，也从不知疲倦，小山丘一样一箩筐一箩筐的地瓜就这样被她全部磨成糊状渣子。然后，番薯渣被捞起来装进纱袋里，浸泡在水缸中，等番薯汁液充分融入水中，把纱布袋提取出来，剩余的是残渣。等水分蒸发，水缸底部便有块状番薯粉生成，捣碎，晾干，便雪白得像面粉一样。

小时候家里摆放着许多口大缸，有的装满晒干的花生，有的贮藏着地瓜干，也有的存放着番薯粉……那里盛着母亲的劳动成果，更盛着一家人对美好日子的期盼。

夏天，母亲常用番薯粉为我们做凉粉吃。母亲先用柴火烧一大锅的水，然后将和得稀稀拉拉的番薯粉盛入带孔的椰子瓢；再用手掌击打外壳，番薯粉便像细密的雨一样坠入沸腾的开水中，粉条便被烫熟；再用镂空的瓢捞起放入凉水中冷却，晶莹透亮的凉粉便新鲜出炉。

烫熟的凉粉条拌上事先准备好的配料，如小虾米、花生、扁豆芽、酸菜、韭菜、生葱、香菜、白糖、米醋、黄灯笼辣椒等各种各样，有酸甜和酸辣两种口味。母亲调制的凉粉口感极为细腻顺滑，特别开胃，吃了一碗还想再来一碗，简直让人停不下来……

酸甜辣凉粉是我们一家人记忆深处最爱的美食，最依恋的味道。如今，离开故乡许多年，母亲也已仙逝，每年春节或清明回老家，我们兄弟姐妹总会在大街小巷间找寻童年那最纯美的带有母亲温度的滋味。

无论走得多远，总有一种记忆与味觉相关，与母爱相存，让人怀想，贪恋。那是乡愁，是母爱，是伴我们一路走来的最醇厚的味道，最丰盛的食粮……

汪曾祺说：四方食事，不过一碗人间烟火。热爱美食即热爱生活。人世间，唯有真情与美食不可辜负，不是吗？

海口的老爸茶

在海口，大街小巷随处可见老爸茶店，它是海口的重要组成部分。老爸茶，顾名思义是上了年纪的“老爸”喝的茶。早年的时候，海南女性地位低微，加上终日操劳持家，无暇消遣，因此到茶店喝茶的只有男人，老爸茶店便是这些上了年纪而有家室的“老爸”聚集喝茶聊天的地方。

然而，海口的老爸茶发展到今天已不再是“老爸”的专利了，如今的老爸茶店云集的不仅有“老爸”，更有“老妈”，还有年轻人。

最初，老爸茶店里聚集的茶客多是市井平民。一棵繁茂的榕树下，或高大的椰子树边，随便搭几张简易的桌椅便是一家老爸茶店；邻街一间铺面，或临时搭建轩敞的铁皮屋，没有任何的装修和装饰，几盏吊扇，加上有些年岁的茶壶茶杯，也可成一家老爸茶店。海口的老爸茶店多如米铺，常设于老街区拥挤热闹的小街巷中，大凡老爸茶店都是熙熙攘攘、热闹非凡的。

老爸茶属于大众消费。这里供应的常是红茶、绿茶，还有店家自制的花茶，十元钱左右就可以买一壶。海口人喜欢喝甜奶茶，到店的“老爸”们常常往茶里兑些牛奶，然后再加半杯的白砂糖，一坐就是一整天。老爸茶店不仅提供茶水，更有物美价廉的各色海口风味小吃，品种花样多得不胜枚举。如海南粉、炒粉、腌面、萝卜干煎蛋、糖水番薯、芋头、绿豆浆、清补凉、鹌鹑蛋煮白木耳、木薯煎米果、“煎堆”、猪血杂拌等，甜的、咸的、酸的、辣的，应有尽有，各有特色，任君挑选。

老爸茶店人声鼎沸，许多茶客不愿意坐茶店里面的茶座，而更愿意坐于摆在茶店外围树荫一隅的僻静位置。茶店里，服务员来回穿堂，给这个添茶水，为那个端小吃，忙不更迭。在这里，你真正感觉到顾客就是上帝，即便是点一壶茶，即可从清早一直泡到下午黄昏，服务员依然是服务周到，没人对你下逐客令。

老爸茶店一天营业两个时段，分为早茶和下午茶。许多海口人一天必定雷打不动喝两次茶，他们已把“吃茶”当作一种休闲的生活习惯。那么，老海口人为什么如此热衷于喝老爸茶呢？

首先，在低消费中享用各种美食，在胡吃海喝中放松心情。老爸茶店的人群没有高低贵贱之分，你可以衣冠楚楚，也可以不修边幅；你可以静默无声，也可大声喧嚷；你可以正襟危坐，也可以放浪形骸……在这里，没有约束，只有随意、轻松和惬意；在这里，茶客们一边喝茶，一边品小吃，一边海阔天空。他们谈古论今、天南地北，时事政治、新闻热点，无所不聊；在轻松的笑谈中，所有的烦忧都可不翼而飞，人的心情也变得格外爽朗。

其次，老爸茶店还是彩票研究和彩票信息发布中心。老爸茶店里茶客们最热衷并且聊得最多的话题是彩票。

过去一段时间海口民间私彩特别盛行。每逢开奖的礼拜二、礼拜五、礼拜天的下午，老爸茶店里聚集的更多是彩民，他们云集在这里“做奖”（海口话）。一般是几人围成一桌，每人手里拿着彩票资料——“奖纸”（海口话）。他们边喝茶，边切磋、讨论，在0—9这十个数字之间进行分析、筛选、找规律、算号码，还不时拿笔圈圈画画，最后把大家达成共识的号码（数字）抄写在纸上——这就是他们研究出来的号码。每一个号码的筛选都有充分的理由，能以理服人，而这些号码都是“老爸”们在喝老爸茶之间灵感突发生成的。然后，他们通过电话方式买彩票，有时，茶店老板同时是彩票老板，这就更加方便了。一边喝茶，一边研究彩票号码，一边又可以买彩票，真可谓一举多得。呵呵，“做奖”也是老爸茶店里的一道风景，老爸茶店还是“老爸”发财梦开始的地方。

流年更迭，老爸茶随着历史的长河流淌而来，见证了老海口的变迁，以朴实的本色随着海口人从贫穷落后奔向安康幸福。而随着时代的发展，海口老爸茶店从原来的简朴、低廉慢慢走向精致、高级，适合不同人群的需求。老爸茶店是海口的一道人文景观，更是海口市井百姓生活的一面镜子，它映出海口的世态百相，更照出老海口的生存状态。所以，要想了解海口，一定要走进老爸茶店，坐下来慢慢地品一品老爸茶。

长流不息海甸溪

海甸溪，犹如一名曼妙的女子，娉娉婷婷，在雾蒙蒙中从太阳升起的地方缓缓而来，奔流到海不复回；海甸溪，犹如一条绿色的绸带，舞动着身姿，安逸地斜倚在骑楼老街的边缘；海甸溪，犹如一把蜿蜒绵长的剪刀，将海口这座滨海小城从腹部裁开，北岸是新埠岛、海甸岛。

一水之隔，渐次横跨着造型各异的桥。站在桥上极目远眺，古老的房子交错着繁华的高楼隐藏在苍翠的林木之间。

古老村落、骑楼老街、古式钟楼、繁闹小巷，一湾清水，半架石桥，构筑成了海甸溪一道道动静相宜、诗情画意的靓丽景观。

海甸溪，顺着街市流过，喧闹中愈显恬淡。由她，我总是想到书本中描写的静谧流淌在法国巴黎的塞纳河，温馨浪漫、柔美多情，不食人间烟火。我以为，她的前世该是超凡脱俗的女子！

一直以来，海甸溪于忙碌的街心缓步徜徉，两岸车水马龙，行人如织，炊烟袅袅。喧嚣繁闹中独揽静谧安详，这是海甸溪的今生今世。

夏日的傍晚，雨过天晴，潮平江阔，落日余晖映照，波光潋滟，彩霞漫天，宛若初恋少女绯红的脸颊、跳动的心，轻轻浮现在天边，来去无意。

隔岸，旧时村落无影无踪，清晰可见一座座林立的高楼、整齐划一的宽敞街道。那是始于2008年旧城改造拆迁后建立起来的新城，一派繁荣，富有现代都市动感的气息。

可曾记得，水岸人家。低矮的老房子，炊烟袅袅，古老的榕树和庙宇参差交错，凌乱的街路尘土飞扬，孩子赤着脚丫在烈日炎炎下奔跑，深巷听到犬吠的声音。大风从溪面上吹来，飘荡着水草和鱼腥的气息。

海甸溪的北岸，曾是以庙为名的村庄群落，海口最古老的城区之一。随着城市改造的步伐，闹市中曾经的古老村落、本土的民居陆续被拆迁。本土住民祖祖辈辈守护的古老家园取而代之的是雨后春笋般的高楼大厦。时代发展，改造旧城市容，淳朴的海口原住民原生态的景观在渐渐消逝。

多少年来，海甸溪边枕水人家，傍江而居，世世代代，捕鱼为生，日出而作，日落而息……

暮色里，水岸停靠着密密紧挨满载而归的渔船。船舱里铺展着巨大的渔网，白花花的，渔民手持勾线在忙碌修补，等待下一次的扬帆启航。

熙熙攘攘的岸边是海鲜市场。狭长的堤岸，错杂摆放着巨大的箩筐、水桶和水盆，里面盛放着刚刚捕捞上来的海鲜，活蹦乱跳的，生猛之极，有章鱼、鱿鱼、海干鱼、螃蟹、海虾、扇贝、海白……还有许多，叫不上名字的。

人声鼎沸，摩肩接踵，讨价还价，妇人在卖鱼，戴着高耸的斗笠，躬着腰，蹲在摊位前，身子的一半搁在江面上，貌似颤颤巍巍的，却行动利索，极为稳健。她们不修边幅，头发凌乱，肌肤黝黑，面容苍老，蜿蜒着沟沟壑壑，但眼神亮烈，犹如海岛的阳光。她们来自附近的村庄，有的来自海甸岛、新埠岛、琼山，还有的从临高远道而来，卖完鱼还要挑着大箩筐风风火火赶回家中，做家务和照看孩子。

海甸溪边的海鲜生猛，价格也优惠。下班路过的人不由停下脚步顺捎几只鲜活的鱼回家成为晚餐桌上鲜美的靓汤，生活也是美滋滋的。

海甸溪，是南渡江的入海口，咸淡水的交界处。常听老人说，江流与大海汇聚的地方，海鲜是最美味的。常见垂钓者聚集在溪边，他们悠闲自在，大有姜太公钓鱼的模样，不同的是他们的钓具不是鱼竿，而是一个个系着绳索的玻璃瓶，瓶子里装有用面粉调制而成的鱼饵。提着瓶子垂放入水中，不一会儿就能“装”上鱼来。这样钓上来的鱼儿一点都不受伤，完好无损，鲜活无比！

海岛风味，滨海小城，海甸溪川流不息，暮色里，椰林寂寂，树影婆娑，夕日欲颓，彩霞染红江面，渔舟唱晚，偶有飞鸟掠过……光影流转，夜幕降临，隔岸万家灯火通明，波光闪烁，沿着河堤漫步，灯影迷离，常有张若虚《春江花月夜》之感。夜风扑面而来，丝丝凉意，潮起潮落，“日出东海落西山，愁也一天，乐也一天”……

一方水土养一方人。海甸溪，从远古走来，奔向宽阔的海域，流经我们的家园，见证了海口的变迁；海甸溪，一湾清水，滋养万物，繁衍后代，生生不息！

海口，万千记忆归何处

记忆像曾经握在爱人手中的一枚硬币，掉在城市角落，找到的时候，还感觉得到爱人体温。

——蒋勋《舍得，舍不得》

记忆如同沙滩上的蚌壳，经历沧海桑田，大浪淘沙，风雨洗礼，依旧闪烁着迷离坚韧的光。让一座城市变得有温度的是关于这座城市的故人故事、旧物旧情。择一座城终老，就如遇一个人白首一样，在这里日积月累的不仅是温暖的记忆，还是一种甘苦与共、细水长流的情感。

久居的海口，这座滨海小城随着年岁的增长，处处即可触景生情，每一个角落都如同歌谣，如同绘本，时时碰及你的心灵。那些深深浅浅的印记，有声音、色泽、形状、气味，沐浴着热带海岛的阳光，弥漫着海风吹过留下的大海气息，润湿、温柔而绵长，让人怀想，让人依恋。

爱上一座城市，是因为那里住着你深爱的人；喜欢一条小巷，是因为那里有你喜欢的一款美食；钟情一条老街，是因为那里有吸引你的古老房子，还有街角弥漫的市井气息……那挥之不去的记忆，如同一条汹涌的河，古街、旧墙、老店，连接着一座城市的前世今生，是一座城市的密码字符，找到它便找到原乡，感到温暖。

时光走远，一起执手走过的深深小巷，如同溪流缓缓蜿蜒这座城市，悠悠长长，弯弯曲曲，柳暗花明，仿佛千回百转的爱情。行走之间，夏风吹过，大海的气息蔓延，听到犬吠的声音，老人坐在屋檐下，百无聊赖，白发在风中招展，黑瓦上探出一抹新绿。红墙之外，翠竹掩映，妇人抱着幼童走过，孩子的眼神清澈如水，面容如海岛的阳光。

斑驳的墙诉说着久远的故事，历经阳光风雨，沟沟壑壑深深浅浅纵横。一袭长裙，随风轻舞，轻扬的脸庞犹如一抹春风，清淡的侧影映照在年岁已高的墙上，背后是你默默跟随的目光。长满青苔的墙角，三角梅在纵情怒放。我想，就这样走下去，永远也不愿走出这深深浅浅的小巷……

最美的味觉在小巷深处。转角遇见一爿小店，没有店名没有招牌，却已是老字号，自从我第一次经过这里它就一直在，已经有二十多年甚至更久远的历史。它伫立于老街一隅，或者说它只是欹倚于破旧老房子的一角凉亭，随便搭个灶炉生火起锅烧开的海鲜粉条汤，就引来无数食客。生意红火，每天顾客盈门，需排长队等候，而这家早餐店一直以来不扩大门面，不谋求发展，不增招服务员，家庭作坊，夫妻搭档，价格一直就几块钱。食材新鲜，工序简单，原味口感，物美价廉，是这家小店一直保持不变的品质。

小小天井，低矮店铺，简陋方桌，三五好友，欢声笑语，坐在有些歪斜的木凳上，在寒凉的冬日吃一碗热腾腾的海鲜粉条汤，寒意祛除。当老海口的原味在味蕾间跳跃、翻腾，倔强缠绕，那是一种秘而不宣的小确幸。

没有门面却几乎被踏破门槛的小店，有滋有味、有说有笑，是我们每周一次的约定，却在上个月已被终结。一个寒风凛冽的冬夜，轰轰隆隆的推土机已经把店铺铲除。那天早晨，再次来到约定的地点，只留下断壁残垣，只留下凌乱废墟，来不及说一声

“再见”，来不及留下它衰老的容颜纪念，最美的味觉连同最深的小巷瞬间灰飞烟灭。

是否可以在下一个街角再次偶遇？告别一种深植于记忆深处一直依赖的味道，就像告别深交多年的老友抑或是恋人，也是难以割舍的。八灶老街的房子也正被拆除所剩无几，毛氏古宅也已荡然无存，一条又一条老街已换新颜，一家又一家的老店已渐渐消亡，该到哪儿去找寻这陪我们一路走来一路成长的丰盛记忆？

一座城市应该有它的底色和原味。具有几十年历史纯手工打造的海口特色小吃店已是越来越难寻觅……老爸茶店的休闲，小巷深处的各色美食，海南粉、清补凉、鸡屎藤、甜薯奶、猪杂粉……市井深处，原味飘香绵远，人来人往，摩肩接踵，繁衍生息，有色有香、有滋有味，这才是我们赖以生存与守护的家园。

蒋勋曾写到，巴黎的一家咖啡小店在他二十五岁到巴黎的时候就在那里，他六十五岁到巴黎的时候还是在那里。隔着近半个世纪的时间，一切都没有改变，他坐在咖啡店里看书、喝咖啡，还是那张桌子、那张椅子、那一面墙壁，瞬间让他回到二十五岁……隔着悠长的时光，物是人非事事休，心里是满满的感动！

想起20世纪90年代，大学期间，解放西的金棕榈影院品味高雅，凉气充足，是消夏的好去处，多上映奥斯卡影片，还有文学名著改编的电影，《乱世佳人》《傲慢与偏见》《美国往事》《沉默的羔羊》等都是在那里观看的。那个年代，物质不太富有却有这样一家讲究精神品质的电影院，实属难能可贵。它曾见证青春年少多少欢爱温暖？而今却也已不复存在，无处找寻。

海口，我深爱的一座城市。骑楼老街与水岸长桥交相辉映，残照当楼，落日熔金，斜阳铺水，红云漫卷，霞光万丈，沙鸥翔集，渔舟唱晚……如一幅幅画卷徐徐铺展，像一阕阕婉约诗词轻吟慢咏，宛若一个个跳动的音符激荡飞扬，交汇成如歌行板，随血脉汩汩流淌，成为身体的一部分。

择一座城终老，如遇一个人白首。海口，蓄满我此生全部的柔情，是我一生长相厮守的恋人。无论游走何方，漂泊何处，总会频频回头，驻足凝望。那是心安处，是故园，是心灵之梦乡。

改造旧城市容，舍弃根本，古村落被毁，老房子被拆，原生态景观被破坏，原味美食在渐渐消失……海口，一路走来，一路遗失，当我想起，万千记忆归何处？

海岛冬日胜春朝

海岛的冬天是斑斓的，就连傍晚的天空都是玫红的。红云漫天，轻盈如歌，落霞醉了，是少妇绯红的脸颊，是酒红色的心，亦如同浓稠的思念。

伫立窗前，夕阳暖照，霞光万道，抬头可见晚霞如同画布徐徐铺展，惊艳了时光。随手用手机记录下此时此景，将一瞬间的美丽贮存于盈框之间，成为永恒。朋友圈的友人说我有一颗发现美的心灵。我又想起关于“月亮与六便士”的恒久话题。不要总低头赶路，就是在寒冷冬夜，也要有仰望星空的闲情。苏轼说：“江山风月，本无常主，闲者便是主人。”奔波之余，忙里偷闲，江山风月便可触手可及，你也就成为自然之主，独揽海岛之盛景。

北国之冬，万物肃杀，草木凋零，天寒地冻。曾经到过牡丹江的雪乡，零下三十余摄氏度，被大雪覆盖的小木屋俨然是童话绘本里稀有的景致，那旷野更是“千山鸟飞绝，万径人踪灭”的茫茫雪域，白桦树伸展着光秃秃的枝丫，看不到一丝生命的迹象。而热带海岛，温度适宜，阳光和煦，长年绿植葳蕤，散发出各种草木的芬芳。举目远眺，翠色入目，四季常绿，冬天亦是一派葱茏。

所幸生活在这片绿意盎然的海岛，四季皆风景，就连冬天也是明媚可人的。

海岛的早晨，漫步热科院的“热带珍稀植物园”。清晨阳光拨开云层透射下来，清新如孩童稚嫩的脸庞，静静地洒落在林子里。清风吹送丝丝凉爽，阳光随树叶子翻飞，仿佛沙滩上的蚌壳，又如闪烁的碎银子，绽放出悦人的光彩。树影婆娑，轻吟浅唱，蝴蝶兰在石缝间兀自盛开，铁西瓜已挂满枝，蒜香藤爬满棚架，茎蔓之间开出团团花朵，散发出淡紫色的清芬。恰似川端康成笔下的淡淡忧戚，也如伊豆的舞女，跳动着情窦初开的少女心，纯洁浪漫，未蒙世俗的尘埃。

淡紫色的花朵，还有并蒂开放的鸳鸯茉莉，总是成双成对的，形影不离，恰似琴瑟和鸣的样子。植物间的爱情也是让人惊羡，亦是值得人类垂首学习的。

相对于稚嫩鲜美的春花，我更喜爱海岛秋冬之花，热烈、饱满，又不失柔韧与明亮。

曲径通幽处，偶遇“五犬卧花心”，便是令人不由停下脚步。花的形状仿若五只小狗紧紧相拥醉卧花心，这的确也是海岛自然的一场绝妙的奇旅……就连大文豪苏轼当年遇见也是惊呆了。

这是有故事的“狗仔花”。民间相传王安石曾写过“明月当空叫，五狗卧花心”的诗句。苏东坡读后觉得这诗有失事理，明月怎能叫？五狗怎能卧花心？于是，他便随手将“叫”字改为“照”，将“心”字改为“荫”，并洋洋得意吟咏“明月当空照，五狗卧花荫”，暗自以为是妙手偶得。可是后来，苏轼遭贬到海南儋州，发现当地有一种五色雀会当空鸣叫，是一种当地黎民称之为“明月”的鸟；还看到一种叫“五狗卧花心”的花，甚是可爱。苏轼这才恍然自己当初的自以为是。这个传奇故事也在告诉我们一个道理：“纸上得来终觉浅，绝知此事要躬行。”

“五狗卧花”，学名叫“牛角瓜”，在热带海岛普遍分布。据说东坡书院也是随处可见此等寻常的传奇之花。向得天独厚的热带海岛的丰富性、多样性的绿色生态垂首，就连大文豪苏轼也不例外。

海岛之冬，豪兴徜徉，小园几许，收尽春光，蜂飞蝶舞，正是秦观诗句吟唱的桃花红、李花白、菜花黄，莺儿啼、燕儿舞、蝶儿忙的景象。更有热带特有的植株，如雷公笋、黄蝉、蟛蜞菊、马缨丹……愿意爬多高就爬多高，向阳生长，各自纷呈。

海岛之冬，姹紫嫣红。家门前玉蕊花凋落，挂果，美丽异木棉热烈盛放，错峰开花，这样不喧嚷，四时也不会寂寞，这一路一年都充满生机，不由觉得栽种者的别具匠心……

树披盛装繁花满枝。年轻的大学生路过，说这是美人树，第一次听到有人这么动听地喊一株树。嫣然一笑如美人倾城，这样的树也唯独海南仅有吧！

行走之间，目不暇接，虽为冬日，却似春色满园，赏心悦目，让人神清气爽，感恩海岛冬日所遇皆良善美好。

不由想起前几天送教到海岛中部腹地琼中。青山环绕，碧水相依，百花岭山花烂漫，绝巘多生野芭蕉，苍苍翠翠，悬泉瀑布飞漱其间，泠泠淙淙，素湍绿潭，回清倒影，草木繁茂，绿橙飘香。步入菁菁校园，环境清幽，好鸟相鸣，嘤嘤成韵，书声琅琅，师生和谐，教学相长，润物无声。友人热情陪伴，细致周到。以“橙”相待，民风淳朴，长流不息，亦不失为一处琼岛福地，一派好山好水好风光。

海南之冬，花果飘香，暖意融融，温情脉脉。把日子过成诗，从容不迫，舒放自如，热烈而不失娴雅。如此冬日，胜春朝！

第二辑　至爱亲情

遥想我的祖父

祖父如果活到现在应该一百二十多岁了。在我还没有出世的时候，祖父就已经离开了人世。和祖父的距离，隔着将近一个世纪的时空，未曾谋面，而他一直在我的心里。

对祖父的认识来自家里仅存的一张黑白画像，安放在老屋客厅供桌上神位牌旁的玻璃相框里。瘦削修长的脸，高挺的鼻梁，每次在烧香磕头的时候，总遇见祖父慈祥的目光、慈爱的笑容。对祖父的了解，更多的是来自父亲的口传，来自父亲所讲的饥荒年月的艰苦故事……

依稀记得我没住过的古老祖屋，木制隔板的公棚上，有许多陈旧得发黄的藏书。父亲说那是大爷爷传下来的，原来有更多，“文化大革命”时被烧毁了。大爷爷流传下来的还有一台砚，年月已久，有一个小缺口，每次逢年过节父亲写对联的时候总小心翼翼端出来。大爷爷是祖父的大哥，是村里有名的读书人，考取贡生，有薪水。大爷爷仅育有一女，嫁到盐灶村，据说当年大爷爷的女婿是骑着白马回来的，很风光的样子。

祖父家共有五兄弟，一个妹妹。这一个妹妹长得标致，秀外慧中，贤良端淑，嫁到附近小村一有钱人家，却红颜薄命，二十岁怀着遗腹之子开始守寡，终生不再嫁，活到八十多岁。祖父在家排行第五，性情温和，上过学堂，识字，以务农兼刻碑文谋生。祖父刻起碑文来，浓眉微锁，双唇紧闭，横竖撇捺一笔一画细心勾画，字迹工整、俊秀飘逸中不乏力度。因过硬的功底，诚信度高，口碑极好，祖父受到乡邻的争相邀请。每次刻成一块墓碑，就能挣得好几十个光银（光绪元宝）。祖父用所挣的钱养家糊口，买下田地，送孩子上学。

祖父育有三男二女。而在那个食不果腹的年代，贫穷落后，医疗条件极差，人口成活率很低，伤风感冒也可致命。连吃饭都成问题，更何况是治病。就如我的三叔，是十岁那年因卡鱼刺引起气管炎而夭折的。父亲说，三叔好读书爱学习，成绩优秀，就在病发之后临死前还抬着凳子站在供桌前写字（由于身高不够，他需站在凳子上才够得着桌子写字）。我的两个姑姑，一位几岁大的时候就病逝了，另一位出嫁之后没多久也去世了。祖父的五个孩子，最后幸存下来的只有两个，就是我的父亲和我的二叔，成活率还不到五成。

祖父一家五兄弟也只有两兄弟传下后代，其余皆先祖父相继夭亡。不断经受丧亲和丧子之痛的祖父特别珍爱生命，疼爱子孙，尤其珍惜亲情。

1939年，父亲十岁，日本鬼子进村，全村人都惊惶地逃到山里躲起来。那天，正值二叔满岁生日，祖父从山里回到家里为二叔做生日仪式，杀了一只小鸡祭供祖先，以求平安。在返回山里的途中，祖父遇见村里一熟人，一并同行。两人来到一岔路口草木茂盛的地方，天色已暗，同行的熟人执意要向右走，而祖父感觉那可能是鬼子前来的方向，于是不听从他而选择了向左走。果然，没走多远，祖父听到了日本鬼子的枪声，那人倒在血泊中。向左走还是向右走？兵荒马乱的年代，生命如草芥，而仅仅一念之差，在生死攸关的时刻，却可捡回一条性命。

冒着生命的危险，只为返家为孩子过生日，试图通过香炉和烛台，通过祈祷和默念保佑孩子平安，这又是何等的拳拳父爱之心啊！

却也正是因为祖父的爱子心切，目光短浅，耽误了父亲的似锦前程。父亲二十岁出头时是崖县第四区一所完全小学校长，父亲在工作蒸蒸日上的时候，被教委推选去读华南师范大学。当时，父亲已经成家，育有三个孩子。母亲担心被抛弃极力反对父亲离家去读书，而祖父更是铁了心不同意，担心父亲一走就再也不回来。外出读书正是提升个人谋求发展的大好机会，但祖父的目光短浅，安于现状，思想保守，更是舍不得爱子远游。由于家人的极力反对，父亲最终选择了放弃。

“受不了福，祸将至。”这是村里的三伯公舅爷说过的话，就像神谕一样。父亲没去读大学，坚守在小学校长的岗位上，后被送到荒山野岭的地方接受劳动改造，险些丧命，也从此告别教坛。回到农村牵着老黄牛拿起犁耙下田务农，直到1978年才重见天日。祖父在父亲去劳改后，就再没有开心过一天，总是眉目不展独自蹲在灰墙黑瓦的屋檐下摇头，夙夜忧叹！

20世纪60年代中期，母亲得了一场重病，是败血症，按当时的医疗条件，这样的病是无法治愈的。所幸的是，正值国家主席号召大家学习白求恩精神的时代，在母亲看病的三亚市人民医院有许多从内地前来就诊的专家。当时医院已经给母亲下了病危通知书，在打算运回老家处理后事的时候，在所有主治大夫的极力抢救下，母亲的病情奇迹般地出现了转机。

母亲病重，在医院躺了几个月，需要父亲陪同看护，而家里丢下的五个儿女全部托付给祖父和祖母照看。最小的是三哥，只有八个月大。一边是病重的媳妇，一边是嗷嗷待哺的孙子。缺粮少食的年代，没有奶水吃，没有奶粉，孙儿哭得厉害，祖父挨家挨户抱着孙子去讨奶水吃，这一路没少看人家脸色，没少招来奚落。有一户人家，竟是这样回绝的：“我家的奶是鸡仔粥奶！”（意思是这奶水是很有营养也是很贵的，你穷人家怎么配得上吃呢？）这样的话，祖父一直念叨，父亲也一直铭记，多年之后仍是当故事来讲。

为了给幼小的哥哥补足营养，祖父到田里干活，一路上不忘挖蛤蚧、钓雷公马，收工时候，抓了一背篓，总是满载而归。回家后，用来剁碎炖饭给三哥吃。半夜里，三哥饿哭醒来，爷爷又是烤地瓜又是烤雷公马的。直到现在，三哥总得意地说他现在有聪明的头脑和强健的体魄，可能和当年吃了很多爷爷抓的雷公马有关。

饥荒年月，极度困难，捉襟见肘，灾难连连。家族的另一传承人——祖父的侄子和媳妇，生下两儿两女就因病匆匆辞世。四个孩子瞬间成了孤儿，祖父义不容辞担当起照顾他们的责任，供他们吃穿，抚养他们长大成人，也没少给最小的体弱多病的女孩捕捉雷公马吃。在祖父看来，那是最能强身健体的法宝，而祖父总把它留给最需要的人。

典型的旧中国农民，厚德载物，自强不息，从来没享过一天的福，活到七十三岁，一辈子忍饥挨饿，清贫，困苦，却一直与人为善，这是我的祖父！积善成德，这种德行一直在我们家族里绵延着，无声地激励一个家族宽厚仁慈、坚韧向上。因袭得这种精神血脉，从贫穷的乡村走到繁华的都市，无论时光如何变迁，我仍保持一颗悲悯之心，上善若水，积极进取，平和感恩地迎接每一天的到来。

我的父亲

父亲在我的心里一直都是沉甸甸的，就像一座巍峨挺立而沉默的大山。很多次提起笔想写写父亲，但却一直没敢触碰。对于父亲，我心里不仅是爱戴，更是尊重、崇敬。

印象中，父亲曾送给我两件礼物，这对我来说弥足珍贵。

那是我考上大学那年，父亲送我一本《现代汉语词典》，并叮嘱我读中文的人要多看书，遇到疑难的多查找工具书。几十年过去了，这本词典一直陪伴着我，如今这本书已经被我翻阅无数次已千疮百孔，破旧、残缺，但是我一直将它缝缝补补，对它敝帚自珍，不舍得丢弃。因为它凝聚着父亲对我的殷切期盼，凝聚着父亲对我的拳拳之爱。

父亲送给我的另外一件礼物还是一本书，仍然是工具书。那是我大学毕业参加工作的那一年，父亲送我一本厚重的价格不菲的《辞源》，在扉页上父亲还用钢笔为我题字："治学严谨，为人师表；积业恢宏，造福后昆。"并告诉我《辞源》博大精深，是词汇的海洋，是知识的海洋，往后教书育人的道路上也许能给你带来一些帮助。这本书对我而言，一直犹如一位沉默、睿智而博学的教师，无数次为我指点迷津，为我排难解惑，为我填充智慧。父亲已离开我多年，而他送的《辞源》一直跟随着我，每当我看到它，总记起父亲的音容笑貌，记起父亲的谆谆教诲。

这就是我的父亲，一直以来非常注重子女的教育。在父亲的严格监督与鞭策下，我不敢懈怠，只好努力奔跑，从来不敢停下脚步……在我人生中，父亲犹如一盏明灯，为我指引方向，给我带来前进的光明和力量。

晚年的父亲，沧桑的脸上隐约可见老人斑，双耳听力下降，反应也日益迟钝，身体每况愈下，但是父亲却一直坚持读书看报。每天早晨起床后，总到家门前的美舍河边散散步，然后到报刊亭买一份《海南日报》或《海口晚报》，回来之后便是吃早餐、看报纸，每日如此，周而复始。有时，我们回家，父亲会翻出报纸上的热点时事或者与我们工作或生活有关联的内容读给我们听，然后评论一番或对我们提出殷切期望。我敬佩父亲，耄耋之年仍旧保持着良好的阅读习惯，一直关注社会、关注生活，关心发生在身边的人和事，更关心子女的成长。

父亲不仅喜好读书看报，而且喜好古文化，尤其通晓乡土文化。父亲擅长撰写祭文、碑文以及各种对联（包括春联、婚庆联、挽联等）；父亲还会看风水，会择良辰吉日（比如结婚、入屋等好日子）。在村里，父亲不仅是读书人，他还见识了村庄将近百年的历史变迁，对于村里的许多鲜为人知的历史事迹记忆犹新，甚至能倒背如流。因此，在村里父亲是德高望重的老人。我们村及邻村的王氏子孙专门组成一个编委会，筹划编写《王氏族谱》一书，父亲被邀请为该书的顾问。在该书编写期间，父亲提供很多有价值的史料，为晚辈们答疑解难，为宗族做了一件力所能及的事情。在大家的共同努力下，《王氏族谱》一书如期编写完成并出版。该书由宗族里大名鼎鼎的作家起笔作序，制作精良，史料丰富，结构完整。该书上专门有一栏是介绍父亲的，上面还附上父亲年轻时雄姿英发的相片，由此可见大家对父亲的敬重。

父亲有一种活到老学到老的精神。有一次，我回家，父亲递给我一张小纸条，上面写着三个词："杖乡""杖国""杖朝"。父亲说他已经记不清楚这三个词词义的区别了，让我回去好好帮他查找《辞源》，并告诉他三个词的区别。读中文的我还是头一回听说这三个词，在父亲面前，我真是学识疏浅、孤陋寡闻啊！回去后，我第一时间查找工具书，并第一时间给父亲打电话，告诉他这三个词词义的区别："古代一种尊老礼制。五十杖于家，六十杖于乡，七十杖于国，八十杖于朝。"由于父亲听力有问题，我费了好大的劲才和父亲说清楚。我隐约听到父亲在电话的那一头反复记诵，直到把三个词的意思清楚地背诵下来。父亲严谨和认真的治学态度真的让我折服！

父亲对晚辈也是关怀备至。他最关心的是他们的学习情况，手里经常拿着我侄女的数学课本绞尽脑汁思考几何证明题，甚至是奥数题。我经常看到他伏在案前，戴着老花镜仔细认真地给侄女讲解题目。不仅如此，他还会教侄女良好的学习方法，以及怎样做人，对她循循善诱，不知疲倦。有一次，我发现一张小纸条上面写着父亲写给侄女的劝勉的话："自信＋正确的学习方法＋勤奋＝成功。"侄女在父亲的谆谆教导下，考取了省级重点中学，后来攻读了博士学位。

父亲有一大嗜好就是观弈。父亲经常在下午的时候到小区马路对面的街边树荫一隅观弈。父亲很少下棋，只是偶尔和大院里的老同志来一盘。父亲更热衷于看，而且他可以看得很入神，甚至忘记了时间，以致经常晚饭时间到了也忘记回家，还因此被母亲多次斥责。人生不也如棋局吗？父亲在观弈中也许真的进入了一种得棋忘我的境界，这不正如陶渊明所说的"其中有真意，欲辩已忘言"吗？

父亲的晚年如此宁静平和，而谁想到这位慈祥的老人曾经历这么多的苦难。

父亲曾经是一名教师，二十岁出头便当上了校长。在他就职期间，学校的各个方面都得到很大的改观，因此赢得了师生与群众的敬重。记得我母亲经常唠叨这件事情，就是在父亲担任校长期间，连小表舅也被开除了。对于这事，父亲一直很坚定自己当初的做法，每次都振振有词："如此顽皮捣蛋、无视校纪校规的学生就该开除！"正可谓凛然正气、大公无私！

父亲还未满三十岁，正值他事业蒸蒸日上的时候，就遇上了政治风云。在20世纪50年代末，父亲被送去教养，在昌江七叉偏远的山旮旯里接受劳动改造。从来没干过苦力活的父亲，从此在打石场经受千辛万苦的地狱般的炼造。有一次一块大石头从山坡滚落下来差一点砸到父亲，青石碎片划入他的手臂留下青色的疤痕，好几次因天灾或疾病险些丧命。父亲曾说，和他一起的许多发青肤白、风华正茂的知识分子，都在艰难的岁月中不堪劳动与病痛的重负及精神的折磨一个个相继倒下。而我的父亲却能战胜一切苦难，顽强坚挺了下来。当然这还有我母亲的一份功劳，父亲在接受劳动改造的五年艰难岁月里，母亲一直对他不离不弃，同甘苦共患难。不仅照顾好孩子和老人，还隔三岔五为父亲送粮送药送衣，嘘寒问暖，始终关怀备至。可以说，母亲是父亲的救命恩人。因劳苦、饥饿，有一次父亲的双脚水肿得厉害，母亲在粮食极为匮乏的年代，托人找关系购买了白砂糖及药物定期挑着担子跋山涉水供给父亲。如此，父亲的病患才得以解除，身体慢慢恢复健康。艰苦岁月，我的父亲母亲同舟共济，如涸泽之鱼，相濡以沫。

五年后，父亲便被下放回农村务农。从校长到农民，巨大的落差，父亲竟能坦然面对。直到二十多年过去，父亲才重返教坛。父亲的患难与共的好友曾对他调侃："我们都是曾经被打入十八层地狱的人。"父亲一辈子经历太多的变革与磨难，但对于苦难，他始终能以一颗平和与坚韧的心去面对。即使社会对他不公，但父亲从来不低下高贵的头，并能以宽容的心去对待他人，做到与人为善。

父亲的人生是一部大书，一部充满苦难的书。所幸，还有苦尽甘来的时候。改革开放的春风吹拂中华大地，让父亲和许多像父亲一样在受尽屈辱后幸存下来的苦难者回到了春暖花开的人世。

父亲非常重视对子女的教育。从我有记忆开始，就记得父亲常教导我们要好好读书，好好做人，积善成德。在我们家谁要学习好，谁就最受宠。对子女的教育，父亲要求很严格。谁要怠慢了学习，谁不但失宠，还会挨棍棒。我的四哥当年性格叛逆，游手好闲，而且懒惰顽皮，父亲为他伤费了很多脑筋，气急时还会动手，还为他转了几所学校。“棍棒之下出状元”，在父亲严格管教之下，四哥上到高中之后便渐渐改邪归正，发愤努力，考上国家重点大学。

“咬条气做人”是父亲经常挂在嘴边的话。他坚信前途会越来越光明，日子会越来越好，于是在最艰苦甚至连饭都吃不饱的年代也要和母亲想方设法拉扯孩子上学读书。最终，我们家除了大哥大姐生不逢时，没机会参加高考，其余的六个孩子都考上了大学，从农村走向城市。我们的每一步成长都凝聚着父亲的心血，是父亲严格的家教改变了我们的命运。没有父亲就没有我们，更没有我们的今天。

父亲在我们子女的心中是一座巍峨的山，那是我们永远都无法超越的高度。

我的母亲

在其他的文章里零碎地提过母亲，写过《我的父亲》却从来没有写过《我的母亲》。对父亲是崇敬的，而母亲，给我带来的却是震撼。

我在这头，母亲在那头，横跨着四十多年的光阴。我这一代的女子，母亲说是出生在糖缸里的，和母亲那辈人简直是天壤之别。生存时代、思想观念、物质需求、审美标准等都有深深的代沟。

每一次，当我穿上吊带装或者不整齐混搭另类的衣服，母亲总会横看竖看不顺眼，唠唠叨叨。每一次，看到我把头发染黄、烫卷，母亲总会当面指责，说肤白发青才是最健康的、最美的。有一次回家，我胸前衣襟上佩戴一条飘逸若雪的长丝巾，母亲一看，满脸不高兴，立刻命令我摘下来。用她的话说，胸前系白色纱巾仿若披麻戴孝，这是乡下人特别禁忌的。

母亲是一名普通的农村妇女，而在我眼中，她除了不识字，什么都会，粗活细活样样精通，种地、插秧、锄草、割稻、做鞋、染布、裁衣、绣花、烹饪、酿酒……掌握了许多生存本领和技巧，是随便在什么恶劣环境都能像野草一样疯长的人，具有极强的生命力和生存能力。母亲的父母是小商贩，她秉承了他们的经济头脑。母亲说，在那个捉襟见肘的年月，在生产队干那点活赚那点工分分到的粮食，怎么能够养活那么多的孩子？总得想点办法，人才有活路。

在生产队（记得我们家是14队），母亲除了随大流老老实实干农活挣工分，还另开小灶，在家里磨番薯粉、酿酒，然后挑去集市上卖。母亲还把积攒的钱买了缝纫机，给人缝制衣服换取家庭零用开销。只可惜，“文革”期间，缝纫机被没收。

十多岁母亲就嫁给父亲，当然是旧式的媒妁之言包办婚姻，不满二十岁就生孩子。母亲这辈子育有八个儿女，用她的话说，肚子就从来没空过。前几个孩子出生时候请接生婆，后面再生，母亲已经有了丰富的经验，都是自己一个人接生的。她说，生孩子是很简单的事，产前准备好消毒的剪刀，产后剪断脐带就没事了，第二天就可下地干活。母亲就想不明白，城里的女人怎么这么娇贵，生个孩子这么兴师动众，这么复杂和折腾，要住院一个礼拜，还要花很多的钱。

母亲的观念是传统的重男轻女，多子多福。记得当年，三嫂在产房里产下一女婴，母亲在外边一听是女的就当场昏厥过去。纵然她有四个儿子，但她不能容忍任何一个没有男孩，所以，她经常劝说三嫂辞职生孩子，这也成了她一直以来的一块心病。

在我看来，母亲是嫁得不错的。普通乡下人家，门当户对，父亲是读书人，是乡里的俊才，还一表人才，是受当地人敬仰的小学校长。而母亲只是一个文盲，却不仅成为父亲的贤内助，还是为父亲掌控方向的舵手，往往掌握着家里的重大决策权。

谁让她是如此心灵手巧、聪明能干、雷厉风行，又是能够一手遮天的女人呢？父亲有的时候也只是她的配角而已。

随便一块粗布到母亲手里便可裁剪缝制出精美花裙，随便一件宽大的衣服经她改装便能得体。年幼的我在农村，在乡下，却总脚不离鞋，扎着两个羊角辫，穿着格子喇叭短裙子，总是被母亲打扮得整整齐齐、花枝招展的，就连书包也是母亲用一朵花一朵花的碎布拼缝成的，引人注目。

再穷再苦累母亲也要给孩子准备过年的新衣。每逢大年三十，是母亲最忙的时候。在昏黄的灯光下，在盈耳的爆竹声中，母亲在缝纫机前，在孩子的打闹嬉戏中，排除干扰，连夜赶着缝制一家大大小小的新衣。当新年的钟声敲响时，母亲会一边手忙脚乱地给我们穿新衣，一边告诉我们许多的规矩：大年初一早上，逢人要说恭喜，不许说不吉利的话，不许开关箱子，不许用剪刀……

母亲最艰难的年月应数父亲被下放的日子，漫漫五年，柔弱的身躯如何撑起一个上有老下有小的大家庭？

母亲最念念不忘的是她的千里寻夫经历。父亲被被关到很荒远偏僻的山区接受劳动改造。那时的母亲已有了三个孩子，最小的也就两岁，全家的重担全落在她一个人的肩上。苦难没有压垮母亲，而是让她越挫越勇。母亲不仅照顾好家里的一切，还要照顾好在劳改中缺衣少粮的父亲。她担心父亲吃不饱、穿不暖，害怕他生病。第一次去看父亲时是挑着重重的担子去的，篮子里是满满的衣服和各种食物。不知道父亲在何方，母亲长途跋涉，不识字，不会认路标和方向，也不知父亲被关的具体地址名称。而母亲却说，路就在嘴上。地处偏远，没有交通工具可到达，在荒野乱流中，在偏远小镇荒村，母亲一路前行，渴了喝溪水，累了靠在树上休息，天黑了叩问陌生人家，寄宿下来。母亲还说好在那时民风淳朴，一个人赶夜路也没有什么危险。有时，走到很深的山里，少数民族聚集区，低矮的船形草屋，黎族人原始状态是衣不蔽体，佩戴弓刀，脸上是刺青图案。母亲壮着胆子迎面上前问路，听着不熟悉的口音，看着不同装扮，他们倒是被吓得退后几步，然后，喃喃一串黎语，不可告知……

历尽千辛万苦，母亲终于如愿找到了父亲，喜极而泣。之后，每隔一个月，母亲总如期给父亲送去衣物和粮食，长途奔波，不辞劳苦。当时，和父亲一起的许多知识分子没有经受过重压的劳动，因环境恶劣、条件艰苦，不是累死饿死就是病死了，还有的死于工难。可想而知，没有母亲的陪伴和关怀，父亲是无法走过那段倍受摧残的艰难岁月的。

同甘苦共患难，不离不弃，只有那一代人才有如此坚贞执着的爱情，虽然他们未曾谈过恋爱，就连一纸婚书也没有……

记得有一次，母亲看着我说："最近瘦了，是不是太难辛苦了？女人，不要太好高，不要让自己太累，凡事不要尽全力，差不多就行了。"母亲的话饱含着担忧和心疼，让我想到《傅雷家书》中傅雷对傅聪写的："年轻力壮的时候不要太逞强，过了四五十岁样样走下坡，最要紧及早留些余地，精力、体力、感情，要想法做到细水长流！"母亲从来没有读过书，却常常这般深刻、富有哲理，一语惊人。而母亲这一辈子所吃的苦，所逞的强，我等又怎能够企及呢？

印象中母亲的身体很好，腰板很直，买菜做饭抱孙子，动作利索轻便。而晚年，母亲身体每况愈下，高血压、肺气肿、焦虑症，隔三岔五需去住院。越老脾气越坏，对子女的要求也越来越高，不准请看护，不准请保姆，一定要自己的孩子陪护。

人，总是要老去，再强大的人也有用尽全力的时候。而母亲对于生死却很从容淡定。她常说，活到八十岁自己已经很知足了。就连墓地、棺材板、墓碑、碑文母亲在生前都已经早就准备好了。也许是因为这后事都提前有所安排，老人才能够不慌不忙地面对生命的尽头吧……

母亲这辈子所受的苦是我们这辈人无法体会的，而母亲这辈子所享受的幸福也是我们这辈人老了的时候无法得到的。那天，姐姐的女儿出嫁，简单地宴请宾客，全是家里人，四代同堂，满满的四桌。突然觉得这对老人很神奇，他们风雨同舟，一起走过六十多年！"死生契阔，与子成说。执子之手，与子偕老"就是如此吧。

忆母亲

母亲生于1931年，旧式女子，父母从商，家业殷实，缠过足，三寸金莲的她后来在生活重荷下的小脚只剩下畸形，不再有美感。她双亲早逝，家道中落，留下一个比她小几岁的妹妹和比她小十岁的弟弟。妹妹可自力更生，弟弟都是她一手拉扯长大。

十四岁的母亲奉“父母之命，媒妁之言”与父亲订婚。订婚之后的几年都居住在自己家里，直到满十八岁再住到夫家，开始婚姻生活。妈妈二十岁生下大姐，四十二岁生下最小的我，共养育四男四女。生儿育女，相夫教子，含辛茹苦，勤俭持家，是母亲一生最好的概括。

20世纪50年代末父亲被下放到昌江石碌山区开发铜矿接受劳动改造。那天，父亲被传话说是到黄流开会，到了黄流就被叫上车，车上还坐满了像他一样的人。父亲感觉大事不妙，正好看到一个熟人，父亲叮嘱她回去转告我的母亲。母亲知道后到处打听这一拨人的下落，大概知道是在昌江的乌烈镇，就寻夫而去了。

在物资缺乏、贫病交困、处境危难之间，母亲不离不弃，在没有任何交通工具的情况下，用一个个脚步丈量出爱的长度。她既安顿好家里老小，又挑着重重的担子跋涉千山万水，两地奔走，定期为父亲供给食粮和药物才使他幸存下来，可谓涸泽之鱼，相濡以沫。尤其是在毫无通信设施的时期，音信全无，穿山越岭一路探问找寻到父亲谈何容易！父亲由是感激，一辈子念念不忘。

特殊的年代，困难的生活，艰苦的磨砺，铸造了母亲极强的生存能力和生命力，她是那种她口里常说的“倒下了也能抓住一把土”的人。粮食紧缺的时代，有一次生产队举行挑谷子比赛，谁能挑起200斤谷子，这200斤的谷子就奖励给谁。当时在场的农妇没有一个能挑得动，而母亲家里孩子太多，太想拿到这担谷子补充我们的口粮，她拼尽全力有如神助一般竟然挑起这担谷子。

在我的心目中，母亲力气很大，或者用她原话说是“咬气做人，用气做力”。她无所不能，种田、烹饪、酿酒、缝纫……她还爱抽烟，会爬很高的树，她烧的酸西瓜片焖小鲨鱼配上黄灯笼辣椒，还有她纯手工配制的乐东凉粉，光想一想就让人垂涎三尺。她有空时还会给我们炸虾饼吃，还有炸“煎堆”、金果之类的，真是好吃得不得了。她端午节绑的粽子和元宵节包的糯米粿总是很大个，比别人家的都大，而且料很足，说是大吉大利。粽子叶是母亲到野外采集回来的野菠萝叶，野菠萝叶捆卷的粽子煮熟之后剥开浑身流淌着青绿，轻轻一咬，满口植物的芳香。蔡澜说妈妈做的菜最好吃，我是深有同感和体会的。那是童年的味道，是让我循着味蕾之蜜找到心灵故乡的通道。

记忆中的春夏秋冬，家里的院落轮番晒了一场又一场的花生和谷子，房间里地瓜堆到屋顶。母亲一年到头忙忙碌碌，大半夜还在磨红薯做地瓜粉，除夕之夜还赶着为孩子缝制新衣服，甚至生孩子前还在下地干活。比如，生我之前还上了一车的牛粪，生三哥之前正值端午节还在绑粽子……母亲是插秧的好手，是酿酒师，是美食家，还是乡下接生婆，是裁缝师……听父亲说，当年母亲挑着酒卖到海棠湾的小黎村林旺。

母亲会干粗的农活，也精于纯手工制作，织布、蜡染、剪纸、绣花，样样都会，而她所掌握的技能全是生活的积累，全是无师自通。小时候我的书包、鞋子、花裙都是母亲纯手工缝制的。乡下人土里土气，可母亲把我打扮得花枝招展，整天穿着小布鞋穿着小裙子花蝴蝶一样飞来飞去。这在农村是罕见的，乃至多年之后初中同学回忆起我的时候总是说记得我那时总是穿裙子。

母亲虽然是个农妇，却衣着得体，注重妆容，尤其是她逢年过节或要出门走亲戚，或参加什么活动或仪式的时候，她总是从箱子里翻出叠得整整齐齐崭新的漂亮衣服，在镜前反复试穿，然后绞面、修眉、梳头，再轻轻抹上香油，光鲜亮丽，方可出门。食不果腹，生活贫困，却不放弃对美的追求，如今想来，这一点让母亲在暗淡无光的人世高贵起来。

母亲什么都会，除了不识字。于是，母亲对知识格外敬重。在她心目中，万般皆下品，唯有读书高。虽然她是个文盲，却是信仰读书的。父亲是个读书人，最终被打回农村当农民，却也改变不了母亲的信念。村里人都说读书没有用，孩子早早就辍学回来帮忙干农活，可她再苦再累卖花生卖猪卖牛甚至借钱都要供我们上学。她觉得书读得好就能走遍天下，不需要再学会其他的什么。因此，她一身手艺，可我什么都不会，她从来不教我们这些，甚至当她裁衣或绑粽子或包糯米粿的时候，只要我们靠近想跟着捣鼓时就会被她赶走，说是妨碍她干活。

母亲是敬重学习的，在我们家只要是你在学习就不需干任何家务。或者，母亲的双肩承担沉重的生活压力，只愿为我们撑起一片求知的天空。在那个年代，母亲从父亲那里受到影响，忍饥挨饿都要把孩子们送去读书，用她的话说，就是咬住气也要供孩子上学。

她坚信，唯有知识可以改变命运。最后，除了大姐大哥生不逢时，加上因父亲因家庭成分不好没有机会考大学早早就结婚生子，母亲的孩子们都走出了农村。再后来，母亲也随子女来到了省城。可她喜欢的地方还是乡下，最后母亲如愿回到故乡，寿终正寝，永远安息在她热恋的那片土地，也算是另一种圆满……

清明·与亲书

人间四月天，又是一年清明雨纷纷，最是忆念双亲的时节。

一树一树的花开，兀自开满忧伤的心田。思念太狠，你会夜夜入梦来。妈妈模糊的影像在梦里来来回回，尤其临近清明，仍会梦见爸爸像往常一样给我打电话，叮嘱我几日回家扫墓。父母在哪，哪儿就是家。我该到哪儿去找寻我的家？那是我孤独、无助、受伤的时候回到的地方，那里给予我最安全温暖的倚靠，是我心灵的避风港。可是，我已经成了孤儿好多年，我再也没有家。

妈妈，你已经离开我有十二个年头。犹记得小时候，是半步也离不开你，怕黑的我总是把你拴在身边，就连学习的时候，也要你守在身旁。那时，我怎么可能想到有一天你会离开我，永远地离开。这个世界，每个人都要经历各种撕心裂肺的痛然后才离开吗？你临走前，每天放学我会到重症病房看你，看到你艰难地呼吸，心事重重，希望你快一点好起来，可是你在迷迷糊糊之中就再也没有醒过来。

我一直陪伴在你身边，跟着救护车提心吊胆长途跋涉到老家的房子里。你躺在你结婚时的那张床上，脱离了呼吸机，每一次呼吸都用尽了全力，极为痛苦地挣扎着。那种情景，一直不忍去回想，而每次我想起，心都像刀捅一样涌出血来，疼痛难忍。这是世间最残忍的事情，看着最亲的人饱受折磨，却无能为力，直到你的生命如游丝一般飘走，任由我如何哭喊也无济于事。

我是一个无助而绝望的孩子，一直在紧紧地握住你的手，直到你的掌心没有了知觉与温度，直到你的手变僵硬变冰冷。从此，阴阳相隔，永不相见，那是我平生第一次触碰一个尸体，如此不舍与悲凉，你是给予我生命的母亲。从此，我失去了世界上最爱我的人。

很长的一段时间，我不能接受这个事实，严寒的冬天，我会想到你一个人躺在荒郊野岭，一定会很冷也很孤独，就会难过得要死掉，然后像孩提时找不到妈妈一样失声痛哭。

可是，我一直坚信一个人去世了，只是离开，并没有消失于世。母亲一直就居住在我的心里，以独特方式在我身上延续她的生命。

那一天，我做了一道西红柿焖鱼，小帅吃饭时，赞不绝口说味道好极了，然后不由脱口而出："这不是外婆以前经常做的菜吗？"外婆在时，儿子也还在读小学，时隔多年，最能唤醒一个人最柔软记忆的原来是味觉。蔡澜说："世界上什么菜最好吃？是妈妈做的菜。"妈妈离世之后，我才更深刻地体会到这句话的内涵，那是乡愁，是童年的味道，是对母亲的无限哀思与眷恋……小帅还突然领悟地说，怪不得三舅对三舅妈总是表扬且评价很高，因为三舅妈学会了做许多种他妈妈做的菜，比如：老鸭炖萝卜干、酸西瓜焖鱼、白切鸡……可不可以这样说：要得一人心，首先是要学会做他妈妈做的菜？

又是一年清明时，空气中仿佛又飘来妈妈做的菜香，那是思念的味道。味觉就像一把钥匙，打开通向故园、通向母亲的大门，那里有海岛酸梅树在阳光下闪动着蚌壳一样的光芒，有慈祥的妈妈倚在门前呼唤贪玩的我快点家……

于是，无论游走何方，总有一个方向让我频频回头，总有一个地方让我日夜怀想。纵然阴阳相隔，清明，是缅怀的日子，也是亲人团聚的日子，对吗？从来没有缺席，收拾好行装，这就回去！

纵然，妈妈已经离我们远去，可每年的春节，嫂子总是按照妈妈生前为我们准备的菜谱去做菜，味道和妈妈在的时候一样。热气蒸腾，团团围坐，我们仿若回到了儿时的家……年味依旧，妈妈其实未曾远离，她一直有滋有味地活在我们的心中……

清明记

从记事开始，每年清明，我都随家人去扫墓，就像每年春节回老家一样，几十年来从未缺席。

我想，这是一种家教，也是一种家风。父亲在世的时候，每一年清明前夕，他总会挨个给孩子打电话，通知家里做清明的日子，临前又不忘电话催促与提醒。久之，回家做清明已是我们全家兄弟姐妹的一种习惯，祭祖自然也成了我们的信仰。

后来，父亲去世，二哥成为那个通知大家回去做清明的人，也算是继承了父亲的遗愿。只是随着网络科技的进步，不需再挨个打电话，而只是在微信家族群里发个通知就好。二哥发的通知完全遵照公文语体，规范而严谨，还特别附上祖坟分布平面图，工工整整，一目了然。让我们清清楚楚地知道，自己的故土与乡根在哪里，从哪里来，又该到哪里去……

虽然父亲不在了，每年清明前，却频频入梦来。也许是思念太狠，梦里依稀还是接到父亲的电话，电话那头告知我清明的日子，以及催促我要按时回家。

沿着海南最美高速风驰电掣，在黄昏，在雨后，在许巍的歌声里，车子仿佛开入画里，开进云端，通向故园。暮色苍茫，车窗外是绵延不绝的青山，草木葱茏，层峦叠翠，云蒸霞蔚，恍若梦里。

随着海南交通的发达，回老家已提速一个小时。走琼乐高速只需两个半小时，从利国出口，便回到老家的房子。农家院落，母亲生前栽种的树依然挺立，参天成林。刚被剪枝，适逢春天正冒出新绿，青青翠翠，在寂寂庭院里且听风吟。

空落的屋子因我们回来顿时又充满了生机，就像春天来临，鸟儿又飞回树林，鸣声上下，山林也因禽鸟回归而喧闹起来。夜幕降临，饭后支一张桌子，在树底下，沏一壶五指山红茶或是白沙绿茶。兄弟姐妹围坐，一边喝顺口的茶，一边细数尘封的往事。儿时记忆，如同旧电影重放，历历在目。三哥说当年读小学，每天放学回家还要赶一群鹅到田里放养，顺便还割回一大麻袋的草。二哥说，当年家里盖房子的砖是他和父亲烧制出来的，还有木料，都是半夜三更和父亲拉着牛车到很深的山里伐回来的。二姐说，她每天放学回来要煮全家人的饭，洗全家人的衣服，还要挑满两大缸水……那些过往，有苦涩，有艰辛，却让人铸就了坚韧不拔、吃苦耐劳的品质，从而茁壮成长起来，内心也因此变得丰富和强大。乃至多年之后再记起时，所有的苦难都已经成为一种笑谈，都是美好的人生阅历。

茶叙之间，悠悠晚风呢喃，拂过脸颊，如同母亲轻轻的耳语。抬头可见，院子的天空漫天星斗，夜深沉，那些旧时光悄然而至，在星辉斑斓里放歌，我们仿佛回到儿时热热闹闹的家。

清晨，鸡鸣犬吠声中醒来，绿意摇曳窗前，远处是新房，近处是老屋，荣枯相随。春光里，晨曦中，绿植葳蕤，参差披拂，瓜藤蔓延，红砖黑瓦，勾勒出岁月沧桑的痕迹。幼时从书桌前往窗外看，对面的老屋炊烟袅袅，孩童在来回奔跑、嬉戏，笑声如银铃悦耳。老人坐在里屋的棺木上，脸庞布满沟沟壑壑，白发在风中招展……而今，老屋颤颤巍巍伫立风中，人去楼空，默默叹息，归于沉寂。那些曾经的故事不再来，那些烟火的气息也已消散。

清明日，天朗气清。上午十点，听从长辈的一声号令，全族老小大部队装一卡车浩浩荡荡地出发，戴着草帽，扛着锄头和铁铲，拎着爆竹、蜡烛、宝纸与香火。

而我为了防晒，也是把自己全部武装，披着蓑戴着笠还像村妇一样用面巾严严实实裹住脸庞。像吉卜赛女郎一样搭上大篷车，风风火火，穿山越岭。

乡间有民谚“三月火烧坡，四月汪洋塘”。清明时节，热带海岛西部已进入盛夏，骄阳似火，广袤的原野一马平川，野花遍地，大片小片的青绿随意地铺展。远处是蓝天白云，风吹稻浪，此起彼伏，间或饱满的稻穗颔首低眉，仿佛在向你致意。希望的田野是绿色的瑰宝，又是育种基地，是巨大的粮仓，丰收在望。

清明也是踏青好时节。一路迂回曲折，跋山涉水，走过田埂，穿过菜畦，我们一路游山玩水，拈花惹草，祭拜一处又一处的先人。最后来到父亲母亲的坟前。常听老人说抱岁村王氏“生在六田坡，死在赐贤塘”。那是一处背靠青山面朝湖水的风水宝地，坟前是禾苗青青，是山水田园风光。

拾级而上，高台之上，墓碑前，来到了父母安居的“家”。久别重逢，墙头草郁郁葱葱爬满围廊。大姐早就提前到了，佝偻着身子在打扫卫生。年近七十的她，只身一人，从另外一个遥远的村庄拎着年糕、熟鸡、水果等祭品一个人最先到来。她说，好久都不来一次，要来早一点，陪爸爸妈妈多坐一会儿，说说话。仿佛父亲母亲从来就没有离开我们，而只是搬了一次家，从人间到田间，从村里到村外。

热风浮动，子子孙孙在坟前坟后，顶着烈日，大干一场。热火朝天，除去茂盛的杂草、密布的荆棘，砍去坟边新长出来的苦楝树，把如同一座座山一样的坟地清理得干干净净。然后上香，供奉祭品，跪拜，哀悼，默念，祈愿，祝福……

一路祭拜，来到父母的坟前，我却多了一份心事。众人之中，我独处一隅，默默哀思，回想没有父母相伴的日子，尝遍了孤儿的滋味。

想起每次回老家，再也看不到父母小跑出来迎接的身影，寂寂庭院，满目萧然，只有落叶在长吁短叹……

父亲，您在世的时候，学习与工作上的事情，无论得意与失意我总喜欢和您说说。您总是鞭策我努力向前，默默地支持我、鼓励我。母亲，生活上的琐事，我也总喜欢和您说说，鸡毛蒜皮，絮絮不止，偶有遇到迷茫，您总是为我指点迷津。当我难过时，我会回到你们的身边。你们就像我的避风港，为我遮风挡雨。尤其是幼小时怕黑的我，寸步也离不开母亲。而今，您到底已经去了何方？您留下了我，孤孤单单一个人。当我怕黑时，该去哪里找您？

我一直默默地蹲在坟前，泪水无端溢满眼眶，默默地和你们说话。有讲不完的话，还告诉你们小帅已经考上了大学，他已越来越懂事，一切都会变得越来越好……

我终于明白，为什么不辞劳苦长途跋涉，每年都回家做清明？阴阳相隔，唯有清明日是我们最靠近的日子，纵然隔着一方矮矮的坟墓，纵然我在外头，父母在里头，却无法阻隔我对父母绵绵不绝的思念和倾诉。

父母在哪里，哪里就是家。无论生前或死后。去世不等于离开，父亲母亲，恩重如山，一直都在我的心里巍峨挺立。

故土安居故人，让人频频回头，那是亘古不变、血脉相连的乡愁，牵引着游子跨越千山万水，也让一个人内心更柔软，活得更有定力！

鬼节情思

在我的老家，农历七月十四为鬼节，而海口等许多地方的鬼节却在七月十五。

在城市里，几乎没有真正意义的鬼节。这一天，除了街上车辆行人比平时稀少，商店里，尤其是服装店的生意有些冷清（海口人非常忌讳在农历七月买衣服，尤其是在鬼节，有一种说法就是七月买的衣服会成为“寿衣”，当然这仅仅是一种迷信的说法），根本没有感受到焚烧香烛、纸钱等缅怀先人的鬼节气氛。

我还是比较怀念家乡的鬼节。家乡的鬼节在我的印象里似乎与狰狞恐怖的鬼怪无关，它只是人们祭奠已故亲人的一个隆重的日子。如今回想起来，家乡的鬼节依然清晰、亲切、温馨，在我的记忆深处，它更多弥漫着一份浓浓的阴阳之隔无法割舍的亲情和温情……

像所有的孩子一样，小时候的我，对于什么节日总是充满期待与向往。因为乡下的节日熙熙攘攘、热闹非凡，还有吃、喝、玩、乐，并且家长忙于筹备节日，无暇管教与束缚孩子。于是，节日一到，幼小的我总像一只快乐的小鸟，在大人的羽翼下扑闪着稚嫩的翅膀，扑通来扑通去的，惊喜之中莫名激动。就连鬼节也不例外，一样让我憧憬无比！

这一天在我记忆里是一段暖暖的时光，犹如一张老相片，虽被岁月的尘灰蒙盖，却在泛黄之中清晰而夺目，永远定格在我的生命里，充满温馨，散发香气。

每到这一天，父亲一大早就到集市去买回一大摞五颜六色的巨幅纸张，其中，白色和黑色居多。此外，还有粗厚的黄澄澄的“宝纸”、薄如蝉翼的闪亮的“银纸”。各色巨幅的纸张可用来折叠或裁剪成阴间冥府的“布匹”，或各种款式的“衣服”；而“宝纸”和“银纸”，则可用来折叠和粘贴成阴间地府所用的各类金银财宝。

母亲聪慧利索，心灵手巧。只见她将纸张轻轻一折，随意翻转几下，再用锋利的小剪刀沿着折线轻轻一裁，一件件精致美观的“衣衫”就呈现在眼前了。幼时的我特别倾慕母亲有这一手，每每此时，我总依偎在母亲身旁，细心观察、模仿，却无论如何捣鼓也裁不出一个形状来……

我自然是裁不出一件像样的“衣裳”来，但在母亲的精心教导下，我还是学会了折纸钱。

母亲把每张大“宝纸”剪成许多小块的正方形，然后教我们把它卷成圆筒形状，再把两头折叠、闭合，之后，在长体圆筒的中间贴上小块方状的“银纸”薄片，这就是所谓阴间使用的金银财宝了。每到这一天，我们兄弟姐妹就围在一起折纸钱，一叠就是几大箩筐，乐此不疲。

而这“布匹”“衣服”“金银财宝”是准备在黄昏日暮祭祀时候烧给已故亲人的。这样，一年到头，我们的先辈就可以衣寝无忧了。

准备好衣物、钱财，还要给先人捎口信。

日落时分，晚霞漫天飞舞，面朝血染的夕阳，我总端坐在饭桌前，静静凝视父亲用毛笔一撇一捺在鲜艳的红纸上写上工整、娟秀的小楷字，这是父亲在给已故亲人写信。

父亲的信寄往阴间，收信者是他的至爱亲人，包括父亲的父亲、母亲，父亲的祖父、祖母等很多已故的亲人。我依稀记得，父亲写信的格式及内容大致如此："今日是七月十四盂兰佳节，儿辈 ×× 现寄衣服 × 件，粗布 × 匹给考妣大人，聊表心意，请查收……"因为先祖很多，父亲要写的信当然也很多，然后对号入座，夹在不同的"布匹"和"衣服"里，随祭祀礼一起焚烧给先人。

这是迄今为止，我所见过的最特殊、最感人的表达方式。这特别的"家书"穿越古今，贯通天地，连接着绵长不绝的代代亲情，是不是可以抵万金？

鬼节，给我们提供了一个与未曾谋面或无法再见的已逝亲人交流、相通的机会。纵然阴阳相隔，却还能够捎口信、传递衣物、钱币，这是不是一个让人激动与兴奋的时刻？我们是不是应该感谢鬼节？

因此，在我的记忆里，鬼节和鬼神、妖怪没有多大的关联，它实际上仅仅是我们感怀先祖、传递亲情的日子而已。

在这天，我们所做的一切是一种倾诉、一种表达，是对先祖的一种牵挂、一种哀思、一种缅怀，一种美好的祝愿。而这便是血脉相连的任时光流逝，任天地流转，任生命轮回也无法割舍的质朴而浓厚的亲情，它可以天长地久，甚至可以比天长，比地久！

而年幼无知的我每次总扬着稚气的小脸庞半信半疑地问父亲："我们的亲人真的能收到我们遥寄的衣物和钱币吗？"父亲总是微笑着点点头："会的，当然会。"

于是，在我幼小的心灵里便有这样的想法：如果人去世了还有可以到达另一个世界，依然可以穿衣服，依然可以花钱，甚至可以和亲人联系，犹如人间一样，那么死还有什么可怕呢？

光阴荏苒，许多年过去了，随着不断地成长，不断地认知世界，我对于年幼的想法只是轻轻地、淡淡地一笑。

其实，随着心智的成熟，如今，我更深切地感受到，在宇宙长河中，生命如同流光，稍纵即逝，每个人都如此。所以，死真的没有什么可怕，正如庄子所说，生与死只是一种生命形态的相互转换而已，“不知说生，不知恶死”。然而在这生命的匆匆转换与轮回之中，却有一种感人的至爱亲情在天地之间无限绵长，乃至永恒。我们只有正确认识了生与死，认识了短暂与永恒，才能更从容、淡定地面对生命，才能更充分发挥人生的价值。

回故乡

春节看春晚，与家人团聚，吃吃睡睡，足不出户。经历了小雨淅淅沥沥阴冷潮湿的初一天，大年初二风停雨住，微弱的光芒穿越厚重的阴霾，天色大亮，是大好的心情。

出嫁后每至大年初二我都如期回娘家，回故乡。这是一种习俗，也是一种心灵的约定，更是一种坚定的信念。沿着笔直的高速公路，犹如鱼儿游向辽阔的水域，一路往南向西。阳光渐烈，气温攀升，天空露出蔚蓝的姿容，途经木棉花盛开的山岗，青绿的禾苗在田间自由呼吸，白云悠悠掠过山尖。村庄匿藏在树林深处，清新的风从旷野吹来，是泥土的芬芳，是不羁的气息，是春暖花开的喜悦。

乡间小路蜿蜒曲折绕过高大的酸梅树伸展到家门前。车子驶入院子里，停靠在母亲种植的紫檀树下，阳光透过苍翠的枝叶，落下斑驳的树影。院落里没有了往日的人气和热闹，出来迎接我们的是哥哥、嫂子和侄女，再也看不到父母欣喜的容颜，是触目伤怀的凄凉。

人是越走越孤单的，这个世界上最爱我的人都已相继离世。2013 年的开始，经历了太多的苦痛，生离死别，撕心裂肺，突然间成了孤儿。

年前父亲住院四十多天，每天 24 小时子女和孙辈轮流陪护，不离半刻，嘘寒问暖，悉心照顾。而上天不佑，华佗无术，任由我们如何努力和用心，都无法控制住父亲的病情。

那一日，天色灰蒙，在医院里长长的过道上，任由冷风吹落我满面的泪水。穿着白大褂戴着口罩的医生把父亲从重症病房里推出来，身边和我一起并立的有许多的家人，大约几十个，哥哥、姐姐、侄子、外甥……丈夫，还有我的儿子。我却像一座孤岛，如此痛心、无助和绝望。

而父亲在经历了病痛、折磨、挣扎，在神志不清的情况下却有一个坚定的意念，那就是回老家。在生命的最后，治病已不重要，回家成为父亲最大的心愿。为此，他一次次拔掉所有的输液管，大发脾气，打掉我递上来喂给他的饭，用尽全力与我们斗争、对抗，拒绝治疗，一心一意只想还乡。

作为子女，只要有 1% 的希望，我们就会付出 100% 的努力去医治挽救父亲。直到最后，病情不断恶化，在医生的建议下，也是为了满足父亲的心愿，我们才痛心无奈地选择了放弃治疗，把父亲送回老家。

故乡是一个笃定的方向，无论漂泊多远、年岁多老，人总要叶落归根，魂归故里。回家路上，父亲肺部肿痛，心力衰竭，呼吸困难，命悬一线，却一直催促司机开快一点，再开快一点，虚弱的声音一直追问车子已经到了哪里，离家还有多远。漫漫长路，父亲忍受着巨大的病痛，经历了四个小时的颠簸，终于如愿以偿回到家。他已经竭尽全力，奄奄一息，是一种回家的信念和精神的力量一直支撑着他的性命。最后的一刻，家族里所有的子孙后代全程守护着父亲，陪他走完最后一程。四代同堂的老人在家中寿终正寝也算是另一种完满吧！

而父亲刚走，还在缠着白布守灵的时候，四哥突然就很感伤地问："父母不在了，你以后过年可能都不回来了吧？"话语中有一种期盼。我撇过脸去泪眼模糊却坚定说："回，每年都回！"哥哥与父母的心情是一样的，希望我们春节都能回家，热热闹闹，团团圆圆。亲情是生命的养分，回家是联系亲情的纽带，活着和逝去的亲人都盼望我回家，我又有什么理由可以拒绝呢？

回家，是自幼父母反复给我传递的思想，是一种传承的情感和信念。如今，纵然至爱双亲已不在了，而我还是执意像以往大年初二准时回到这个家。他们健在时最欢喜的是回家过年，最希望的是所有的子女都回家，共聚一堂。我一直坚信，虽然生命结束，但他们并没有消失，父母始终在我心中，与我同在，与我相随。这一刻，我回来了，他们的在天之灵是有感应的，他们是欢喜的，一定是在轻轻地唤着我的乳名，笑迎我的归来。

进入厅堂立在供桌前看到照片里父母温和的目光、慈祥的脸，他们与我对视的刹那露出会心的微笑。我的父亲母亲一起走过六十多年的时光，同舟共济，相濡以沫。而今，再相聚天堂，执子之手，开始新的旅程，这该是幸福的。难怪在父亲走后第三天，孙辈去给坟墓浇水准备返回时，看到两只蝴蝶从墓地飞出，相依相伴，一路跟随他们上车。蝴蝶的花色是母亲在世时最喜欢穿的那件衣服的色彩。他们该是在极乐的世界里双宿双飞仙游千古了……

携着夫婿和儿子，烧一炷香，叩三个头，问候父母，告诉他们我们回来了，并像往年一样手捧槟榔分别给他们恭喜，祈福与祝愿。那一刻，我真实感觉到父母就在身边，没有离去，他们欣慰地看着我。早年在影片《人鬼情未了》中就已读懂天地间若心有灵犀彼此是可感应的，哪怕是阴阳相隔。

叩拜完毕，太阳西斜，余晖落入庭院，我们一大家人团坐在父亲自制的长板凳上，在院子里露天的灶台边聊家常。三嫂在用柴火烧菜，用来煽风点火的是我五年级时候用的数学作业本，看到稚嫩的字迹，想起父亲教我做数学题时严肃的表情，久远的珍藏付之一炬。锅里正煮的是白切农家鹅，香气蒸腾，扑鼻而来。

掌勺人三嫂心灵手巧，厨艺精湛，从云南嫁过来却秉承了我家的传统年味，用大锅铲把煮好的鹅捞上后往略泛金黄的汤里加入浸泡好的萝卜干，添入虾米、半肥瘦猪肉，继续文火炖煮，这是母亲生前每年为我们全家做的美味佳肴。开饭时，饭桌上必备的是包饭菜，这也是我们家一直保留的传统菜谱。具体吃法是用生菜裹住炖好的萝卜干、香软嫩滑的肉，加上生葱、香菜，点上酱料，放入口中慢慢咀嚼，是儿时贪恋的滋味，沾染着母爱的馨香、亲情的芳醇，让人回味无穷！

晚饭过后，暮色四合，凉爽的风吹来，是夏日的气息。兄弟姐妹围坐在庭下喝茶、嗑瓜子、看电视，说说笑笑，就像儿时一样。客厅前右侧放着一张空沙发，屋檐下放着一张空椅子，那是父亲母亲生前习惯的座位，依然摆放在那里，虚位以待，是一种缅怀，也是一种敬重。

浩瀚的夜空，月牙初露，又见天灯，恍惚飘过，如同点点星光，像儿时的故乡温暖。而我们，却再也回不到那个儿时的家……

二　姐

二姐是1960年后生的人，和我相隔十余个年头，也许是代沟，还是有许多不一样的地方。她们那代人吃苦耐劳、勤劳简朴、善良宽厚，而且特别孝敬父母、关爱子女、照顾家人，温柔贤惠，所有优良传统美德她一并俱全。当今年代真的难以找到像二姐一样的女人。她犹如天使，又犹如母亲一样总是无微不至照顾着我们全家每一个人。

二姐从很小的时候开始就很懂事，勤劳能干，默默帮助父母分担家务，挑水、插秧、除草、煮饭、搞卫生、洗衣服，里里外外无所不能，一天到晚总是忙忙碌碌，从来没有停下来。

二姐学习也是十分刻苦用功，起早贪黑，真可谓“焚膏油以继晷，恒兀兀以穷年”。20世纪80年代初在乐东冲坡中学就读，那时恢复高考没几年，二姐特别珍惜这来之不易的机会，拼命地学习，梦寐以求从农村走向城市。知识改变命运，唯一的出路是走过高考独木桥。

很多年前的一天，骄阳似火，热风浮动，二姐戴着竹笠在田里插秧，一脚深一脚浅，弓着身子，汗流浃背，还时时堤防可怕的水蚂蟥。抬头之间，只见四哥和堂哥火急火燎奔赶而来，气喘吁吁，在远处就大声呼喊：“二姐！二姐！你已经考上了，快把你的竹笠扔掉，再也不要干这种农活了！”从此，二姐就告别了面朝黄土背朝天的农村生活。

原来，当时四哥和堂哥到冲坡公社闲逛，看到许多人在公告牌前围观，他们出于好奇也挤进去，是高考放榜公告。看到二姐金榜题名，他们高兴得跳了起来，奔走呼告，径直跑到野外田地向二姐报告喜讯。人生总有一些刻骨铭心的时刻常常被重提，此情此景，多年之后，他们每每回忆是当故事来讲的。

20世纪80年代，海南尚属广东省，高考竞争是十分激烈的，尤其是乡村学校考取的更是寥寥无几。特别是女孩子，农村人多重男轻女不让女孩子读书，而是留在家帮忙干农活。而我的父亲是读书人，对子女一视同仁，十分重视教育，和母亲一起勒紧裤腰带含辛茹苦供每个孩子上学。像二姐这样能够考上的女孩在村里也是前所未有。还有的同乡学习基础差，天资不够聪颖，甚至复读了十年八年也没考上，最后也只好认命回家务农了。知识改变命运，努力就能实现梦想，如此说来，二姐也算是幸运的！

年轻时候的二姐也是个标致的美人，身材高挑、身形苗条、体态婀娜、肤如凝脂、明眸皓齿，又温柔贤惠、知书达理，还是有工作吃薪水的。在农村，这样的姑娘凤毛麟角，追求她的人排成长队。而她不贪图荣华富贵，不追名逐利，只是选择一个自己喜欢的普通人过寻常温暖的日子。二姐一直把二姐夫捧在手心，把他伺候得像老爷一样。姐夫向来饭来张口，衣来伸手，说这辈子最幸福的事情就是娶到二姐，常常毫不吝惜在众人面前夸奖二姐的温柔体贴。执子之手，与子偕老，他们也算是天生一对的神仙伴侣了。

二姐对弟弟妹妹也是关怀备至的。当年她在通什读卫校。学校每个月补贴十元伙食费。她缩衣节食，每个月只花五元，省出五元买麦乳精、牛奶等营养品送给在自治州中学读高中的三哥。她工作后刚开始分配到乐东人民医院工作。每个周末她都熬骨头汤或炖花生煮猪脚，让在乐东中学读书的四哥以及复读的三哥补身子。而我和三姐高中三年在海南第二中学读书，一直都寄宿在二姐家。二姐养育了我们三年，还对我们的学习十分操心。没有二姐的关怀教育不可能有我们今天的生活。

而这一次，我生病出院后二姐又主动照顾我，一日三餐关怀备至。每天一大早就到市场买最新鲜的骨头、最补血和有助伤口愈合的鲜活柴鱼为我熬汤。当我还在睡梦中就把我叫起来吃热腾腾的鸡粥，还有中餐和晚餐准时准点备好盛好饭叫我吃。

有一种姐姐叫妈妈，说的就是二姐吧！父母亲离世之后，她更像妈妈一样照顾我们所有的兄弟姐妹，还非常关心下一代的成长。四哥四嫂忙于乡下的果园来回奔波，无暇照看孩子，也是二姐帮忙看管侄子。不仅给他们做饭，还嘘寒问暖，密切关注他们的心思动态，经常和他们聊天，给予他们心灵的关怀和思想的教育。

逢年过节，二姐总是约我们一大家子到她家聚餐。她一整天忙忙碌碌，准备食材，煎炸炒炖，折腾两大桌饭菜，总是那个最后一个端起饭碗吃饭的人。累得直不起腰，饭后还要收拾碗筷，把家里打扫得纤尘不染。二姐热情大方，又是最辛苦的人，付出很多，可是从来没有计较，从来没有半句怨言，而总是乐呵呵的，开开心心。因为亲人团聚对她来说是一种幸福。

那天我住院，早餐时她熬了粥给我送去。我躺在床上听她和邻床的病友聊天。那是我从来没听说过的故事。说我是她看着出生和长大的。我出生的时候，她正好十一岁。妈妈肚子疼了就到屋里躺下，没有到医院，也没有请接生婆。妈妈自己接生，她在一旁当帮手。妈妈叫她给剪刀消毒，准备水盆盛满水端进屋里准备各种擦洗。她按照妈妈的吩咐把剪刀放在火上加热消毒，站在一旁听从母亲的指示，目睹妈妈产下了我，然后把脐带剪掉。妈妈四十二岁生我，二姐十一岁就在一旁当助产士。是她和妈妈两个人一起完成生产我的任务，如今听起来真是难以想象。

艰苦年代的故事就是如此跌宕离奇，它能让人阅历丰富，快速成长，内心变得坚强、善良、柔软而宽厚。

时过境迁，父母也已仙逝，而亲情是即使打断骨头还连着筋的东西。兄妹情深已成为一种家风。我们兄弟姐妹情同手足，一直互相帮助，互相扶持，相亲相爱，其乐融融，这当中二姐是主心骨。

亲恩浩荡，无以言报！

记丁酉年元日兼怀老爷

大年初一，热带海岛，阳光明媚，蓝天白云，潮平海阔，风帆正举，椰影婆娑，花红柳绿，莺歌燕舞，呈现一派祥和的景象。

风和日丽的佳节，团团圆圆的日子，适合一家老小逛逛公园赏赏花；适合牵着亲密爱人的手一起去看看大海，追逐浪花，或是登高望远，一览众山小……

上午，我们一家没有选择看山看水，而是选择到颜春岭去看望至爱的亲人——老爷。刚开始我心里有些抵触，因为按照我们家乡的风俗，大过年的，是很忌讳去这样的地方的，一些从小到大遵循的习俗造就了根深蒂固的思想与偏见。可是，婆婆说按照浙江临安的风俗是初一早上到坟地祭拜先人的，决定初一全家都去，那我不去也不行了。于是，只好自我宽慰入乡随俗，嫁鸡随鸡吧，也就欣然规往了。

汽车疾驰，掠过辽阔的海域，越过阴阳相隔的境地，我们左手拿着大炮仗，右手拎着大袋冥币，还有各种零食水果，大包小包的，热热闹闹地来到老爷清冷的坟前。短松苍翠，花开嫣然，倏忽之间您已离开我们半年。

大帅小帅们清扫坟地，到远处的井打水来擦洗，让坟头铮亮如新，奶奶整理装饰的花花叶叶。阳光普照，热风浮动，我们摆上供品，燃烛上香，每一个人默默同您对话，祈福与祝愿，您在一方矮矮的坟墓里，同我们在一起，仿若一家老小团聚在野外公园……每逢佳节倍思亲，过年是团圆的日子，更是感怀的日子。

这个世界上除了我的父亲母亲，您是待我最好的人。一直以来，您把我视若亲生女儿。我生孩子的时候，您炖了大骨头汤、鸡汤，还有猪脚等各种滋补食品每天忙着往医院跑。与您相处的近二十年里，您给了我无微不至的照顾。家里所有人当中，您是最勤快的一个，任劳任怨，几十年如一日，一面要上班，一面要打理家务事，包揽一日三餐，每天早早起床到菜市场买菜，安排一家人的生活。犹记得有一天早晨，我急着出门上课，来不及吃早餐，您执意为我煮了两个糖水鸡蛋让我一定吃下去，怕我饿坏了身体。除了亲生父母，谁能这样心疼我？那个清晨，我一边吃着热腾腾的鸡蛋，一边热泪盈眶。

记得孩子很小的时候，您每次从儋州两院上来看望我们，总关切地问："槐珂，有没有钱花呀？"我总是一脸不以为然地回答："有的，有的。"就连我哥哥购买房子的时候你也很关心地问他们够不够钱，不够就从您那里借一点。如今想来，您是一个多么善良热心的老人！

您对孙子的疼爱更是"含在口里怕化，捧在手里怕摔"的那种。小帅小的时候，每个假期您都上海口来带他去两院玩，带着孙子去植物园散步看各种植物，到河边钓鱼、捉虾，到野外烧烤，在院内溜冰、打乒乓球，带着他去逛菜市场、去理发……小帅每次提起都说两院是他的乐园，好想再回去呀。我想让他怀念的还是他和老爷在一起的美好时光吧！后来，你们到了海口，每次知道小帅去您那里，您总是早早就做好准备，提前去买好吃的，又是鱼又是虾，又是排骨又是鸡，整了满满一大桌的饭菜，吃饭时不停地往小帅碗里夹菜，小帅吃得越多您就越高兴。对小帅的学习更是寄予厚望，每次您总是激励他，说将来要考到老家上海去，到时在浦东买一套房子。原来，离开故土多年老人的最大心愿还是回家，把自己完成不了的心愿延续到孙子身上。小帅考取好成绩的时候你总是给予金钱或物质的奖励，笑逐颜开，最高兴的人是您；小帅没有学好或者出现什么状况的时候，最忧心忡忡的人也是您。您是一个多么慈爱温暖的老人！

自从您从浙江大学毕业，便同家婆双双服从国家分配，辗转云南再到海南，后结为伉俪，同甘共苦，相濡以沫，一起从事教育科研工作五十多年。一生勤俭节约、艰苦朴素，在岗位上勤勤恳恳、无私奉献，为人师表，培育英才无数，桃李满天下。你们这一代人做事的严谨，对工作认真的态度，是我等年轻人所无法企及的。我翻看过您的备课本，一个七十多岁的老人，每一个章节要讲的内容都用钢笔工工整整地书写，条分缕析，清清楚楚，且字迹美观。最让我钦佩的是您退休到海口之后还一直返聘，直到七十六岁，您走前的一年多因身体原因才休息。也就是可以说，您为教育教研工作奉献了毕生的精力。到了晚年，您在一所学院里教《机械制图》课程，您的画图精美如印刷，我至今依旧难忘。一个七十多岁的老人，戴着老花镜，头发稀疏、斑白，在夜里，在明亮的台灯下低头凝眉，绘图，聚精会神地备课、批改作业、出考题，或是在认真地登记每次作业情况、考试成绩和写评语……“春蚕到死丝方尽，蜡炬成灰泪始干。”一个老人，那种孜孜不倦，那种沉迷工作的情景常常让我感动，那是人世间最美的图景与为人之最美的姿态。您的最高德行对我日常的工作是最好的鞭策。我知道您的一个心愿是希望我考研究生上一个台阶到高校里来教书，像您和婆婆一样。甚至我写的论文获奖时，你要给我发奖金，以此来激励我不断进取。可是我胸无大志，忙于俗务和带孩子，一直没能达成您的愿望，实为惭愧。

作为大学老师，您的家里经常聚集着莘莘学子，您和他们打成一片，在学生困难的时候总适时伸出援手。有一位学生，家里很贫困供不起他读书，是您和婆婆借钱给他帮助他读完大学，让他将来工作有能力了再偿还……您以慈悲温暖的情怀，以一丝不苟的工作态度，以满腔的工作热情，赢得了学生的尊重与爱戴。以至您走的时候，您的学生们把您的葬礼操办得很隆重，他们从四面八方都赶来了，为您主持召开盛大的追悼会，为您送上很多的花圈，为您默默哀悼，那样的场景让我觉得作为一名普通的人民教师至死也是幸福的。虽然清贫，但比常人拥有更多的精神财富。那一刻，我想，爸爸，虽然您离开了我们，但您的在天之灵一定是欣慰的……

您走的前一天晚上，我还到医院探望您。那一天，我像往常一样在学校上课，突然接到大帅的电话，他哭着对我说已经走了。犹如晴天霹雳，但我马上镇定下来，给我的每一个家人打电话，分派给他们各自的任务，然后再赶回家里。在家人的张罗下，一切顺利进行，按照家乡的习俗有条不紊办理了丧事。那些日子里，家里一直香火不断，每晚我、大帅、小帅都席地而睡，一并在客厅里守灵，聊表最沉痛的哀思。而您的学生也忙前忙后，为您操办了最体面的追悼会。这也是我们仅能为您做的一点什么，包括为您选环境最好的墓园，为您购买最贵的墓地。虽然您已不在身旁，但隆重烦琐的仪式感，是我们能告慰您的在天之灵最好的方式……

大年初一，团团圆圆的日子，奶奶烧着七炷香恭立于您面前，说："老头子，我们七个人一起来看你了，他们有各自的心事，你就保佑他们心想事成吧！"嘴里还不忘念念叨叨："小帅，你要好好向老爷学习，做数学题的时候像老爷那样仔细认真，把做题的步骤过程写出来……"海岛炽烈的阳光下，奶奶沟沟壑壑的面容清晰呈现。这半年来，她老了很多，她很孤单，身体也不太好……转眼老爷您鹤驾西天已是半载，坟头已长满青草，纵然阴阳相隔，但您一直没有离开，一直就在我们的心里。

您太善良，做了一辈子的好人，一生却最怕麻烦别人，到最后还是，哪怕是自己的亲人。积善成德，家风长存，您是我们学习的楷模，是我们后辈无法超越的一座高山。爸爸，新春愉快，下辈子我还想做您的女儿，愿您安息，在蓬莱仙岛自在逍遥……

爱，是彼此的成长

周六的早上就读高三的儿子照常上课，我还是一如既往六点十五分准时从温暖的被窝里抽身，如同一只小猫蹑手蹑脚蹿入客厅，溜进厨房。在冰冷灶台前生火，蒸熟热乎乎的包子，再烧一壶开水，冲泡一杯热腾腾的牛奶，清冷的饭厅顿时是人间烟火的热度，弥漫着面香与奶香……

早餐准备就绪，我再像一只小猫咪蹭到儿子床前，轻轻把他从梦中唤醒。然后一边捣鼓去，从不同的地方找出校裤、毛衣、袜子，一应俱全递到床前。睡眼惺忪的儿子突然冒出一句："大周末的你怎么不睡懒觉，还这么有精神，像打了鸡血一样。"我脱口而出："这就是母爱啊！"

也许，儿子并不领情，抑或他根本不喜欢我如此甜腻或烦人的表达方式，以至他总是说"你不用管我，该干啥干啥去"。可是，我总是放心不下，总喜欢喋喋不休，总喜欢屁颠屁颠跟着他转，就像小时候的我离不开妈妈一样。与其说我是在陪伴孩子，不如说他在陪伴我。

孩子一天天长大，喜欢独立自主，不再需要妈妈太多的介入。可是，不是说有一种冷是妈妈觉得你冷吗？寒流来袭，温度骤降，我会翻箱倒柜为儿子找出秋裤和棉衣。可是无论春夏秋冬，儿子总是穿那一件单薄的蓝色校裤，不加也不减，在炎炎夏日下，在猎猎冷风中。可是，无论刮风下雨，他总是那个从不带伞的少年……

即使操心白费，我依然为他操心不减，我还是依旧站在原点，享受付出的快乐，甘之如饴。

昨天读到一段话，说得很好，引人深思，来自M·斯科特·派克《少有人走的路》："真正意义上的爱，既是爱自己，也是爱他人。爱，可以使自我和他人感觉到进步。不爱自己的人，绝不可能去爱他人。父母缺少自律，就不可能让孩子懂得什么是自我完善。我们推动他人心智的成熟，自己的心智也不会停滞不前。我们强化自身成长的力量，才能成为他人力量的源泉。"真正的爱，是彼此的成长，共同的进步。当孩子已经长大，如果我的心智还停滞不前，又怎么能成为他成长力量的源泉？

参与一个生命的成长，每一个母亲都需要不停转换角色，可以是亲人，可以是好友，可以是老师……但绝不可以是那个絮絮叨叨婆婆妈妈的妇人。

有人说，父母真正成功的爱，就是让孩子尽早作为一个独立的个体从你的生命中分离出去。

世间所有的爱都是为了相聚，唯独父母对子女的爱是为了相离。

我已依稀看到母子一场的目送，依稀看到渐行渐远的背影……

百感交集，欣喜或忧伤！

第三辑 心香一瓣

等一个人要多久

——在守候中凋谢的贞洁烈女

“鱼沉雁断经时久，未悉平安否？万千心事寄无门，此去若能相遇说他听：朱颜青鬓都消改，唯剩痴情在。”——曹佩声，知书达理，一位美丽而有气质的才情女子，接受过新文化思潮的冲击与洗礼，和胡适先生曾有过一段情，而思念却如疯长的野草蔓延了她的一生。她这辈子只为胡适而生，为他而来到这个世界，并为他守候一辈子，终生未嫁。隔海相望，望穿秋水，了尽终生，荒落了无情的岁月，而她至死也没能等到她爱的人，只好要求将自己埋葬在路经胡适家乡的路边，以期待胡适有朝一日返家时，能在自己的坟前驻足片刻。然而，胡适在她去世之前的十年已经到另外一个世界去了。这样的爱让人肃然起敬，也让人扼腕叹息！阴差阳错，曹佩声爱上的是已婚的男人，却爱得如此痴，如此醉，并以身心相许，一生一世。对她而言，一辈子爱一个人足矣！一个人，已足够鼓胀她空空的心房；一个人，足以将她坚定的希望及信念点燃。如此痴情的女子，实在不凡，堪称贞洁烈女！

在我们这个天之涯海之角的地方，有一个女性群体，她们是与曹佩声同时代的旧式女子，她们的处世原则、思想体系、情感观念如出一辙。她们的坚贞与执着着实让人敬佩，也让人唏嘘。这里我最想说的是我目睹的让人感慨万分的几个从一而终的旧式海南女人。

那是和我们同一宗族的亲戚，同是姓王的人家。这家的男人早年为了谋求生路，漂洋过海，到国外去了，家里留下两个老婆。封建社会，是允许一夫多妻的，这样的现象很普遍，尤其是在有钱有地位的人家。当男人离开的时候，这两个女人都还年轻，二十来岁，各养有一子。而这男人一去就如泥牛入海，杳无音信。这两个女人，留守在家艰辛地把各自的同属于一个男人的孩子拉扯大，让他们上学、读书，受教育。两个女人，她们的全部心思都投注孩子的身上，最终，这两个孩子都成器。而这两个女人从青丝等成白发，等待同一个男人，始终未再改嫁。出国的男人后来在泰国定居，并已经另成家室，子孙满堂。记得我很小的时候，20 世纪 80 年代初，这个跨洋越海去的男人回来了，这个时候，两个可怜的女人已经等了足足大半辈子。而她们等来的已不再是她们的男人，却是别的女人的男人，因为这男人还一同带回他的第三任妻子。经过了半个多世纪，她们一辈子一心一意怀揣着一个男人，而这个男人的心里早已经没有她们的影子。这样的等待是不是很不公平？可怜的旧式女人，她们如此无奈，却又是心甘情愿。

还有一个是我的姑婆，皮肤白皙，明眉善目，端庄秀丽。经常听我父亲说，姑婆在二十一岁的时候丈夫就去世了，然后生下一个遗腹之子。二十一岁就开始守寡，把儿子拉扯长大成人，终其一生，不再嫁人。二十一岁，花样的年华，却遭受最沉痛的打击，然后痴痴活在一个人的世界里一生一世，直至如花凋落。姑婆去世的时候八十多岁，这其中六十多年，一个柔弱的女子该如何度过？

之外，在我身边的一位阿婆，今年已经九十岁，她的男人在她年轻的时候就到南洋去了。她膝下无子无女，也没有再嫁，一辈子一心一意地等待她的男人，漫漫的岁月长河在虚无的等待中悄然逝去。一个美丽的青丝女子，已经成为满面沧桑、行将就木、发如白雪的老妇人，而她的男人终归没回来，她的一生便虚度在这空落的等待之中，一无所获……

这样的事例真的不胜枚举，海南是侨乡，海南文昌更是，那是宋氏三姐妹的故居，她们的父亲当年便从那里越洋到海外的。由于生活所迫，20世纪初，乡下的许多青年男子都到海外去谋求生路，而他们的女人留守在家里照顾孩子，侍候老人，等待及牵挂生死未卜、杳如黄鹤的男人，一生一世，终生未再嫁……这些留守女人大多都比较长寿，也许是因为她们清心寡欲，也许是因为她们的生活中一直有希望、有盼头，坚信她们的男人一定能够回来，这个信念如同一盏渔火引领她们穿度无数个寒灯孤影的黑夜。所以，她们一直等待，无休止地等待……

寒夜孤灯何由彻？这些悲情女子，曾经如花绚丽，在漫漫无边的等待中终归凋零、荒芜，她们最终荒落了美好的青春乃至宝贵的一生……她们的坚贞与执着，让人由衷地敬佩与折服！她们对爱的至死不渝真是感天地、泣鬼神！在当今，红尘之中的欲望男女又怎能企及？

然而，爱应该是双向的，虽然最高境界的爱是不求索取的，但真正的爱更应该是两心相知、两情相悦，是彼此默默地为对方付出，然后，哪怕是阴阳相隔也能心有灵犀。所以，两人之间应该是一心一意地相互守候，而当这等候变为一个人的行为时，变为单方无休止的思念时，这样的守候还有意义吗？如此耗尽一生的没有任何回报的守候值得吗？与其做一个如花日渐枯萎的贞洁烈女，守护着那一纸名存实亡的婚姻，等待那恍如隔世、无法相会与企及的伊人，不如敞开心扉接纳新人，拥抱生活，潇洒走一回。我想这样的人生才是积极入世、乐观进取的。人生是一张单程的车票，踏上起点便只能奔向终点，而这起点到终点之间该是如何异彩纷呈？

这些贞洁女人，怀着爱情之灯去穿越无数个漫漫长夜，她们的人生轨迹是如此单一，如此美丽和哀怨，她们是神圣的。对于她们，我肃然起敬，同时又感到由衷的悲哀和痛心！不由想起席慕蓉的《一棵开花的树》："佛于是把我化作一棵树 / 长在你必经的路旁 / 阳光下慎重的开满了花 / 朵朵都是我前世的盼望 / 当你走近　请你细听 / 颤抖的是我等待的热情 / 而当你终于无视地走过 / 在你身后落了一地 / 朋友啊　那不是花瓣 / 是我凋零的心……"

"人生自是有情痴，此事不关风与月。"也许，很多时候，爱只是一个人的事！

吾心归处是吾乡

“若无闲事挂心头，便是人间好时节。”春日融融，柔软同你的目光。放下烦忧，穿上水墨画碧蓝长裙，长发逆风飞扬，在高速公路上疾驰，是飞鸟的心情。

绕过崎岖蜿蜒的一段土路，看到黑瓦红砖的低矮房子，屋后栽种成林的波罗蜜，枝头垂挂着累累硕果，沁出诱人的芳香。短暂的旅程，柳暗花明，来到一处幽静的乡村。

碧波荡漾眼前，古老的榕树独木成林，以繁茂的姿态半卧在湖面，遮天蔽日，参差披拂，随风摇曳。寂静的湖水如同宝石，散发出璀璨的光，倒映出婆娑的树影。岸边是田园，禾苗青青，玉米地旁小黄牛在山坡上吃草，旁若无人地东张西望。菜地里的黄瓜、豆角想爬多高就爬多高，愿意开一朵谎花就开一朵谎花，随性生长。凉爽的风从旷野迤逦而来，掠过田园，吹过湖面，扑入我怀里，深吸一口，那是久违的气息，是田园的清香，是不羁的气韵。

天下熙熙皆为利来，天下攘攘皆为利往。古人早已把人生看透。早出晚归，奔波劳碌，劳以形，役以心，这不是我们所想要的生活。

而一个人，当他感觉到爬坡吃力时，坚持走下去，一定到达新的高处。对于我，只想做春天里那一缕自由来去的清风，徜徉在岸边，蹚过旷野，拂过水面，不经意间，轻轻躺倒在你的怀里。

自然，是心灵的故乡，有时却遥不可及。李白在怀才不遇、壮志难酬时曾试图寻求解脱，发出了“人生在世不称意，明朝散发弄扁舟”的感慨，白居易也曾借池鹤咏叹“临风一唳思何事，怅望青田云水遥”的无奈。而他们都曾为名利、仕途所负累，受世俗的羁绊，始终未能超脱，达到自然的本真。

“人生谁云乐，贵不屈所志。”中国山水诗鼻祖谢灵运在京城入仕，可由于受到排挤，被贬到荒远的永嘉郡做太守。政治抱负落空，最终去国离乡，脚著谢公屐，身登青云梯，走向山水、回归自我。当他游览灵门山，看到农夫樵子在林荫中缓步归家，更使得他发出人生贵在于自由而无拘束的感慨。

于丹在《重温最美古诗词》中写道：儒家“独善其身”的思想和老庄“道法自然”的思想结合起来，塑造了中国文人血脉中的文化基因——隐逸文化。但隐逸，并不意味着必须到辽阔的山林中，更可能、更可行的，是选择浅近、简约的农村田园生活。从东晋开始，陶渊明逐渐完善了这种隐逸的文化，在中国诗歌中赋予了“田园”这个词以诗意。

陶渊明是一个真正回归田园、回归自我的诗人。四十一岁的时候，他不愿为“五斗米折腰”，毅然辞去了勉强干了八十五天的彭泽令，终于归隐田园，真正抵达了心灵的自由。他在《归去来兮辞》中说：“既自以心为形役，奚惆怅而独悲！”心一旦做了形的仆人，自我便被外人外物所奴役。他在《饮酒》（其五）中写道：“采菊东篱下，悠然见南山。”那一份闲适、淳朴、天真是生命中最宝贵的特质和珍品。陶渊明，自称五柳先生，不需要名分和官职，哪怕“短褐穿结，箪瓢屡空”，只需做回自己，有酒盈樽，欢畅在心，生命就足够温暖从容。

近日仔细品读南朝梁吴均的山水小品《与朱元思书》，不仅领略了富春江清新婉约、悠长隽永的风光，更深深读懂了这条江所寄托的隐逸情怀。

唐朝韦庄称富春江“钱塘江尽到桐庐，水碧山青画不如”。宋代苏东坡亦誉：“三吴行尽千山水，犹道桐庐更清美。”元代吴桓赞道：“天下佳山水，古今推富春。”清人刘嗣绾诗云：“无声诗与有声画，需在桐庐江上寻。”富春江自古以来是山水绝地，流淌出诗与画，吸引着历代文人墨客为它吟咏、为它挥毫。也因为有了它，中国才精致起来。

六百六十多年前，画坛“元四家”之首黄公望结庐如诗如画的富春江，此地的山水灵性激发了他旺盛的创作欲望，他在晚年用了四年的时间将五色洗练成水墨，为后世勾画出了梦境般的山水画卷《富春山居图》，被誉为山水画中的“第一神品”。

富春江边还有一座“子陵钓台”，这是东汉著名隐士严子陵的隐居垂钓地。

严子陵原名庄光，与汉武帝刘秀是同窗好友。东汉初年，庄光辅佐刘秀夺得天下后，刘秀强留他做官，邀封王侯，但是他不慕荣利，随即辞官隐居，日日垂钓富春江边。这该是何等惬意的人生？如风和，如日丽。

严子陵被尊为中国隐士的鼻祖，真正践行了老庄所倡导的“功成而弗居”理想。山水旖旎的富春江因此被后人视为最理想的隐居之地。难怪南朝吴均到此一游也不由抒发了“鸢飞戾天者，望峰息心；经纶世务者，窥谷忘反”的情怀，并引发了避世退隐的高洁志趣和情思。

寄情山水，返璞归真，是心灵的远行，也是心灵的回归。而世俗社会物欲横流，纷繁复杂，有的人汲汲于名利，在职场叱咤风云、意气风发，而灵魂却日益萎缩，甚至只剩下一具形骸。这是何等悲哀！

有人说，人是一支有思想的芦苇。可是，有思想的人却没有芦苇的自然随性。吾心归处是吾乡。心灵，唯有远离人世喧嚣，回归自然，抱朴守拙，才能怡然静放，愉悦如莲。

丰富的安静

周国平先生说："世界越来越喧嚣，而我的日子越来越安静了。"喜欢独处，喜欢安静、阅读，是一种与自己相处最好的方式。捧一本心仪的书闲坐清晨或黄昏的窗前，景致随书本摊开，枝叶之间，繁花盛开，飞鸟掠过屋檐，晚霞满天。夏风吹过，在对视的刹那，流连人世光景，淡淡书香，伴随着鸡蛋花的清香，沁人心脾，是一种丰富的安静。

不受外界虚名浮利的诱惑，独辟蹊径，抵达内心深处。"外化而内不化"，随时代变迁，随境遇动荡，听从自己内心的声音，坚守属于自己的一份志趣，人生有缺憾却也是丰盈的。

清心的日子，读关于西藏的书，读纳兰的词，读《菜根谭》，读于丹的《趣品人生》。

随手翻开关于西藏的书，犹如探索未知的领域。辽阔的荒原、奇崛的高处、圣洁的雪山、虔诚的喇嘛、多彩的野花、无垠的草原、深险的峡谷，荒野深处弥漫的是宗教气息，是寂静，莫测而虚空。恶劣的环境，严寒的气候，高原的反应，穿越需要的是勇气和体力。那是充满挑战、险恶又纯净的地方。仅是日光之城拉萨，就可满足文艺女所有的幻想，罗布林卡的惬意、大昭寺的神秘、玛吉阿米的浪漫、古修娜书房的温馨，对之的怀念，犹如对自由的向往……

读纳兰容若的词，愁心四溢。纳兰，拥有显赫的家世、惊人

的才气、刻骨铭心的初恋、美貌聪颖的红颜知己、贤淑大度的妻子。一个男人该有的都有了，却偏偏事业上不得志，注定他的多愁善感，注定他对情的执着，注定他的英才早逝。

很喜欢这一句：“忆来何事最销魂，第一折枝花样画罗裙。”安意如的品读很有情味——“记忆中最快乐的事，就是同你一起为罗裙画上图案，隔天看你穿上，容光潋滟，柳腰裙儿荡，便是旖旎挠人的春光。”琴棋书画，赌书泼茶，古人的志趣比今人高雅得多。生命终将是虚无的渡口，人与人的欢好如同镜花水月，而细密的记忆汇聚成秘而不宣的小幸福，涓涓温润孤寂的心……

“嚼得菜根，百事可做。”“性躁心粗者，一事无成，心和气平者，百福自集。”床头放一本《菜根谭》，每日睡前读几则，让人心气平和，安然入睡。很欣赏这一句："忧勤是美德，太苦则无以适性怡情；淡泊是高风，太枯则无以济人利物。"意思是，兢兢业业本是一种美好的品德，但是过于苛求自己就无法使自己性情安逸，这就会失去人生的乐趣。清心寡欲是一种高尚的情操，但过分地冷淡以至避世遁名，不能对他人对社会做贡献，只能是枉来人世一程。

陶渊明追求心灵的自由，隐居山水，可谓是性情中人。"吾不能为五斗米折腰，拳拳事乡里小人"是一种节气和操守；"采菊东篱下，悠然见南山"是一种超然物外和闲适不羁。而他未能积极入世竭尽其才发挥对社会的价值，如此看来，也是一种遗憾。

相比之下，我更喜欢苏轼。宦海浮沉，几升几降，虽"学士一肚子不合时宜"，却处乱不慌，受挫不沉，始终保持质朴的童心、豁达的心境、高远的志趣、不懈的追求。

"千里孤坟，无处话凄凉"的情意绵绵，"大江东去，浪淘尽"的洒脱豪放，"老夫聊发少年狂"的放荡任性，"西北望，射天狼"的雄心壮志，"但少闲人如吾两人者耳"的从容豁达，"吾心归处是吾家"的随缘自适……婉约的情怀、激荡的豪气、强大的内心、丰富的精神，凝聚成圣贤的光芒，普照后世……

读书亦如品茶。于丹说，"茶"是"人在草木间"，上有草，下有木，人在草木间，得以氤氲、吸收天地精华，是茶真正的秘密。

不要过高要求自己，不要让自己太累，凡事量力而行就好。年岁渐长，给生活、内心做"减法"，把精力放在值得的人与事上。人世只不过是旅行的居所，把脚步放慢一点，让灵魂跟上，才能领略沿途美丽的风景。

一杯香茗，一本好书，闲坐窗前，花开花落，越来越安静，便可在时间中成为单纯的人。

女人最好的状态是“悦己”

冰心曾说：“世界上少了女人，就少了百分之五十的真，百分之六十的善，百分之七十的美。”如此，女人当是真善美的化身，是世间一道不可或缺的迷人风景。

想想也是，一个家庭缺少了女人是脏乱差一地鸡毛，一所学校缺少了女人几乎崩塌，一个社会缺少了女人更是无法想象，就连一个宴会或雅集缺少了女人也了无生趣。女人，何止是半边天？而男人的一半是女人，世界上男人与女人应该是一个整体，相对独立又互为生长，和谐共生。

古人云：“女为悦己者容。”时代发展到今日，信息化，多元化，女人不仅应为悦己者容，更应为悦己而容。悦己，才能悦人，才能更好地热爱生活。一个女人最好的状态还是从“悦己”开始吧！悦己，体现为：

首先，做自己。女人的角色定位首先是女性，然后才是妻子，是母亲。独立的女性，不依附、不攀缘、不缠绕，如同一株木棉，扎根沃土，吮吸雨露，沐浴阳光，积极向上，清清爽爽，逢春开出灿烂的花来，让人赏心悦目。做自己的女人，首先要有事业心，要经济独立，物质上不依附男人；然后是精神独立，思想自由，有情怀、有梦想、有追求，奋力进取，一点一点去完成目标，达成一个又一个生活的小确幸。

一个女人不思进取，得过且过，慵懒拖沓，没有紧紧跟上男人的步伐，甘居于“主妇”角色，迟早只会被男人唾弃。做自己的女人，无暇顾及八卦新闻，没时间追剧，也不会扎堆饶舌；做自己的女人，不会喋喋不休老公和孩子，不会婆婆妈妈、家长里短；做自己的女人，更多表达是“自我”，关注内心的丰盈，精神的富足，不断进步。就如一棵向阳而生的树，拔节生长，繁茂苍翠，开出细细碎碎的花来，芬芳馥郁，沁人心脾。

当自己发光发热，你的小宇宙就充满正能量，富有生机与活力。

其次，有雅趣。多年前读过刘墉的一篇文章，上面写道，一流的化妆是生命的化妆。“问渠那得清如许，为有源头活水来”，生命的滋养需要源源不断的活水，女人的活水来自哪里？读书。爱读书的女子含英咀华，眉宇间散发出来的尽是书卷气，举手投足也是温文儒雅，娉娉婷婷，清水出芙蓉，天然去雕饰，远离了俗气，卷舒开合任天真。如此，也是人见人爱，花见花开了。再说，知书达礼，读书的女子有思想，通人情，明事理，最为睿智。而“生命的化妆”着力点更应在德行上，胸襟宽广，慈悲为怀，与人为善。孔子云“唯女子与小人为难养也”，实为对女子的偏激看法，现实生活中，比男人大气、大度的女子比比皆是。

“腹有诗书气自华”，阅读养颜、养心、养神，实为生命的化妆。有雅趣的女人有高级感。古代大家闺秀有高级感的女子是琴棋书画样样精通，这种高级感发展到今日也不过时。诗书飘香，琴韵悠悠，青田云水，鸟语花香，追求生活的多趣，陶冶性情，养育精神的后花园，心灵不会荒芜。一闺蜜好友好读书，爱写诗，练瑜伽，弹古琴，学画画，做手工，养花养草一室馨香，茶禅一味，穿旗袍，轻徙莲步，仿若从古画中走出来的女子，永远不会老去的样子。女人，如此优雅，甚好！

再次，好颜色。王冕诗云：“不要人夸好颜色，只流清气满乾坤。”“好颜色”是外表的美，“清气”是内在的美，是气质之美。如果说读书培养气质是女人必不可少的内在修炼，那么装扮姿容也是女人一生必不可少的功课。当姿容与气质相得益彰，女性的魅力愈发光彩照人，那就是女人味。或如一朵幽兰清芬，或如一朵玫瑰热烈，或如山涧的野百合放荡却自持……每个女人抑或是前世的一株花，岂能不美？

男人对女人的第一印象更多来自外表的愉悦感。快节奏的当下，外表不佳可能会错失许多良缘良机。外表与气质百搭的女子给人舒适感，让人不由多看几眼，在职场中受到青睐，在生活中皆受欢迎。毕竟爱美之心人皆有之。再说，当你穿上一款得体的衣服，配上精致的妆容，款款行走在春风里，衣袂飘飘，心情也是不一样的美丽。悦人悦己，何乐而不为？生活需要仪式感，得体的穿衣打扮，对自己、对他人、对职业、对生活，也是多了一分敬重。

一位精致的女子，一位女人味十足的女子，从来都是表里如一，是由内至外散发气质的总和，犹如这三月的春光，明媚可人。

秋分，愿所有的美好都恰逢其时

秋天，我想谈一场恋爱，和清风明月，和山岚雾霭，和潺潺溪流，和片片枫叶，和暖暖晨曦，和脉脉夕阳……

遥想北国之秋，幻想与你重逢。倚在窗前看风景，叶子翻红，渐次飘零，是不舍，是依恋，是离开，是结束，也是新生。情至深，则痛绝。秋，是成熟，是了断，是收获。秋，是一场脱胎换骨的蕴蓄，可否也说是四季之始？

红叶盛开，烟霞缭绕。凉风习习，秋高气爽，让人心生喜悦，也让人满目萧瑟。就在这样的季节，早一点嫌暑，迟一点嫌寒，逃离都市，遁入山涧，隐居池畔，是一次遁逃，是生活的渴求，是生命的呼唤，也是一次返璞归真。

“空山新雨后，天气晚来秋。”骤雨初歇，车子驶入山区，温度骤然下降，凉丝丝的风扑面而来，钻入袖间，拨弄长发。热带雨林，潮湿的空气，饱含负离子氧气，夹杂着草木的芳香和泥土的气息，深吸一口，便让人神清气爽。一路攀爬，峰回路转，景致变幻，重峦叠翠，飞流直下，空谷幽鸣，心在林壑之间。

残阳匿藏在厚重的云层里，迷蒙暮色中，一汪池水映入眼帘，如同宽大的明镜在前方映照出山峦摇曳的身影。碧波荡漾，水波不兴，泛着涟漪，仿佛光亮的绸缎随风轻摆，仿佛你注视我的目光，如同安娴的处子，在这里静静等候我的到来。

山坳之间，朱红的阁楼小木屋，傍水而居。房前屋后，柳暗花明。拾级而上，是敲击木板咚咚的脚步声，穿过迂回的长廊，走进下榻的房间，是木制阁楼，仿佛入住丛林，散发出森林的气息。轻轻推开窗户，一幅淡淡的山水巨幅画卷缓缓铺展在眼前。

山色空蒙，波光潋滟，暮霭轻飘水面，远处黛黑的山绵延不绝，通向云端。天色渐暗，夜幕降临，水岸长桥，灯火通明，火树银花，明灭可见，梦幻水乡，仿佛天上的街市，蜿蜒至远方。

山居，微雨，幽深的夜，风声飒飒，雨水从屋檐滴落。小木屋在水之湄，仿佛童话的绘本。挽着你的手，细雨打湿了面庞，凉风吹过耳际，寒意阵阵，掌心紧紧握住你的热度。踱步水面索桥，辽阔的水域，渺渺茫茫，此刻，和你并肩站立，观望人世风月，是一种恩泽。

走过栈道，通向花木深深的石砌小路，夜来香，摇曳着水珠，在风中轻吟浅唱，弥漫着湿润馥郁的香，洗尽凡俗的喧嚣。此刻，只有寂静，只有你和我。此刻，静默是最好的表达，安好是最美的诠释。流年飞逝，现世安稳，岁月静好。

生活真的不需要太多，需要的只是你穿上一款素雅衣衫走在街上时轻松愉悦的心情，需要的是即使你平常不出众却有一款为你深情注视的目光。

回屋，雨落，滴滴答答，青草，池塘，处处蛙，虫鸣此起彼伏。山居，昏黄的灯光下，听雨，读书，怀想，是“闲敲棋子落灯花”的闲情，是“红袖添香夜读书”的清欢。

池畔，窗外，漆黑的夜，秋风秋雨，不由想起李商隐的《夜雨寄北》:“君问归期未有期，巴山夜雨涨秋池。何当共剪西窗烛，却话巴山夜雨时。”凄清的雨夜，甜美的遥思，温婉的期许，缠绵的情怀，交织成西窗剪烛的动人画面，让人心驰神往。凄清与温煦，寂寥与慰藉，便是我今晚的心情。

又记起张爱玲《小团圆》中写的:“宁愿天天下雨，以为因为下雨你不来。”秋风止于水，繁华落尽，当爱走到尽头，一场雨便也成为遥远的阻隔。

而另一对一时传为佳话的爱侣萧红和萧军。1932 年的哈尔滨夏季，大雨持续下了二十七天，松花江决堤，萧军自告奋勇，涉水而来，游泳到达旅馆营救被困的萧红。患难之处见真情，这年冬天，他们走到一起，终成眷属，拥有了属于自己的小家。

三毛说:“爱情是彩色气球，无论颜色如何艳丽，禁不起针尖轻轻一刺。”时过六年，萧军的自负、暴躁如同针尖刺破了他们曾经的浪漫爱情，令人实为感叹唏嘘。

其实，相爱的人不一定适合在一起，在一起的人不一定是相爱。时空阻隔何尝不是一种美？还是喜欢李商隐在雨夜里随手拈来的浪漫诗句，西窗下执手长谈，当烛光照红了脸颊，瞳影相映，告诉你今晚秋雨涨池之夜，我思念你的心情。雨天，夜凉，人多情，记得是一种温暖，牵挂是一种幸福……

长夜过去，晨曦穿破晓雾，薄烟笼罩水面，淡淡的水墨画映在窗前，是从山水间溢出的诗情。

我从梦中醒来，润湿的空气，自然的气息，肌肤深层呼吸，身心舒展。我就像池塘里的一尾鱼儿，游弋在山水间，隔离尘世，只听到天籁之声，美好一天开始。

席慕蓉诗云：雾起时，我就在你怀里，林间充满了湿润的芳香……

今日秋分，愿所有的美好都恰逢其时。

记忆深处的良师

海南师范大学毕业二十年同学聚会，花甲之年的比较文学韩捷进老师在台上发言时就毫不留情面地说："你们太狠，二十年才回来看望我们一次，你们早就该回来的！"就像一位年老的母亲对失散多年的孩子的惦念和控诉。顷刻，我们就像犯错的孩子，愧疚之情油然而生。

其实，不见面并不代表不思念，这些年来，我常想起那些满腹经纶、治学严谨的中文系老师们。

（一）

印象最深刻的是教我们《古代文论》的黄保真老师。他来自中国人民大学，久负盛名，就连当时名声大噪的伤痕文学代表作家韩少功教授也慕名而来，坐在班上最后一排当旁听生。黄老师教我们的时候已是知天命之年，头发稀疏，方额宽脸，架着一副眼镜，老学者的风范却也不失宽厚温和。他学富五车、博识强记，讲课滔滔不绝，左右逢源，对先秦诸子百家的思想言论如数家珍，深谙《周易》及历朝历代的典籍篇章，唐诗宋词脱口而出，上课声音洪亮而抑扬顿挫，讲到动情处，不由用指尖捋一捋散落在额前的几缕发丝……他的课堂宽厚而深广，就像一口泉眼丰沛的古井，活水源源不断，汩汩流入我们的心扉。每每我们听得聚精会神，笔记也做得很认真，以致往往忘记下课的时间。

至今还清楚记得他和我们讲过的杜甫的“绿叶成荫子满枝”相见恨晚的典故，还有他为我们描绘的司空图的“荒荒油云，寥寥长风”的雄浑恢宏的场面，也记得他教导我们“记诵之功不可无”的语文学习的方法，更记得他告诫我们年轻人要有七分狂气的自傲。记得年少的我，走入他书房看到他藏书之多的震撼……原来一个古文功底深厚、闲庭信步的老师背后支撑他的就是这浩如烟海的典藏！

一位优秀的老师，对学生的影响不只是一时一刻，而是长远终身的发展。

从那时起，我想中文系的人应该是长成黄老师的样子，并以此为标杆，不懈追求进步。光阴荏苒，转眼我也已为人师二十载，遗憾与黄老师还是差距甚远，而每次当我站在一届新生的面前，总不忘告诉孩子们当年黄老师教导我们的那一句话：“学习语文记诵之功不可无。”师生之情有尽时，而流传的精神与品质可代代相承……

（二）

在大学生涯中教我们时间最长的是林绍伴老师，大一大二的时间他一直在陪伴我们，从新生接触的《语言学概论》到后来的《现代汉语》及《速记》课程，在他门下学习整整两年的时间。因此，在所有的大学老师当中，他是我们最熟悉的人。

教我们的时候他已年近花甲，从他一根根直竖的短粗头发，可见他曾经倔强的个性。但初次见他，你却觉得他是清风明月一样的人，随和亲近，却不流俗。他常穿一双白底黑面的旧式布鞋，背一个旧得有些泛白的军绿色书包，着白棉衬衣，干干净净，勤恳朴素中不失古拙之美。听说“文化大革命”时期他曾吃过不少苦头，岁月沧桑，具体什么情况，我们从来都不敢问起。

经历了时代的惊涛骇浪，有的人越挫越勇，有的人变得小心谨慎，林老师属于后者。他和颜悦色，低调谦逊，治学严谨，一丝不苟。从书本上密密麻麻的圈点勾画和笔记，可见其备课仔细认真。他关注每个学生，每本作业精批细改，对我们提出的问题总是耐心解答。课堂上他没有一句多余的话，常常不遗余力示范国际音标的发音，教我们读一些稀奇古怪的高难度音符，引得我们一阵欢笑，课堂因此充满轻松快活的气氛。

大学老师在我最初的印象中是威严而又高高在上的，但林老师常从讲台上走下来，俯下身子，倾听我们的声音，与我们亲切交谈，如春风和气。

《速记学基础》是林老师开发的独家课程，全校只有他一个人开课，属于选修课。大家对这门课程充满好奇，更被林老师的人格魅力所吸引，于是班上大多同学纷纷投奔他的门下。他教我们熟记代表二十一个辅音声母和韵符的不同的速记小符号，每次课后总布置抄写作业，要求我们规范书写，注意笔顺、长短、曲直和角度，对我们写得不正确或不规范的音符总是用红笔勾画，一个一个订正。

时隔多年，所学的《速记》我已经全部忘怀，而林老师上课的情形却历历在目。他热爱工作、刻苦钻研、无微不至的严谨作风对我们是一种潜移默化的影响。直至多年之后，为人师的我或多或少也带着林老师当年的样子。

时光如白驹过隙，一晃二十载春秋已逝。林老师今年已经七十八岁，他童颜鹤发，精神矍铄不失清健。问他身体状况的时候，他还幽默风趣地回答：“牙齿就像多米诺骨牌一样顺势倒下了。”这些年里，我们忙忙碌碌，俗务缠身，对老师连问候都没有，实在是惭愧万分！而孰知，当我们几乎要把老师遗忘的时候，他还小心翼翼怀揣着我们最珍贵的记忆。闲聊叙旧间，他小心翼翼地从上衣的口袋里掏出一张白纸，上面是他的字迹，写着我们的名字、性别、籍贯，还有考试成绩。他还不忘补充一句说这是当年那些《速记》考试成绩优秀的同学。我在“乐东”籍一行找到了我的名字，惊喜地告诉他这就是我。他从文件袋里取出为同学们准备的当年他编撰的《速记学基础》课程，发放到我手里。那一刻，显得格外亲切，仿佛又回到了当年，我还是那个白衣胜雪的中文系女生……往事重现，却已隔着亮铮铮的玻璃门。

一架春风，满庭秋实，长情人便如此吧！

还是往昔的严谨作风，林老师受邀请参加聚会显然是做了精心准备的，他还赋诗三首献给我们毕业二十周年聚会以示庆贺，诗歌充满炽烈的激情及对我们的殷切期望。

知名主持班里留校执教的杨若虹同学在台上深情朗读林老师的诗歌，字正腔圆、抑扬顿挫、余音绕梁。

此情此景，风华正茂，恰同学少年，指点江山。

（三）

大学四年，中文系的气质美女老师们也给我留下了深刻的印象。她们努力工作，热爱生活，涵养丰富，风姿绰约，气质极佳，美丽动人，是最令我惊羡与仰慕的人。

她们无论是衣着打扮，还是言谈举止、精神风貌，无不流露出知性之美，让人赏心悦目。

来自北大的李老师，二十多岁，年轻貌美，白净的脸上架着一副眼镜，乌黑的直发自然披垂，有时用橡皮筋往后轻轻一拢，露出清丽的姿容。时常着一袭飘逸长群，文艺范儿十足，充满青春的气息。

她教我们《现代汉语》课程，普通话很标准，声音温柔甜美，悦耳动听。她的课上得流畅而简洁，就像她的人一样，干干净净，天生丽质，不拖泥带水。

有一次台风天，风雨交加，来势凶猛，大家以为不用去上课了，都在宿舍睡回笼觉，而她却风雨无阻按时到平房 105 教室等待我们来上课。不惧风雨，坚守岗位，严于律己，这是与我们年龄相仿的李老师以身作则教给我们最有意义的一课。

她是北大的研究生，毕业后背井离乡，追随大学相爱的恋人安家落户海口。可是，好景不长，还没有等到我们毕业她的婚姻就触礁，离婚后不久她就嫁给了那个从学生时代起就一直等待她的男子，从而调离了海南。

那时虽然不经世事，不懂爱情，但从李老师的身上可以感受到一名女子对爱的勇敢与执着的追求。世事无常，却不气馁，不消沉，一样活出自我，不失个性与风采。遭遇挫折，仍相信爱情，大胆追求自己的幸福生活。

因此，中文系的女老师在我心目中都是独具个性的女子，她们有文化、有气质、有风度。如韩捷进老师的聪慧干练，李萍老师的平和大气，樊启帆老师的雷厉风行等都给我留下深刻的印象。

还有教我们古代文学的傅素莲老师，永远是轻徙莲步，从古典图画里走出来的样子，是误落凡尘不食人间烟火的曼妙女子。“昔我往矣，杨柳依依；今我来思，雨雪霏霏。”她教我们读《诗经》的时候已是不惑之年，却像一朵白莲亭亭玉立于人世，一颦一笑散发出仙女的气息。

傅老师极爱美，淡淡的妆容，对着装很讲究，每堂课几乎不重复服装。她身形苗条，穿什么都好看，婉约有致，偶有穿上一款立领的亮色旗袍更显风韵。那是老时光里浸泡却永不褪色的一种美，那是积淀了上千年的诗词歌赋散发出来的由内而外的娴静气质……

那该是怎样一个知书达理的女子？蕙质兰心、温润如玉、宠辱不惊，静看天上云卷云舒、庭前花开花落，一直优雅到老去……

一直庆幸自己是一名中文系女生，在渴望求知、拔节生长的季节幸运地遇上这些满腹经纶、学识丰富、独具魅力的老师们。罗素曾说，三种单纯然而极其强烈的激情支配着他的一生，那就是对爱情的渴望，对知识的追求，以及对人类苦难痛彻肺腑的怜悯。这就是文人的品质。从中文系老师们的身上，我传承的是这样的文人品质，还有自由的思想，浪漫的情怀。

岁月不曾改变生命的单纯。师恩难忘，流年似水，佳期如梦。无论时光如何流转，世事如何变迁，容颜怎样改变，只愿自己是那一款穿白棉长裙的永远的中文系女生……

送 别

1915年冬天，大雪纷飞，李叔同的“天涯五友”之一、城南草堂的主人许幻园家道中落，准备赴北京谋生。他来到叔同家门口喊出了他，只说了一句话：“叔同兄，我家破产了，咱们后会有期。”说完，挥泪而别，连李叔同的家门都没有进。李叔同伫立纷纷扬扬的大雪之中，凝望着好友在雪中远去的背影，站了很久，很久……李叔同返身回到屋内，把门关上，他让叶子小姐弹琴，自己含泪写下这首《送别》，感怀好友家事变故，人世无常。

2017年也是一个冬天，著名歌手朴树在录制电视节目《大事发声》中唱了《送别》，还没唱完，转过身来，他已经泣不成声。人来人往，生死离别，谁都难免，李叔同难免，朴树也难免，你我也难免。

一首好歌，经久不衰，听懂它时，已是人到中年。很深的夜，单曲循环这一首朴树演唱的《送别》，泪流满面。很怕突然听懂一首歌，说的是如我，此情此景吧！

蒋勋说，无论多么舍不得，我们最终也只能舍得。

那个寒冷的冬天，寒冷的冬夜，乡下的老家灯火阑珊，人影幢幢。我紧紧握住母亲的手，一遍又一遍呼喊着妈妈别走，可她还是将我撇下，撒手人寰，任凭我撕心裂肺、痛哭流涕。我还是不愿放手，紧紧地握住母亲的手，虽然这只手已经僵硬没有了温度。但我还是试图用带着我体温的手去捂热她已冰冷的手，试图想牵着她的手送她走上奈何桥，试图多一点陪陪她，害怕她一路孤单……

那个冬天，严寒的夜晚我每想到母亲一个人躺在荒郊野岭的坟墓里，心就会疼得窒息。而生，已不可复还。有一种离别，是阴阳相隔永无再见。那一年，我才读懂了余光中的那一句诗：“后来啊，乡愁是一方矮矮的坟墓，我在外头，母亲在里头。”我们总是这样在失去之后，才懂得曾经的拥有是多么珍贵。

教师节那一天，想起我的恩师，每年的教师节我都会如期给他发送祝福短信。可是那一晚，当我习惯性编写好问候短信的时候已发现无处投递，不由黯然神伤。这么好的人，年富力强，突然离世，不辞而别，至今我还不敢相信这是真的。有的人离开人世，却没有消失，他一直都在，在我们心里。

春去秋来，生命是一场又一场的送别。杜甫说：“明日隔山岳，世事两茫茫。”有的人，转身即是天涯，来不及说再见，抑或说好的后会有期，却已遥遥无期。

忽又记起多年前与好友的送别，因为工作去了远方的城市。临别大有“挥手自兹去，萧萧班马鸣”之伤感，频频回首中说再见，说还会回来，却再也不来。此去经年，从此天各一方，相忘于江湖。

人与人，聚散如云烟。迷失的人迷失了，相逢的人会再相逢。经历了兜兜转转，曲曲折折，千山万水，于茫茫人海，有缘之人终是相逢了。而人生的常态是聚少离多。原以为一辈子会在一起，最终却是各奔东西，散落天涯。无常，乃人生之常。

有的人，是我们一直放不下又不敢打开的一本书。念念不忘，宛如初见，曾经的欢爱温暖仍不时入梦。人生难得是欢聚，唯有多离别。我们都有过同样的感受，曾经以为不能没有你，可最后是渐行渐远，我终于失去了你。

寻寻觅觅，冷冷清清，送别的渡口。向来洒脱的李白送友人，也难免“孤帆远影碧空尽，惟见长江天际流”的依依惜别；边塞诗人岑参“轮台东门送君去”，也是驻足凝望友人远去的背影许久，深深慨叹“山回路转不见君，雪上空留马行处”，心中是无尽的落寞与怅惘。王维送元二使安西，也是无比放心不下，乃至频频借酒消愁，“劝君更尽一杯酒，西出阳关无故人”……再如“凡有井水处，皆能歌柳词”的婉约词人柳永杨柳岸也曾经历多次送别，难怪不由哀叹“多情自古伤离别，更那堪，冷落清秋节”。自古逢别多寂寥，像王勃那样在送别的车站劝慰友人不要做儿女之态的“无为在歧路，儿女共沾巾”，并高呼“海内存知己，天涯若比邻”，隔世隔空享受这份深情厚谊的豁达与乐观的人也只是少数。

人生如漫长旅行。从古至今，送别，是人生的一课，每个人都必须经历。一个人经历一场又一场的离别，仿佛植株分蘖、拔节、生长，他的内心会越来越柔软，也越来越坚韧。一场离别，有时会让一个人突然长大，尤其是死别，一个亲临过葬礼的孩子对生命的感悟会多一层，对亲情也多一份珍惜。

花开花落，人来人往，每一个与你送别的人，都是为了来成全你的……

欧阳修说：“世路风波险，十年一别须臾。人生聚散长如此，相见且欢娱。”来日不可知，未来却可期，因为离别才有相逢的期待，唯愿无事常相见，相见且欢愉！

一款旧衣，一种情怀

古有“衣不如新，人不如故”之说，时下女性当中又有一种调侃的说法：“去年的衣服已经对不起我今年的颜值。”兴许是爱美使然。爱新衣也是女人的天性，衣柜里明明已经挂着款式各异、新旧不一的多得快装不下的衣服，甚至还有好多标牌没有剪的，见到好看的款式却又爱不释手。

自古又云“女为悦己者容”，而女人梳妆打扮都为悦己者吗？我看不尽然，现代女性更多的时候只是为了“悦己”，即取悦自己。而从穿衣，也可见一个人的气质，或清新，或婉约，或典雅，或浪漫，或诗意；从穿衣，也可见一种心情、一种情怀……

清晨醒来，洗漱完毕，正从衣柜里挑选衣服更换。一款旗袍，静静独立角落一隅，赫然逼入眼帘，是被我冷落多时的一件，已经记不清有多少年没去穿过它了。而谁想到？在最美好的年华，它曾经是我的至爱。

一种怀旧的情愫，一种柔软的情怀突然涌至心间，如同浪花，悄然翻涌。

我抬起手轻轻把它从衣架上取下，依然是完好的样式，依旧是洁亮如新。年月久远，一直以来，我疏忽它的存在。而它却始终如一，与我相随，尘封在柜子里，等待我去靠近、去触摸，默默陪我走过一个又一个春夏秋冬，从女孩到妇人。

我小心翼翼取下，把它穿在身上，伫立梳妆台前。镜子里，白色底子黑竖条纹间大朵的向日葵昂着头临风盛开，犹如凡·高笔下的图画，如此剧烈纵情，饱满的叶子犹如鼓胀的风帆，纵横交错，葳蕤生辉；旗袍的左侧开叉至膝盖之上十厘米，恰到好处地露出修长的腿，蜿蜒直上，圆形领口，无袖，细边带子盘系腰间，勾勒出曼妙的身形，依旧当年，却比当年更为鲜活、热烈。

依稀记起曾经的我，那个穿着这款旗袍在夏风轻扬里来来去去的女孩，娉娉婷婷轻移莲步如入画中的样子，散发着青春的气息。淡淡的体香，犹如那年庭院里那一株玉兰花一样洁净芬芳，在我们恋爱的季节……

流年似水，经历了恋爱、结婚、生子，磕磕绊绊，就连儿子的个头也已超出我一大截了，而这一款旗袍仍然适合我。

人事变迁，沧海桑田，容颜易老，而我相信这个世间有千载不变的东西，正如笃定的情感，正如我的身形之于这款旗袍，也正如这款旗袍对我的不离不弃。

那时大学刚毕业，工资800元，当年在海口乐普生买下这款旗袍花掉了300多元，将近一半的工资。可喜的是，时间证明，不惜代价拥有这件裙子是值得的。它不起皱、不褪色、不变形，不走样，正如永葆青春的女人，依旧焕发出迷人的光彩，以一成不变的姿态陪伴我。弥足珍贵的是，多年之后，它依旧赢得他的欢喜。每次，要奔赴一些重大场合，问他该穿什么衣服。他总不加思索就说，就那款无袖旗袍吧。

我知道，他怀恋的不仅是这款旗袍，更是那个笑容清淡长发飘飘，穿着大朵向日葵花瓣从夏风中款款走来的妙龄女子，还有那段心无杂念，就在初夏与白玉兰一齐绽放的简单、美好的爱情……

一款旗袍承载着一段美好时光的全部记忆。只是，我们一路向前，行色匆匆，柴米油盐，俗务缠身，极少有闲暇再去回望那段玉兰花飘香的纯美日子。正如经年之后，我不断添衣，却很少再去穿上这款旗袍。

时过境迁，我们终究是回不去了。那个在夏日里穿着旗袍姿容清丽，身形窈窕古韵悠悠的女子，隔着一道清亮的玻璃门，眼睁睁地看着，伸手可及，却是渐行渐远了！

而内心安放一件美好的物，犹如内心安放一个美好的人，拥有再多的新衣，我也不会舍弃它。有些衣物注定是用来纪念与回忆的，正如这款旧旗袍。

人间至味是清欢

蒋勋说："我愿是那月，为你再一次圆满。"

相聚很短相忆很长。每一次的相会，是那月的又一次圆满吗？恒河沙，微尘众，茫茫人海的相遇，是偶然，也是天意。距离阻隔，咫尺天涯，常忆书房日暮；三五好友，闲坐窗前，闻香赏画，品茗观书，围炉夜话，直至月升月沉，夜阑夜珊……

岁月静好，人间至味是清欢。

我们偶尔相遇，在藏书过万册的居所，在翰墨飘香的房间，在古色古香的书案前。我的秀发微微打着卷，仿佛阳光下追逐的浪花，一层又一层叠加，还有我长裙的颜色，是绵延的青山，是大片森林的翠绿。透过厚厚的镜片，清晰可见你的眼眸如闪亮的琥珀，也像澄澈的湖水。

仿若置身图书馆，每一个房间原木书柜林立，散发出古朴的气息，那里摆放着许多大师的作品全集，蔡元培、胡适、王世襄、郑振铎、冯友兰……都是你口中如数家珍的旧友，连同架上摆放的紫砂壶，沉默如指环，却绽放出悦人的光彩。

我们偶尔观书，偶尔赏壶。一位大师如同夜空中的巨星，照亮黑暗的尘世。一把好壶，犹如岁月不败的美人，有姣好容颜，有锦绣之心，深藏着一段岁月、一个故事。它不仅是工艺美术的传承与创新，更是人文历史的积累与沉淀，还是天地之间的山水、诗情与画意。它的流线、它的形状、它的色泽、它的姿态，

它的每一个细节，巧夺天工，浑然天成。它的凹凸有致，它的圆润丰腴，让人不由想伸出手去触摸，把玩。

仿若高山流水，当一把古壶遇上好茶，是才子对上佳人吗？气韵相投、特质相通，相互滋养。盈盈一水，脉脉不语，却也是心领神会，相知相惜与相依。

陈年的熟普，斟满白瓷茶杯，汤色鲜亮，像极了美人微醺的脸，轻啜一口便如沐春风，心旷神怡。那芳香醇厚的口感，那苦尽甘来的绵甜倔强地缠绕在味蕾间，是挥之不去的小确幸。

一泡茶水，一段深情。坐拥书城，民国往事追忆，旧时月色徐徐铺展。你在娓娓道来大玩家王世襄先生的故事，从他家庭教育的自由宽松，到求学经历的自在随意，表明教育不能急功近利，而应该慢下来，顺其自然，遵循个人的志趣去发展才能更好地成全一个人。

“闭门即是深山，读书随处净土。”俗务缠身，忙碌之余，你独辟绿水青山与净土，把阅读当作幸福的生活方式，把写作当作心灵欢歌的流淌，那样深情热烈地投入。茶话之间，你捧出三十万字的新书稿，是半年来每日每夜见缝插针、笔耕不辍的成果。你还端出新添置的书，与佳友共赏，有陈子善的《签名本丛考》、韦力的签名本《琼琚集》、李红英钤印本《寒云藏书题跋》、薛冰的《古稀集》、董桥的《绝色》……每一本装帧典雅，版式精美，是古书之美的气韵。轻轻翻阅，淡淡书香，扑面而来，赏心悦目，时光也静止了下来。

明代文学家张潮在《幽梦影》中说：“能闲世人之所忙者，方能忙世人之所闲。”闲则品茶，闲则阅读，闲则做无用之事，闲则与你虚度光阴，听你讲述妙趣横生的故事。

泰戈尔《吉檀迦利》的诗句里说：“今天是与你四目相对静坐的美好日子，在恬静、无尽的闲暇里，唱支生命的赞歌……”

冬去春来，天朗气清，树披盛装，繁花满枝，一白如雪，一紫如霞。

流年似水，佳期如梦，为欢几何？

也谈饮酒

《明斋耕书录》云：“耕书有三，即独耕、耦耕、群耕。”又云：“佳思忽来书可下酒，豪情一往云可赠人。”且自述性情中渗透着淡淡的书香与浓浓的酒香。

“饮酒”如“耕书”莫非也有三吧？即独酌、对酌、群酌。

李白诗云：“古来圣贤皆寂寞，唯有饮者留其名。”圣贤之人，该是经历了多少个衣带渐宽的日子，忍受了几多孑然独酌的夜晚，才成就名垂千古的大业，才可抵达“蓦然回首，那人却在灯火阑珊处”的妙手偶得之境界。

独酌，是一个人的清欢，还是一个人的寂寞？无论悲喜，独酌，是一种生命常态，或得意，或失意，或欣然，或黯然。南宋著名女词人李清照词里也多写独饮之态，从《声声慢》中吟咏的“乍暖还寒时候，最将难息。三杯两盏淡酒，怎敌他、晚来风急？……梧桐更兼细雨，到黄昏，点点滴滴。这次第，怎一个愁字了得”！到《醉花阴》里抒写的“东篱把酒黄昏后，有暗香盈袖。莫道不销魂，帘卷西风，人比黄花瘦”。李清照独饮的是孤独，是寂寞，是感伤，是独守空闺睹物思人的深深愁绪。这“独酌”之人，堪比黄花瘦，冷冷清清，读来让人心疼。

而苏轼，纵是“老夫”也聊发少年狂，狩猎之后，“酒酣胸胆尚开张。鬓微霜，又何妨！持节云中，何日遣冯唐。会挽雕弓如满月，西北望，射天狼”。酒后吐真言，渴望得到朝廷重用，一展杀敌报国、建功立业之抱负，几多豪情壮志都付酒杯笑谈中。

“明月几时有？把酒问青天。”中秋之夜苏轼月下独酌别有一番意趣，除了借酒倾诉对弟弟子由的思念之情，还问天问自己，各种矛盾情愫交织于酒杯中。“人有悲欢离合，月有阴晴圆缺，此事古难全。”苏轼的可贵之处，在于千回百转之后的豁达，在于历经坎坷之后的随遇而安。“吾心归处是吾乡”，黄州惠州儋州，人生渐入低谷，却仍然豁达乐观，乃至把异乡当家乡，写下“我本儋耳人，寄生西蜀州”的诗句，这该是多少杯烈酒浇灌垒块之后的释然？

如果说独酌是一个人的清欢，那么对酌该是两人世界秘而不宣的幸福吧？“酒逢知己千杯少”，与彼此懂得之人对饮，堪称饮酒之最高境界矣。

而天下没有不散的筵席。王维的“劝君更尽一杯酒，西出阳关无故人”频频劝酒之中道尽离愁别绪，是关切，是惆怅，是牵挂，是依依不舍。

李白于宣州谢朓楼饯别校书叔云，吟咏“长风万里送秋雁，对此可以酣高楼”，对饮之间，谈蓬莱文章，论建安风骨，以致“俱怀逸兴壮思飞，欲上青天揽明月”。可谓在诗酒年华中到达诗与远方，而现实与理想的差距是怀才不遇，诗歌终是笔锋陡转，“抽刀断水水更流，举杯销愁愁更愁”……几许落寞与失意尽在对饮中淋漓尽致地宣泄。

而当李白遇上贺知章，一个字就是“爽”。这一对忘年交一见如故，话语投机，对饮一杯又一杯，酒酣耳热之后才觉忘带银两。贺知章取下皇帝赐给他的金龟，成就“金龟换酒”的千古传说，痛快若此，真可谓性情中人矣。

而相通特质的人才走到一起。自古以来喝酒喝得最酣畅的诗人当属诗仙太白了。他的《将进酒》借饮酒道出他活在当下及时行乐的人生追求。“人生得意须尽欢，莫使金樽空对月。天生我材必有用，千金散尽还复来。烹羊宰牛且为乐，会须一饮三百杯。岑夫子，丹丘生，将进酒，杯莫停。……五花马，千金裘，呼儿将出换美酒，与尔同销万古愁。”三五好友，围炉痛饮，对酒当歌，此乐何极？乃至呼儿以家里宝物换美酒也在所不辞！

海南有个俗语“酒脚”，能一起喝酒的人也算是心气相通，可共话畅谈之知己矣。忆起年幼时，乡下煤油灯下，父亲每每与姨父对饮，直到夜阑夜深。那是对姨父从外村牵着牛为我们家耕地一天的犒赏，也是艰苦年代辛勤劳作后把酒话桑麻的惬意，是一对寂寞灵魂的彻夜对谈。

饮酒是永恒的话题。前些日子，也曾收到友人发来饮酒的消息，且有图有真相，云：“我又在月下独酌无相亲，啃着猪蹄，吃着牛肚，饮着蒙古老白干，需要名士名姝之时，人家都不见了……唉，人缘太差，合该孤独，好在我还能享受冷清……”纵然我不会喝酒，隔着屏幕，透过图片也能闻到肉香与酒香，也能体会到友人独酌之闲适，感受到友人享受孤独之美妙。

失之交臂的桄榔木笔筒

咫尺春三月，乍暖还寒时，一次友人约聚，席间有与董桥素有交情的当代散文名家张传伦先生，书生校长明斋先生，收藏家魏先生、丁先生，艺术家林先生，还有报社、电视台编辑梁君、陶君、王君等人，接风洗尘的一次饭局因是人物谈吐不同而仿若一场文化盛宴。

张传伦先生此次海南之行，先是在玖号别院与迦南地书友进行阅读董桥作品的分享，再是在海中衍林讲堂开展了《我与董桥先生的翰墨情缘》的讲座。纵是短暂粗浅的接触，张老师却给人留下深刻的印象：气宇轩昂、学识渊博，举手投足之间尽是民国余韵。正如明斋先生云："张兄才情恣肆，既有仁者之风，更具才士性情；涉猎广博，读书繁富，融会贯通，谈吐馨香；为人亲和，举止洒脱，平易近人，气度超群。"酒席间，隔着一张桌子的距离，更见张老师随性自然，才学与风度。

再一次谈及董桥先生，张老师说董老是一个雅到极致的人，话不多，很勤奋，七十岁荣休后苦练习书法练到手抽筋也不罢休，他的每一幅字已直抵民国大师的水准与价值。董老喜欢上香港的陆羽茶室喝下午茶，说陆羽茶室名流荟萃，生意火爆，而董老是那里的贵宾，不需提前预约就有专属座席……文人雅集，闲聊的尽是名家、文学、书画，因次日明斋先生将陪同张传伦先生走访东坡书院、桄榔庵遗址并东坡井，不由谈起苏东坡，谈及他的率真性情及“一肚子不合时宜”的经历。在座的收藏家魏先生讲述了他与桄榔木笔筒擦肩而过的一段遗憾的往事……

魏先生几年前到日本去旅行，在一寺庙旁的古玩店里看到一个精美的桄榔木笔筒，散发着朴拙的气息，被深深吸引，怦然心动，想收入囊中，而店里的老先生开价是五万元人民币。魏先生想，桄榔树在海南遍地都是，不足为奇，区区一笔筒，何为如此昂贵？犹豫不决、把玩再三之后终忍痛割爱放弃了购买的念头。回到海南后，魏先生到处寻找桄榔木笔筒，却是踏破铁鞋无觅处。原来，海南随处可见的桄榔木几乎都没有有年轮实心的，而桄榔木笔筒便取材于罕见的桄榔木轴心部分的木格。幡然醒悟后，魏先生连忙托友人到日本的店里去寻找原先的桄榔木笔筒。始料未及的是，店主老先生说：“不卖了，即使出价 20 万人民币也不卖了！”一面还振振有词：“桄榔木笔筒里传承的是苏东坡文化，你们中国人却全然不知，根本就不配拥有此物。”

一件物品因蕴含着历史文化而厚重，笔筒有价，文化无价，以文化的情怀经营生意着实让人肃然起敬……

苏东坡，文化之集大成者，文学家、书法家，他的身份首先是文人，再是官员。他毕生宦海浮沉，全因当朝执政派别斗争所起。而政治生涯几起几落之间，苏东坡不改其乐观本性，始终保持赤子之心，直言不讳，勇往直前，无忧无惧，豁达开朗，宠辱不惊，寄情山水，活出自我。

无论他身处何方，总有家人陪伴身边。被贬到惠州时候也有三个儿子及小妾一大家子人陪伴在身边。“此心归处是吾家”，无论际遇如何，他总能消遣身心，随缘自适。在惠州时，他与家人过着熙熙而乐的日子，逍遥自在的情绪流露于诗歌里又被执政佞臣觉察而妒火中烧，觉得苏东坡太惬意了，于是下令将其贬到最为遥远荒凉的海南。而就是在被贬到最边远的地方，也仍然摧毁不了苏东坡的心志。每到一处，他总能随遇而安，造福百姓。当然，就是在年老体弱处境最荒凉的时候也有最小的儿子一直守护陪伴在他身旁。儿孝妻贤，弟弟肝胆相照，苏东坡的身后一直都有最温暖的亲情力量在支撑着他，还有儒道释三种精神体系构建了他强大的内心。以至，他的心里常常一片皎洁澄明，充满热度与温暖。出外做官时，他体恤民情，为民请命，政绩斐然，在杭州当太守时就建立了我国历史上第一所公立医院，疏浚河道，改造西湖，修建苏堤等水利工程。连身处荒蛮之地，天涯海角，他的内心也是充满阳光与暖意的，建立学堂，为民治病，与当地人打成一片，处处与人为善。

“九死南荒吾不恨，兹游奇绝冠平生”，当年被贬至儋州，苏东坡在桄榔庵一住就是三年。初次上岛，苏东坡父子处境悲凉，无室可居，在当地官民的热心帮助下，在城南的桄榔林建了三间茅屋。虽周遭虫蚁滋生、风雨侵袭，但茅屋处在“竹身青叶海棠枝”的桄榔林之中，苏轼也算是有了安身立命之处。他一边入乡随俗地品尝着当地烤生蚝的美味，一边宽慰地将茅草屋命名为“桄榔庵”。之后，为当地百姓打了一口井，与黎民和乐相处，亲如一家，结下深情厚谊。难怪临别时难舍难分，并写下著名诗篇《别海南黎民表》：“我本儋耳人，寄生西蜀州。忽然跨海去，譬如事远游。平生生死梦，三者无劣优。知君不再见，欲去且少留。”

花甲之年，弃置荒蛮之地，却仍初心不改，豁达乐观，入乡随俗，享受生活，任性逍遥。他以饮酒为乐，以诗书为乐，他最好的作品往往为酒后所作，《水调歌头·明月几时有》就是其一。在被贬岭南的日子里，留下诗作 200 多首。令后人所景仰的不仅是苏东坡的才学，还是他一肚子的不合时宜，更是他超然物外不以物喜不以己悲的旷达豪情。“竹杖芒鞋轻胜马，谁怕？一蓑烟雨任平生。”踏平坎坷，随遇而安，随缘自适，不怨天，不尤人，这就是内心强大而平和的乐天派苏东坡。“诗赋传千古，峨眉共比高。”他的高度，无论作品还是人品，前无古人，后无来者……

海南素来被称为文化沙漠，而率真可爱的文化大家苏东坡就在我们身边。可对之了解的人却并不多，能吸取到其精神力量的更是寥寥无几。文化何时已经成了小众的代名词？区区桄榔木笔筒，因是苏轼的不平遭遇与非凡气度而有了色泽与温度，它承载的是一种历史文化，更是一种人文情怀。日本人一直不遗余力对亚洲传统文化尤其中国文化进行传承、发扬与呵护，让人对之心存敬畏。相比之下，我们对本土传统文化的隔阂疏离，或随性舍弃，或野蛮相待，这实在是悲哀的事情。

画里相逢尽是书卷气

——初访林先动老师画室

印象中的林先动老师是一位默默坐着泡茶的安静美男子，唇上厚厚的髭须有几分鲁迅的冷峻。每次朋友约聚，他话最少，总是在一旁聆听，频频倒茶，不苟言笑，举手投足之间却是儒雅悠然。他总让我不由想起那一句话："君子敏于行而讷于言。"席间，友人说这一道茶有回甘那一道茶口感霸气的时候，他总会心微笑，缓慢而平和地说："泡茶给懂得的人喝心里最有滋味和欢喜。"在明斋书房、在玖号别院，我们把茶言欢，人在草木间，是自然的芳香，茶汤鲜亮，潺潺如歌，举杯之间，天气晴朗，惠风和畅，三五好友，趣味盎然，灵犀相通。

今晚，应老同学南海云鸥之约，我第一次来到林先动老师的画室。这是艺术的殿堂，四面林立的是林老师的画作，有的已经完工，有的还在创作之中。面朝画壁，我看到的是一个善于表达，说话滔滔不绝、逸兴飞扬，有创作主张、诗情画意、浓浓书卷气的艺术家。原来他一直如此深藏不露。莫非他也是巨蟹座？表面安静，内心浩瀚如汪洋大海。

对于绘画，我一无所知，可以说一直以来，这一道艺术之门是向我紧闭的。而今晚，在欣赏林老师的画作中，在与林老师的交谈中，是胜读十年书的感觉。他将文学与绘画的通道打开，引领我徜徉于艺术长廊，瞬间有茅塞顿开之感，获得了心灵的共鸣。

林老师擅长油画和水彩画，是一位高产的画家，具有极强的创造力与澎湃的创作热情。他说，发现美和创造美是最幸福的事情。当进入情境之中，他会欲罢不能，通宵达旦地绘画。看着他堆积如山的画作，不由惊叹林老师创作的激情及对绘画艺术的投入、痴迷和享受。近期他主攻人体绘画，他抱出一摞摞的画幅让我们欣赏。画里的女子分外妖娆，仪态万千，那是如火的青春，也是逝去的流光，让人看到了自己的过往，出神了许久。

林老师的画作，每一幅都是他细心揣摩而流于笔端的，皆为精品。在深深浅浅层次丰富的色调中，在浓淡不一的光影线条之中，有的浓艳绮丽，有的清新脱俗，有的热烈奔放，但一样意韵悠长，耐人品味。那一个个从寻常生活走入画中的女子，各具形态，有的如弱柳扶风，有的如空谷幽兰，有的如罂粟怒放，也如琴音拂过水面，如明月朗照松间，低眉或浅笑，且听风吟，风情万种。

“梳洗罢，独倚望江楼。过尽千帆皆不是，斜晖脉脉水悠悠。”画里梳妆的女子让我想起了温庭筠的词，四季流转，顾盼流连，我要等的人到底有多远？日子一天天从指尖滑落，春天来了，你却还不来！

林老师的绘画讲究故事，讲究情节，讲究情感与意境。他说，画家要表达的东西一定要有主观的思想感情，而不仅仅是写实，要重在表达画外之意，就像文字表达的言外之意一样。而这些画外之意是一个人成长的轨迹及生活的体验，那里有自己对理想未来的憧憬，也有自己对过往经历的追忆。他说就像他曾画过一株木瓜树，结满了果实而顶部叶片已枯黄乃至脱落，像极了他的父母，养育了八个儿女，倾其所有，终其一生，垂垂老矣。

一幅画里照见自己的成长轨迹，让人从心底滋生深深的怜惜与感动。美，原来可以这般净化一个人的心灵。

一片叶子从枝头落到地面，如一个悠扬音符的起落，也如一首诗的开始到结束。“一草一木皆有情，每一幅画都是画家的情感与精神的载体，而不是涂油漆。”林老师幽默风趣地说。

流连画间，让人深深迷恋的是林老师画笔下那些正当好年龄的女子，有的哀怨、有的清朗、有的温婉、有的娴静、有的俏皮、有的粗放……

匆匆一瞥，疏淡喑哑的画面上，只见一名清丽女子侧坐于床前，低眉凝视，指尖反复触碰带有余温的床单，长发及腰，淡淡的忧伤掠过她脸庞，怅然若失……故事里的他已绝尘而去，而床上尚留有他的体温。有情人未必成眷属，人生有太多的无奈，许是转身即天涯，此去经年，我的心是小小的寂静的城。

林老师善于捕捉生活的细节去表现人物的内心细腻丰富的情感世界。欣赏他的画作，如同在读一个个鲜活的故事，故事里有你，也有我……

众多人像中，最为吸引我眼球的是那一个通体红亮的女子，阳光亮烈猝不及防打在她身上，犹如一团火焰在燃烧，又仿佛纵情怒放的花朵，每一条茎蔓都流淌着饱满的欲望……她身形苗条而丰腴，曲线蜿蜒而有韵致，柔弱之间是强悍，浑身充满着张力，是野性的呼唤，是欲望的冲动，是青春的旋律，是激昂的音符，是澎湃的浪花……

同处一屋，与此风格迥异的是女子读书系列的画作。随时随地，随性随意，静静阅读，是一种高贵典雅的姿态。那一抹幽蓝，仿若一朵蓝莲花悠悠绽放，散发出迷人的清芬，也仿若徐志摩诗句里的“最是那一低眉的温柔”，不胜凉风的娇羞，楚楚动人……

林老师说最美的线条是和谐，最好的意境是天人合一……在和谐自然的艺术殿堂里，我们追忆似水年华，品茶、赏画、谈诗，从温润的熟普到醇香的金骏眉，琴韵悠悠，余香袅袅。从凡·高到高更，从罗丹到巴尔扎克，从黄公望到赵无极，从苏东坡到林语堂，从颜真卿到赵孟頫，从徐志摩到林徽因，从鲁迅到周作人，从沈从文到木心……文学与艺术，诗情与画意，海阔天空，意兴勃发。谈起“朗读者”节目中九十六岁的翻译家许渊冲朗读《别丢掉》热泪盈眶的动人情景，在座的两名中年男子不由拿出自己写的情诗即兴朗读，偷偷回味旧时明月一样的白玫瑰，唯美而深情，不知不觉已至深夜……

阳春三月，春的帷幕徐徐揭开，共赴一场愉悦春光，诗书茶画，缓缓铺展，如歌如幻，却真实不虚，邂逅最好的彼此。

画里相逢尽是天地诗情

阳光灿烂的午后，书友新春第一聚，相约林先动老师画室。翠竹掩映的窗前光影婆娑，我们品茗赏画，开启美好的文艺之旅。

画作布满屋子，林老师极富创作的激情，常会通宵达旦地作画。前一阵创作以人体绘画为主，从古典到现代，或温婉典雅，或热烈奔放。最近林老师致力于创作海南风光系列作品，阳光、沙滩、大海、风帆、蓝天、白云、山川、湖泊、丘陵、乡野、村落、热带绿植……带有丰富的海岛元素和极强的地域色彩，或浓艳绮丽或淡雅清新，无不给人无尽的遐思。

蜿蜒曲折的乡间沙路，火山石砌成的屋舍，五指山即景，神州半岛的沙丘，儋州的古盐田，通向田园牧歌，通向天地诗情，通向四季流转，通向岁月变迁，通向宇宙洪荒，通向人世沧桑，是一幅幅画，也是一首首诗，更是一场又一场的古今对话。

“沉舟侧畔千帆过，病树前头万木春。”新陈代谢是自然规律，世间万物瞬息变幻，画框却将刹那贮成永恒。从林老师的画作里看到四时风光，看到气象万千，看到生命的坚忍顽强，枯荣相随，生生不息，也看到了淳朴的乡土与浓郁的乡愁。

来处是归途。你说，海岛明丽的色彩，包括碧海蓝天，包括葱翠草木，伴随着自己成长，已经融为生命的颜色。绘画是生命轨迹的表述，画景如写诗，带有极强的主观性，或借物喻人，或借景抒情，或托物言志，天人合一，达到物我两忘是最高境界。

你的绘画里藏着你走过的路，看过的风景，读过的书，爱过的人。在构图色彩与线条肌理当中深藏着你的故事，你的过往和现在。绘画不仅是你思想的表达、情感的宣泄，更是你与天地对话的方式。你说最好的状态就是创作，是冷冷清清中的风风火火。如果有一段时间没有画画，内心会无比虚空。你说，享受孤独的人，随手一挥尽得风流，比如木心。我能想象，寒冬，深夜，画室，一盏茶，一支画笔，你是那个大雪纷飞的人。一幅画作的酝酿，构思，布局，提笔，每一个细节精心揣摩，细心勾画，注入情思，灌输灵感。那明暗对比的色彩，浓淡相宜的光影，疏密有致的线条，自然而深情，纯净而炽热，无不彰显着你的气质。

你说，艺术是相通的。任何事物在你眼里都饱含着内在的生命力，就连你的画面都是节奏和律动的表达。当看到不同景色，听到不同音乐，心里会产生异样的感觉，线条和色彩会随情绪波动自然地流于笔端，从而画出不同的视觉符号，情感也会因笔触变化弥漫于画面。这是瞬时即失的细微感受，也是情感最直接的视觉表达，是心与境、情与画的最直接的亲和关系……我们常在绘画、音乐、诗歌里找到到达彼此的通道，诗情与乐音也是绘画的一部分，抑或绘画里有诗与远方，也有音乐的节奏与韵律，有激荡的音符。

你说，奇妙的感觉就是品茶、画画、关注想念的人，这种给力让内心充盈着去创作。你画思泉涌，你奔放的激情，你一气呵成的灵感，跳动在朵朵澎湃的浪花里，在团团翻涌的浓翠里；你怒放的生命力凝聚成木瓜树上累累的硕果，海岸边如同炸弹一样的野菠萝，还有膨胀的风帆。你的细腻柔情，如同阳光洒落的画面，深藏在水波的微澜里，在大风吹过沙地的肌理和皱褶里，还在千年古盐田的那一泓清澈的柔波里。

境由心生，一幅画里照见乾坤，照见沧海桑田，日月流转，人世变迁，也照见你的情怀。

你常以浪漫的心情表现自然。读你的画作，光影色调和谐成趣，清晰、勃发，如同山川草木在谈一场恋爱。读你的画作，天地诗情流淌，清丽、婉约，细腻、抒情，春风十里。读你，我想到巴比松画派，色彩浓烈，笔触流畅，弥漫着大自然的新鲜空气和乡村泥土的芬芳。你试图用画笔描绘美丽海岛的瑰丽与多姿，不仅表现自然的外貌，也在探索自然内在的生命力。

读你的画作，也想到凡·高，那是孤独的狂欢，却因爱之花盛开，生命便欣欣向荣。

而你说，你一直在找寻自己，你的画作，是经受许多苦痛之后一次又一次的转变……

你说，绘画就是把普通的东西转变成有趣的、有张力的、会说话的事物。外界的一草一木、一人一景对你都是一种激发和触动，是你创作取之不尽的源泉。或者可以说，你比常人多了一份对宇宙自然与人世敏锐的感知力和洞察力。因此，你能比别人更多趣，更能发现生活中的美，捕捉那一个个精彩的瞬间，并用色彩和线条把它表现出来，赋予自己独特的个性和生命体悟，定格在画框里。你说美景美人总相宜，创作美景与美人的过程一样赏心悦目，痛快淋漓，乐趣无穷。

妙手丹青，生如夏花，如此热烈与丰盛，夫复何求？

异兰堂访古——世俗烟火中的雅致浪漫

秋阳脉脉的午后，随友人轻轻呼唤，从俗务中转身，再访异兰堂。偷得半日，姗姗来迟，推门众友围坐客厅中央，已是茶过三巡。深表歉意，蹑手蹑脚入席，手捧温热的日本抹茶，清香扑鼻，轻啜一口，浅浅的绿，是自然的芬芳。品尝一块英国的夹心饼干，细嚼一颗德国的巧克力，味蕾间缠绕着丝滑的香甜，缕缕愉悦荡漾心波。

水岸长桥处，异兰堂，清风徐来。抬眼可见木匾上的“异兰堂”，墨汁饱满，醇厚方正，笔法流畅，挥洒自如。明清的盘子洁净如新，静静安放在柜子里，青花瓷的色泽，散发出温润的光，架上各种版本历朝历代的书卷画册林立。堂主忙前忙后，不太熟练地端茶倒水，唯恐伺候不周。堂主来自江南水乡，对古井有深入考察与研究，爱读书，尤喜董桥和木心；通书画，嗜收藏，学识广博，健谈，热情好客，性情爽直，幽默风趣，引用明斋先生语：“先生游历广，阅世深，性豪爽，有佳趣。”

堂主醉心书画文玩，自称老派人，满屋子的古色古香，却也很西化，还是个网络达人，生活用品比比皆是新潮舶来品。如日本的枕头、英国的风扇、德国的清洁器等，就连为我们准备的晚餐也是西式的比萨，真可谓中西合璧。

忙活一阵，堂主稍稍正坐，说今天约我们来，主要看三样东西：两个陶瓷，一幅画。晚餐后，暮色四合，远处长桥灯火璀璨，风从海面吹来，夜微凉，恍惚如入画中。

厅堂的德国灯从冷光渐变暖光，最先映入眼帘的是1893年清光绪浅降彩水仙盆。底部是橘皮纹，支烧点凸起支撑稳固盆景。正面是李白饮酒图：图上两孩童目光迷离，中间的李白神情专注，目光紧随酒樽。人物个性鲜明，神态各异，十分传神，栩栩如生，趣味盎然。一侧题诗云："人生得意须尽欢，莫使金樽空对月。"

另一面是江楼山水画：潺潺江水东流去，河上泛舟，远近树木，着墨不一，色泽丰富，层次多样，画法各有不同，蛤蜊光若隐若现。题诗云："独上江楼思渺然，月光如水水如天。"落款："御窑厂画师方廷辉仿黄子久笔法。"古人玩物是到了极致，人与物、画与诗、意与境浑然一体，巧妙自然，流露出高雅的生活情趣。

堂主边指着诗画，边详细讲解："人生得意须尽欢，莫使金樽空对月。天生我材必有用，千金散尽还复来。"出自李白的《将进酒》。"独上江楼思渺然，月光如水水如天。同来望月人何在，风景依稀似去年。"出自赵嘏的《江楼感旧》。一个是浪漫主义，一个是现实主义。而人生何尝不是在现实与浪漫之间苦苦徘徊呢？

第二件藏品是清光绪陆清标浅降彩博古纹花盆，出品于1891年。据堂主介绍，博古是杂画中的一种，后人将图画在器物上，形成装饰的工艺品，泛称"博古"。如博古图加上花卉、果品作为点缀而完成的画幅叫"花博古"。北宋大观宋徽宗命大臣编绘宣和殿所藏古器，修成《宣和博古图》三十卷。后人因此将绘有瓷、铜、玉、石等古代器物的图画叫作"博古图"，有的以花卉、果品等装饰点缀。"博古图"有博古通今、崇尚儒雅之寓意，常用于书香门第或官宦人家的宅第装饰。

此花盆以牡丹花、果品为点缀，当属"花博古"。题诗为

“唐真宗雅赏，赏花钓鱼，丁谓作诗云：莺语黄花去，龙颜把钓迟”。堂主念完诗说题诗有笔误，“唐真宗”应为“宋真宗”，丁谓为宋真宗的丞相。诗中有“鱼畏龙颜上钓迟”的典故：有一次，宋真宗去钓鱼，鱼儿总不上钩，有失君主脸面，欲发火时丁谓说了一句“鱼畏龙颜上钓迟”，龙颜阴转晴，喜笑颜开。

在座友人明斋先生表明个人观点：不欣赏丁谓，他是佞臣，拍马溜须绝对一流。有一次，丁谓陪同皇上出行，来到一处风景胜地。皇上说这个地方景致不错，遗憾的是少了鸡鸣狗吠的声音。话音未了，突然听到前方有狗叫的声音，原来是丁谓藏在花丛里在学狗吠，如此品行实在让人不敢恭维。

我们欣赏的第三件作品是一卷画幅，为溥雪斋的国画《桐荫书屋鹤相语》，创作于1937年，是堂主从苏州一次拍卖会上所得。堂主徐徐摊开画作，一旁的画家林先动老师不由赞叹画工精细，梧桐、芭蕉、仙鹤、书屋……缓缓铺展眼前，画作清雅，构图精巧，古典与现代手笔结合，墨色浓淡相宜，引发幽古之思。古有凤栖梧桐之说，桐荫仙鹤，满纸清辉，尽是高洁志趣。赏画读人，随后，堂主翻开王世襄自选集《锦灰二堆》中的《怀念溥雪斋先生》一文，梁昆老师深情朗读，轻轻柔柔，抑扬顿挫，仿佛乐音袅袅。诸友人侧耳聆听，心领神会……灯火阑珊，意兴正浓，雪斋先生音容笑貌浮现眼前。王世襄记忆中的雪斋先生是平易天真、不怨天不尤人之真正艺术家。1966年，“文化大革命”中，雪斋先生携弱女出走后就再也没有回来，命运多舛，斯人已逝，风雅渐远……

读毕，众友人唏嘘叹惋，明斋先生接过书本摩挲，特别指出文中动人之处。20世纪60年代，曾见先生命家人提电风扇出门，易得人民币拾元为留愚夫妇共餐，命家人佘肉，并吩咐“熬白菜，多搁肉”。皇族后裔，家境日益式微，能富又能贫，人品清贵，胸怀坦荡，待人热情诚恳且平易朴实，无不令人动容。

席间，堂主还穿插带出小小的物件，如海南民间的酱油勺，精巧别致，纯手工打造，从椰壳的裁剪与打磨，手柄形状由粗到细的精心设计，每一个细节都彰显工匠精神。

夜深沉，桌上冼夫人图案的小钗筒里盛放的是南宋琉璃湖蓝发簪，在灯光下熠熠生辉，空气中仿若弥散着南宋曼妙女子发肤的香气……

堂主曾说："有础则立，无根则烂。文化只有不断地返回，才可获得充沛的生命力；只有继承和学习，才会有属于自己的创造。"南宋的发簪，明代的盘子，清光绪年间的花盆……在这里交相辉映，异兰堂算是传承道上的一个驿站。

临别前，堂主赠书每人一本，女士各外赠蓝布一块。蓝布是蓝夹缬，用板蓝根作颜料染制，温州地区的风俗，蓝夹缬是婚嫁被子……带有江南水乡灵秀的古朴气息扑面而来。菜根香，布衣暖，读书滋味长，感恩缘分，字里相逢，书谊永存！

"山静似太古，日长如小年。"浮生半日，异兰堂访古，焚香、喝茶、赏画、读诗……徜徉旧时光，品味慢生活，是世俗烟火里一种雅致的浪漫。

等闲识得东风面，万紫千红总是春

这些日子，目睹了生命的无常，也见证了鸟语花香，还有这个拼命发芽的春天……

之一：处处闻啼鸟

每天，当鸟儿扑棱棱地停靠在窗前叽叽喳喳，我就从梦中自然醒来。

窗外的阳光一尘不染，明净如你的笑容，也像极了鲜花处处绽放。雨水节气过后那种万物复苏、春回大地的感觉，真是什么也抵挡不住啊！就连门前的三角梅也一簇簇火旺旺地炸开了；烟花树就像夜空中璀璨的烟花极力伸展着卷须开满了一树；湾子木花也黄澄澄金灿灿的像灯笼一样挂在没有叶子的枝丫；火焰花更是红彤彤如同火炬点燃树冠，偶尔落下一朵，如碗口大，重重地砸在路旁，碎了一地。炮仗花呢，更不用说了，早已迫不及待地爬满了栅栏兀自盛开……万物萌动，春天真是猝不及防的东西！

道旁高大的榄仁树叶子落尽，叶苞一场春雨后就缀满枝头，再一场春雨后就像花儿一样舒展开来，嫩嫩的、绿绿的，怯生生地张望着这个新奇的世界……万物都在发芽吐蕊啊！

那些鸟儿呢，刚开始也只是听到树丛深处传来两三声鸣叫，也不知一下子从哪儿冒出那么多只。没几天就蜂拥而来，鸣声喧天，此起彼伏，有三拍子的，有四拍子的，也有三长两短的，各种曲调，各种节拍，呼朋引伴地在清风中应和着，仿佛美妙的和弦，又仿佛交响乐在演奏，就如诗句里说的“好鸟相鸣，嘤嘤成韵”。每天它们三五成群，在枝头荡漾，欢歌笑语，从这棵树蹦到那棵树，熙熙攘攘，悦耳动听，完全是乐天派啊！

“春眠不觉晓，处处闻啼鸟”，从古至今，全世界的鸟儿都一样，是最先唤醒春天的使者。听闻鸟叫就知道春天已在不远处了。

大自然从来都不惊慌，依旧是迈着不急不缓的步子走过冬天来到春天。什么都无法阻挡一朵花的盛开，无法阻止一只鸟儿的迁徙。

我们唯有与大自然和谐相处，顺应自然的节律，心闲气静，才能喜闻窗外鸟儿啁啾和鸣，静看庭前花开花落。

之二：春天花会开

我终于按耐不住喜悦，终于可以下楼跑步啦！

这一天儿子照常打球去。可是不同的是，他前脚出门，我就后脚跟随其后。穿过长长的椰林小道，我不由小跑起来，迎着脉脉余晖，夕阳暖照。“你是多久没有小跑去迎接一个人的欢喜了？”突然想起这一句话，我是怀着这种心情奔向小帅，奔向球场的。

最美好的事情就是奔跑在春风里吧！道旁椰影婆娑，景观树发芽吐蕊，各种花儿竞相开放，姹紫嫣红，空气中弥漫着淡淡的青草味儿……

落日西斜，余晖洒满球场，看到年轻人逆光奔跑，运球，挺身投篮，挥洒着汗水，是淋漓尽致的青春气息。想到的是诗句里写的：“春水初生，春林初盛，春风十里，不如你。”

蜗居多时的我，也像是一尾游向自由海域的鱼儿，在球场纵横驰骋，身姿摇曳，在春风中舒展。按照小帅的指示，我站在三分线外运球，三步上篮，一组五个。第一组运球投到第四个才中，反复练习中找到了良好的手感，第二组便是屡投屡中了。篮球沿着优美的弧线撞击篮板，“咔嚓”一声干脆利落地投入篮筐，心情也随之振奋，充满惊喜。

清风吹过树枝的嫩芽，黄花风铃木仿佛是枯死了，花儿却也是挤尽全力来到这个春天，从干枯的树尖儿冒出花来，黄灿灿的，明媚如妃子的笑容。又仿佛那是假的花，像是人工剪纸粘贴上去的一样，因为整棵树除了枝头点缀的花朵，实在找不到任何生命的迹象。春回大地，万物复苏，连同小草和枯枝，一切都在努力生长啊！我们又岂能辜负这大好春光呢？

余晖脉脉，沐浴春光，夕阳穿树补花红，我是多久没有如此气喘吁吁，也是多久没有如此大汗淋漓，更是多久没能和小帅同场打球了。小帅一直都说：“妈妈，其实我的篮球启蒙老师就是你啊！”陪伴是最长情的爱吧？如果我当初没有当初一次又一次带着小帅来到球场，他也不会喜欢上篮球运动的。

中场休息之间，小帅指向另一个球场说：“你看，那就是两院的 ×× 院士，典型的运动健将，准时准点总会出现在篮球场上，好多年前看到他，好多年过去了还看到他。”顺着小帅所指方向看过去，金色余晖映照，一个八十岁的老人白发在风中飞扬，健硕的身姿依然挺拔，逆光起身投篮之间健步如飞，不减当年，给人夕阳无限好之感。不由感叹，时光不老，健康可期，平安是福。生命在于运动，岁月原来是可以抗衡的，关键在于你是否有一颗不老的心……

这些天来，我站在窗前无数次俯瞰空落落的大院，寂静无声，阳光正好，微风不燥，鲜花绽放，丛林深处传来阵阵鸟鸣。

之三：春花如梦

有的花开得就像一场梦。

那天是周末，我忙了一天，傍晚下楼，夏风吹过，带来凉爽，晚霞漫天飞舞。但落日还是收走最后一缕余晖，夜幕降临时，青葱校园人来人往，白衣胜雪，青春飞扬。

我漫无目的地行走，路过一棵树，不由得停下了脚步，道旁的它如烟花在夜空中绽放，长长的花穗从树梢一直垂挂下来，又如从山间流泻而来的瀑布。毛茸茸的花朵张开笑脸如同一个个鼓涨的风帆在风中呼啸着，你推我搡地，好不欢腾热闹！

真是一树的珠光宝气啊，惊艳无比。我看得出了神，不由惊叹：怎么世界上还会有这么好看的花！

这棵树一直就在我家门前，也不知多少年了，却从来没有发现它开花，开出这么美丽的花……生命如此欢愉，也如此悄无声息，除了我，没有谁去在意它的开落，行色匆匆，没有人为它回眸，更没有人为它驻足。

沉浸在芬芳之梦，我还在意犹未尽，第二天想再去看看，却发现花全没了，那棵树还是它原来普通的样子。仿佛是它跟我撒了一个谎，我在树下徘徊，一直在想我前一晚的遇见是不是一场梦……

我一直对之耿耿于怀，直到半年多过去，我和闺蜜在这个春天聊起了花儿，各种各样的花儿。包括我昨天在校道看到从枯枝上挤出全力来到春天的黄花风铃木，包括我们一同在柬埔寨遇见过的腊肠花，还有之前龙昆南路上冬天盛开的美丽异木棉。此外，她还跟我分享未曾谋面的彼岸花，说又叫曼珠沙华，花与叶永不相见，象征凄美的爱情故事。还有一种荼蘼花，蔷薇科，开到荼靡花事了，是春天最后的花。还说起昼颜花、夕颜花，说是很像，却是不同种的，盛放的时间也刚好相反，可比拟不同爱情的演绎。闺蜜为爱花之人，也喜欢探求花语，颇有研究，一口气跟我科普了好多种花，纷繁花事，姹紫嫣红。还说，喜欢的东西认真去了解，再见到时，就会像久别重逢的朋友一样惊喜……

闲聊花语之间，我又无端想起去年偶遇的花，那一个挥之不去的仲夏夜之梦，我随手把花图发给闺蜜分享。没过一会儿，她就告诉我，这种花叫梭果玉蕊，花的生命只有几个小时，天亮时便凋谢。就像夕颜花，在日落时开花，太阳升起来时凋谢。

我一直也在通过识花软件找寻该花的花名，可是呈现出来的图与名字与我亲眼所见总有差距。而闺蜜发来的搜图令我心悦诚服，如同见到久别重逢的朋友一样惊喜。

瞬间恍悟，难怪，当我第二天再来到树下，花朵已经无法找寻，唯有我怅然若失，怀疑那曾经的偶遇只是一场幻觉。

世间一切美好的事物总是转瞬即逝，从来不为任何人停留，包括欢爱温暖。如今想来，我是何其幸运，遇见你，在你开得最美的时候。

世间最美的相遇是你的青春我来过

——致毕业季的孩子们

蓦然回首，三年就像三个月。不，就好像是三天，转瞬即逝。世间美好的事物从来不为任何人停留半步。莫待无花空折枝，我们唯有在彼此拥有的时候用心用情地付出，才不留下遗憾。

相聚是缘，世间最美的相遇是你的青春我来过。遇见你们，是我的幸运。三年来，我是快乐的，与其说我在陪伴你们，不如说你们在陪伴我。你们就像初升的太阳，就像早春的蓓蕾，就像枝头婉转啼鸣的小鸟，就像振翅欲飞的雏鹰……你们自行管理、自主学习，在每一次活动中、每一次考试中互帮互助，团结拼搏，心怀荣耀，努力奋进，取得佳绩，不负韶华，不负父母的期待，不负老师的厚望。

一个人可以不成功，但一定要优秀。你们努力吮吸阳光、雨露，拔节生长，竞相开放，每一朵都是如此独一无二。我们有最优秀的干部吕敬恩、刘芊、陈沐雯，有最有气场的领跑员符薇薇，有最智慧的数学哥曾老师，还有在运动会赛场上摔得遍体鳞伤却说“老师我还能跑”的勇士吴其娟；有把黑板与窗户擦得一尘不染、铮亮如新的大毛小毛，把课桌椅摆放成水平线的陈敏，还有把每一期黑板报制作得图文并茂的书画家石雨洁和吴佳迅，更有菩萨心肠的美德少年崔校、才貌双全的窈窕淑女吴祺、昆虫专家王傲尘、才学渊博的演讲家杨骞宇和邢正、活泼开朗富有爱心尽职尽责的组长李萱；还有手不离卷的学霸杨琳，为我们留下许多精彩瞬间的摄影师李咏蔚……你们均是四班人的骄傲和自豪，四班因你们而精彩，还有好多好多的同学都是那么出色，在此我不能一一列举，你们都已一一定格在我的脑海里，成为我此生最美的珍藏。

我常想，教师是一个幸福的职业，更是一个让人永葆青春的职业。它需要你回来做自己，当你付出了相应的时间、精力，默默地浇灌、松土、施肥、修枝、抓虫，把你的小花园打理得井井有条，你只需静静等待花的绽放、果的成熟……

陪伴是最温暖的爱。在与你们朝夕相处的日子里，我也被你们的朝气所感染了，纵然已年过不惑，却还能焕发青春，就像你们一样，充满生机与活力，感谢你们在成长的同时也给我带来了成长。

你们如此阳光、活泼，像初生的春水，像欢腾的小溪，汩汩流入我的心田。和你们在一起的每一天，我仿佛回到少年时光。临近毕业，你们总会问我："王老师，你以后会想我们吗？"我总是笑而不答，其实内心却是五味杂陈。三年的陪伴仅剩下三十天，相守的时光越美好就越不舍得。生命的站点，舍得、舍不得终将要说再见。时光累积的情感如此真挚动人！告别，也是一种成长！

临别之际，千言万语汇聚成以下四点对你们的希望。

其一，做一个志存高远的人。时间是一条渡轮，它把我们从此岸摆渡到彼岸。志存高远的人，脱离俗群；志存高远的人，胸襟宽广。志向是航灯，点亮了人生的梦想；志向是路标，指明了人生的方向。志存高远的人目标明确，不迷茫，不彷徨，跌倒了，再爬起来，继续前进，有志者事竟成！

其二，做一个脚踏实地的人。千里之行始于足下，"不积跬步，无以至千里；不积小流，无以成江海”。一个人仰望天空，他必先脚踏实地。认真地做好每一件事，听好每一节课，做好每一次作业，考好每一次试，一丝不苟地改正一个错别字，不好高骛远，不粗心马虎，不骄傲自满，扎扎实实，步步为营；获得每一次小小的进步，取得每一个小小的胜利，实现一个又一个小小的目标，你就会离梦想越来越近。

其三，做一个有责任有担当的人。鲁迅在仙台求学，一场电影的触动，让他弃医从文，他认为唤醒民众的精神当首推文艺。从此，他以笔为匕首，“横眉冷对千夫指，俯首甘为孺子牛”，成为民族的脊梁。这是老一辈的知识分子体现出来的责任与担当。这份担当在大的方面体现在家国情怀，小的方面体现在班集体。我们无论是一个什么角色，都要履行好自己的职责。作为一个孩子，学会独立，珍爱生命，孝敬父母、勤奋学习，不让父母操心，就是当前最大的职责。作为一名学生，尊师守纪，团结友爱，惜时笃学，为班集体出一份力、发一分光，都是责任。做一个有责任有担当的人，让我们成为一个大写的“人”字，顶天立地。

其四，做一个知恩图报的人。乌鸦反哺、羊羔跪乳的故事我们并不陌生。从呱呱坠地起，我们就沐浴父母之爱的光辉，我们取得的点滴进步都成为他们最骄傲的事情。我们每个人的成长离不开父母、老师、同学、亲友的陪伴、支持与帮助。铭记每一个被关爱的瞬间，细数每一个温情的细节，珍惜拥有，心存感恩，以真诚与善良对待身边的人，做一个内心柔软而丰盈的人，做一个知恩图报的人！

毕业季：告别也是一种成长

时日匆匆，红了樱桃，绿了芭蕉，三年的时光，仿佛弹指一挥间。不知不觉已是毕业季。

临近中考一个礼拜，教室里开始弥漫离别伤感的气氛。孩子们准备各种精美的纪念册，偷偷互换着写。在课间，在课堂，在放学后，平时偷懒不交作业的同学写起毕业留言却是奋笔疾书，用心用情，洋洋洒洒写下诗篇与誓言。下午放学了，孩子们还待在教室到很晚，不愿离去，他们是想在一起多待一会儿，或做题，或背书，或各种组合摆拍，留下珍贵的刹那，仿佛他们要带走教室里的一切……

布置考场需要清理干净墙上的一切，孩子们不舍，一一揭下墙上的奖状，说要带回家去珍藏。那里凝聚着他们三年团结拼搏的汗水，见证四班人一次又一次的荣耀。

情有多深，就有多难舍。孩子们之间对离别的伤感情绪越来越浓，一位孩子的家长如是说："他今天都红了几次眼圈，这几天也是完全不在学习状态，恍恍惚惚的。明天是孩子们考前最后一天见面了，您看能怎么引导孩子们集中精力一起加油备战中考，而不是沉浸在悲伤当中分头回家。"

其实，孩子们的情绪我早有觉察，并在他们难舍难分时开始装作没心没肺的样子，甚至训斥她们上课再写那些东西就扔垃圾桶去。其实，我何尝不也沉浸在感伤之中呢？三年的朝夕相处，

与其说我陪伴孩子，不如说孩子陪伴我；与其说我让孩子成长，不如说孩子让我成长。三年的朝夕相处，三年的团结拼搏，三年的同舟共济，从幼稚孩童到翩翩少年，我用每一个镜头记录了他们成长的点点滴滴，他们让我的每一天都如此充实。

如果说世界上还有一片净土，那就是校园。很庆幸自己从来没有离开过校园，不需面对繁杂的社会，不需和太复杂的人打交道，每天面对的是像溪流、像清风、像咩咩的小羊一样欢快活泼的孩子，而我也只是那个比他们大一点的中文系女生而已。他们让我的生活清静简单，他们让我始终能保持内心的澄明，与孩子们在一起，我是年轻的，我是快乐的！

当我们一起翻开旧照片，重温一起走过的日子，孩子们欢喜又忧伤，我在一旁打趣道："你们都变老了，而老师没有变。"是啊，你们从青涩的娃儿长成高大魁梧的壮小伙子，长成亭亭玉立的美少女。英俊的侧脸，清丽的姿容，个个都是颜值担当。我最骄傲的事情是好多的老师都对我说我们班的帅哥靓妹真多。热情是美，自信是美，阳光是美，活力是美，你们看起来很美，是因为你们拥有这诸多宝贵的品质，更拥有一颗团结奋进的心。每年运动会的入场式及团体总分，我们总是取得数一数二的佳绩，三年来的每一次大考，我们都取得了名列前茅的好成绩，自始至终稳中有升。我们一直走在体霸与学霸并驾齐驱的路上，追求健康的体魄，更追求以知识来武装自己。还记得初一伊始作为语文老师的我就提出了"语文学习记诵之功不可无""背书成功论""把背书当成一种特长"的观点，孩子们开始有些不以为然。可是经过三年时光的实践与证明，孩子们终于可以自豪地向世界大声宣布："我们的特长是背书……"

如果你足够努力，日月星辰都会连成一线来帮助你。一路走来，不负青春，我们挥洒汗水，收获硕果累累。天空中不留下飞鸟的痕迹，但它已经飞过……

再昂扬的歌，也要画上句点；再华美的盛宴，也要散场。随着毕业季的到来，那些日子，那些歌，渐行渐远，却永远驻足在心里，成为我们最美的珍藏。

离歌奏响，对于离别，我一直有些逃避，不敢去触碰自己柔软的心，多次强忍住情感与泪水的决堤。为的是稳定孩子们考前的情绪，让他们以轻松愉悦的心情迎接考试。看到有的孩子哭得眼睛红肿，我总是嘻嘻哈哈地对他们说："海内存知己，天涯若比邻。无为在歧路，儿女共沾巾。"

最后一天上午，离校前，单独辅导个别学生，给孩子们发放准考证，千叮万嘱考试注意事宜。然后，离校之际，我和孩子们语重心长地话说"别离"。

首先，懂得离别的感伤是一种成长。面对离别，我们不可抑制地悲伤，意味着我们不再懵懂无知，说明我们已经长大成熟了，有丰富的情感，有细腻的心思，有成熟的心智，有深刻的体

验，有敏锐的感知生活的能力。同时，我们舍不得同学，舍不得老师，表明我们同学、师生之间感情很深厚。四班是一个凝聚力强的大家庭，我们彼此都曾经为之付出很多。那是时间累积的情感，醇香如酒。

其次，初中毕业只是小别。我们同居住于一座城市，随时都可以有见面的机会。俗话说“小别胜新婚”，你们天天待在一起会没有感觉，可是小别之后再次见面就会欣喜万分。以后我们的人生还会经历很多次离别，比如大学毕业同学各奔东西，天南地北；还比如以后和恋人分手，转身即天涯，最后，还要面对彻肤之痛的生离死别。离别是人生的必修课，也是人生的一部分。坦然面对每一次离别更有利于我们的成长。

最后，在中考之前，离愁别绪只是一种“闲愁。”古有木兰从军，与爷娘告别，前途未卜，当是难舍难分，可是保家卫国之前，必须舍弃这牵牵绊绊的离愁别绪，义勇当先。人生之路很长，而最关键的只有几步，当前对我们，放在第一的应该是中考，它是我们人生的转折点。我们要调整好情绪，以平静、镇定、乐观的心态迎接中考，哭哭啼啼、儿女情长不是我们当前所需，不利于我们的中考发挥。长风破浪会有时，直挂云帆济沧海！

孩子们听完，会心一笑……

醉笑陪公三万场，不诉离觞。青春不散场，四班不毕业，无论走到哪里，你们都是一中人……

金牛奋蹄，不待扬鞭

——记老一中的敲钟树“牛蹄豆”

谨以此文献给海口市第一中学成立七十周年校庆。

——题记

不知始于何年，校园里的一棵树，于操场入口处，一直都站在那里，孩童熙熙攘攘每天从它身边经过，来来往往，没有人去关注它。

它普普通通，没有婆娑的姿态，没有绰约的身影，甚至没有蜜蜂恋过它，没有蝴蝶飞过它。严寒时，露出枯瘦的枝丫，虬枝嶙峋，张牙舞爪。冷风吹过，没有一片叶子幸存。它孤零零的，总是那么孤独，唯独夕阳斜照时还有一丝暖意。冬天，我以为它死了，没有生的任何迹象，除了突兀的树头。而热带海岛四季常青，它身边许多的树仍是一片葱茏，这更衬出它的寒碜了……

直到有一天，它终于吸引了我的目光。于二月早春，正是海南绿植开始落叶准备新生的季节。当其他树落叶凋零时，这一棵树，这一棵我叫不上名字的树，当大地还在沉睡之中，它最早醒来，欣欣然张开了脸。干枯的枝丫间抽出嫩嫩的叶子，一片片鹅黄，仿佛少女的云鬓，日复一日缀满枝头和树冠，正如林徽因诗里写的，你是早天里的云烟，是燕在梁间呢喃，你是爱，是暖……驻足仰望，焕然一新，叶子片片向上生长，触摸天空，与清风、与流云应和，微笑致意……仿佛咕咕的春水荡漾心间，在乍暖还寒的时节，它用尽全力，铆足劲最早到达春天。它是报春的使者，那轻，那娉婷，带着期许与美好，预示着一场春即将盛放……

没有人会在意它的荣枯，唯独我总会为它驻足、流连、凝望，看它吐露新芽，看它树披盛装，看它落叶凋零，看它稳健的身躯，看它傲岸的姿态，看它的崎崛枯瘠，也看它的妩媚多情。

它随四季变换曼妙演绎，倔强挺立而不失温和。枯木逢春，勃发生机，吮吸雨露，沐浴阳光，日渐葳蕤，夏日葱茏一片，垂下绿荫，送来缕缕清凉的风。

我陪伴孩子们到操场跑操总会路过它。有时来早了，会和同事们一起坐在树底石阶上等待，等待还没有下课的孩子们，一起闲聊，仿佛父母在翘首以待放学的孩子。绿荫如盖，惠风和畅，菁菁校园书声琅琅从教室里传来，横柯上蔽，树影斑驳，摇曳在晨光里，也投映在来来去去胜雪的白衣上。看着孩子们从楼道间雀跃而来，我也随之汇入汹涌的人潮。

夏风轻扬，阳光明媚的一个上午，适逢一节自习课，孩子提出和隔壁班挑战篮球比赛，我欣然同意。在足球比赛失利之后，打一场篮球比赛挽回一点荣光是他们的一个心愿。操场边，我和女生围成一团肩并肩席地而坐，为男同学助阵加油。长发披肩，一袭初夏翠绿长裙随风摇曳，仿佛我还是那一个中文系女生。那一场比赛结果还是输，孩子们的脸上掠过一丝不甘。走出操场，路过这一棵傲然挺立的树，孩子们不由停下脚步，在树底下乘凉、小憩、喝水、打闹、嬉戏。清新的风从树叶间吹来，拂去疲累，抚慰心灵，很快他们又像一只只小鸟雀跃枝头，洋溢着青春的欢乐。不是吗？张扬的青春如同这一棵夏日里的树，扎根沃土，头顶蓝天，一半在风里飞扬；一半沐浴阳光，闪烁着蚌壳的光芒，摇曳着葱茏的绿。而我是那一半洒落阴凉的绿荫，一直在他们身边默默陪伴与守护，静待花开，从未老去。

我曾想，如果这世间有一种职业让人永远年轻，那就是教师吧！每天被一群十几岁的孩子包围，他们像枝头的小鸟叽叽喳喳，洋溢着朝气与活力，我又怎敢老去？

寒来暑往，年年岁岁花相似，岁岁年年人不同。送走一届又一届的孩子，不知不觉也是老了。

流年似水，光阴荏苒，学校要拍校庆七十周年“全家福”的前夜，我翻找旧校服的同时翻出一张正值六十周年校庆在老一中老校园老校道上拍的老照片，倍感珍贵。老一中旧貌已换了新颜，科学馆已消失，曲径通幽的小池塘已消失，开满楼前的小紫薇花和林间的鸟鸣也已不在……

唯独老校门和这一棵树还在。适逢融融春日，当我把这一棵树发在朋友圈，顿时吸引了许多一中人，尤其是老一中人的目光。

前几年退休的胡琦霞老师回复：“学校的老房子都拆了，唯独这棵老树和校门留存下来，它们见证了学校的发展和变迁……”

一中校友海南白驹学校的李瑞老师说，初二那年她从内地转学来一中的第一天，放学后拿着一本书坐在这棵树下读。黄文莉老师带孩子来操场玩，一起看夕阳，她给我讲了“敲钟爹”的故事……从那天起，我和她一起在一中的各个地方看过很多次夕阳。

而莉姐的回应是：“有幸在你成长路上提过灯！感谢你一直让我存在于你温暖的记忆中。”

好的师生关系是融入彼此的生命，共促成长，更是一辈子的挂念与回望，多么动人的师生情谊！

原来，这一棵树承载着许多一中人的共同记忆，它竟然还是传说中的“敲钟树”。

在20世纪七八十年代，科技尚未发达，还没有普及电铃，每个学校都通过人工敲钟来提醒老师上下课。多少年来，这一棵树背负着一中古老的钟，也承载着教育的历史使命。

而“敲钟爹”也是老一中人的深刻印记。据说他的父亲是武汉大学化学系毕业的老师，因“文革”神志有些不清，但化学专业知识却还没有忘掉，常常在黑板上写下满满的化学方程式。校方人文关怀安排他的儿子当校工，从事敲钟一职。

梁启超先生曾说：“凡做一件事，便忠于一件事，将全副精力集中到这事上头，一点不旁骛，便是敬。”“敲钟爹”可真是爱岗敬业的人。听说他去到哪里肩膀上都挂着敲钟的锤子，就是去逛解放西也要挂着那把敲钟的锤子。他时刻做好敲钟的准备，总是提前几分钟拿着锤子在敲钟树下等待，默数倒计时，对课堂时间把握非常精准，从来没有失误过。“敲钟爹”默默无闻，兢兢业业，在平凡的岗位上将一种职责做到极致也是令人敬佩、值得信赖的。就连高考的封场时间和提前十五分钟的警示时间，那时都是以他敲的钟声为准。“敲钟爹”就这样守时地把握一中课堂的节奏很多年，直到更新换代有了铃声，没电的时候他还依然坚守敲钟岗位，再后来“敲钟爹”光荣退休了。

如今，敲钟的时代已经远去，但悠悠扬扬的钟声依然回荡在许多一中人的温暖记忆里。千帆过尽，长江后浪推前浪，许多老教师也陆续退休，他们曾经是莘莘学子生命最初的“提灯人”。无论岁月如何变迁，不曾改变生命的单纯。敲钟树依然挺立在那里，逢春勃发，繁茂苍翠，见证一代又一代的一中人茁壮成长……

厚德博学桃李芬芳谱华章，沈毅致远欣欣向荣铸辉煌。海口市第一中学创办于1951年4月，是新中国成立后海口市人民政府创办的第一所完全中学。当年由中国文化泰斗郭沫若先生所题的校名，仍散发着历史文化的风骨。

愈老弥坚，独树一帜，蓬勃发展，敲钟树就是老一中，老一中就是敲钟树，它的学名为“牛蹄豆”树。金牛奋蹄，不待扬鞭。正值牛年，适逢海口一中校庆七十周年盛宴。七十载沧桑岁月薪火相传、继往开来，老一中自贸奋蹄弦歌不绝大展宏图。牛女郎借牛树祝福海口一中：牛气冲天，根深叶茂，蒸蒸日上，蔚为壮观，万古长青！

第四辑　行走风景

音乐之乡萨尔茨堡的礼拜天

之于山水，我只是过路的女子。即使是路过，有的地方却像一见钟情之人，长久停留在心里。

萨尔茨堡就是这样的小镇。匆匆邂逅，短暂的停留，却让我时常想起……

行走在路上，沿途的风景，一切都妙不可言，我该从哪里开始说呢？且让我从那段风光旖旎的阿尔卑斯山麓说开吧！

天气甚好，阳光明媚，蓝天白云，从德国菲森新天鹅堡出来到奥地利萨尔茨堡的路上，地处德国、奥地利、瑞士交界处，绵延200多公里的山峦、草地、湖泊、森林。我们穿行在蜿蜒曲折的乡间小路，路过一个又一个的草场，还有一幢又一幢红色屋顶的小村庄。

萨尔茨堡地处阿尔卑斯山北麓，位于奥地利中部，从德国天鹅堡到达此地204公里。一路绵延的山光水色，湖泊草场，丛林村庄，田园风光，中世纪古镇，迤逦而来，让人如入画中，目不暇接……

暮色中，我们来到音乐之乡萨尔茨堡，这是好莱坞著名音乐剧《音乐之声》的拍摄地，也是莫扎特的故乡，莫扎特三十六岁的短暂人生有一半以上的时间是在这里度过的。莫扎特的头像遍及街头与店铺，有名的莫扎特故居树立莫扎特的雕像，还存放它生前的诸多用品，这里还有一种名叫“莫扎特”的巧克力很受大家的欢迎。每年7—8月纪念莫扎特的音乐节在这里盛大举行，云集世界著名音乐家。一个人成就了一座城，还是一座城成就了一个人？莫扎特就是萨尔茨堡，萨尔茨堡就是莫扎特，莫扎特已经流淌在萨尔茨堡人的血液里。

你一定认为这是一个热闹繁华的现代大都市，而事实恰恰相反，这里倡导环保节能，交通方式以自行车和步行为主，古老得仿若停留在中世纪。山光水色，萨尔茨河缓缓流淌，将萨尔茨堡隔为新旧城区。

城外湖光潋滟，树木葱茏，古老的城堡，安睡在山峦的怀抱里，不愿醒来，静谧安详。漫步街头，演奏随处可见，音乐在空中回荡，巴洛克风格建筑鳞次栉比，直插云霄，绽放出多彩的梦，让人凝神对视的片刻，仿佛置身世俗之外……

如果你想了解欧洲人的生活品质与精神追求，那就在礼拜天来探访萨尔茨堡吧！

就在这德奥瑞的交界处，在山麓绵延、丛林繁茂、湖泊澄澈的风景胜地，周末出行，随处可见房车驰骋。车上一家老小谈笑风生，车尾拖着汽艇、船桨、自行车等，就算是走过深远的小镇或村庄，各家店铺也是关门停业的。

休息日，他们只需要休息，不需奔波劳累，不需拼命赚钱，回归家庭，和家人共度美好时光。行走路上，最常遇见的是一家人出行，哪怕孩子很小，极为不便，他们也愿意背着孩子周游世界。更多的情景是年轻的父母，爸爸左手牵着一个孩童，右手抱着一个更小一点的稚孩，妈妈手里还抱着一个嗷嗷待哺的婴儿，五口之家，其乐融融。从他们身上，我看到的是平和，内心的富足及一种生活状态的安定。

而这样的安排更需要男人的担当。中国式的婚姻过多的是女人付出、负重，默默承担生儿育女、相夫教子的重任。倘若出去旅行，必定是等孩子长大再说，也极少有男人陪伴在身旁。中国的情形大多如此，旅游景点看到的女性结伴为多，男人各种忙碌或各种借口恕不奉陪，无浪漫，无情趣。中国式的婚姻多数也只是搭伙将就过日子，柴米油盐仅仅是关乎温饱，缺乏精神生活的相互滋养。对家庭的回归与出走，我想这是中西方男人对待婚姻最大的差别。

欧洲之行已经结束，而萨尔茨堡一直停留在我的脑海，我认为它可为欧洲人生活品质的一张名片。它兼有自然之美及古典之美，是如此精致典雅，又是如此多情浪漫，它还是心灵的栖息地，是音乐之故乡，更是精神之故乡。

因为音乐天才莫扎特，因为《音乐之声》，因为盛大的音乐节，这里名声大噪，仿佛这里的一砖一瓦都镶嵌着美妙的音符，只要你轻轻触碰，潺潺音乐便如同清澈的泉水喷涌而出。

恰逢礼拜天，早上教堂里座无虚席，全城老幼人人盛装出席。萨尔茨堡，只有15万人口的小镇，音乐之乡，经济不是很发达，但是人们很讲究生活情趣，注重精神追求。

萨尔茨堡，悠闲自在的礼拜天，街头艺人随处可见，露天音乐会随时奏响，铜管齐鸣如万壑巨流，小提琴弹拨如草丛中淌过的小溪。教堂钟声袅袅传来，古典的气息弥漫，提醒人们放慢脚步。

女人优雅迷人，彰显贵族气质，打扮入时精致，首饰佩戴，小手包搭配都很考究得体，举手投足之间，尽是千娇百媚，万种风情。

闲逛街上，天清气朗，略带凉意，充足的负离子气息扑面而来。音乐小镇，八月未央，蓝天白云之下看到马车随意穿行，好复古的感觉，恍惚回到旧时光。

这里极少看到人群熙攘的异地游客，当地居民友好热情，非常注重着装，且有浓郁的地域特色。扑入眼帘的仿佛是一场大型露天时装秀，就连头发斑白的老太太也妆容精致，踩着红色高跟鞋，同西装革履的老伴并行，仿佛走上T台，携子之手，优雅至老……不苟且，不将就，不辜负，不枉此生，寻求世俗烟火里的精致浪漫，生活是需要仪式感的，对吗？

萨尔茨堡的老城聚集商店与步行街，是闲逛的好去处。从未经历战火的古城几乎遗留了过往的一切，时光在这里停留，店铺铁甲招牌的图案设计十分考究，雕镂精致复古。就连老城的水利都是沿用旧时，通过风车、水车将水从河流引入城中，一切都诉说着光阴的故事。

做完礼拜后，好久不见的朋友偶遇街角，当街驻足寒暄、闲聊。又仿佛盛大节日，露天啤酒花园、咖啡店、餐馆聚满当地居民，或三五好友相约，或家人围坐桌前，相谈甚欢，举杯畅饮，尽享人间美好滋味及天伦之乐。

萨尔茨堡人能用各种水果酿酒，擅长酿酒的民族一定也有酒的品质与情怀，对吗？美酒美食，尽在日常，是对自己的犒赏，也是对生命的享受。礼拜日里的露天花园，丰富的食物，透彻的啤酒，愉悦的表情，无拘无束，觥筹交错之间尽显萨尔茨堡人的豪爽热情及诗意浪漫。

萨尔茨堡小巷深处飘散的是古雅的气息，各色小店的橱窗排列也是那么繁复有序。其中最常见的是晚礼服饰，或古典或现代，款式大方得体，配套齐全，领花鞋子，就连包包和耳钉都一应俱全。萨尔茨堡人的富足，不仅体现在豪宅美食，更是细腻的用心及高品位的妆容需求，衣食住行，衣当在前。

当你有足够的时间与心情来追求你的外表，你一定是放慢了脚步来享受生活，享受自己给人世带来的一切美好，萨尔茨堡人当如此。

择一座城终老，遇一个人白首。有一天，当你老了，就到萨尔茨堡来吧……在这里看山、看水、看天、看云，穿上束腰晚礼服，踩着高跟鞋，手挽亲密的爱人去听一场音乐会，或是素面朝天到咖啡屋里手捧一杯热咖啡安静阅读虚度光阴……这一天，想想也是惬意及令人陶醉的……

捷克小镇，浮生半日

如果说布拉格是大家闺秀，那么散落在捷克乡间的小镇就是养在深闺的小家碧玉。捷克秀美的风光小镇，仿佛是琴弦上跳动的轻灵音符，是潺潺溪流中最欢快活泼的一滴，是晨开花朵中最明媚的一朵，是夏日里舞动的金色阳光，是秋日私语里腾空飞落的片片红叶，是阿尔卑斯山下路旁一朵朵迷途的轻云，是振翅欲飞的蝴蝶挥动着斑斓的羽翼停靠在山脚下树林一隅……捷克小镇，就这样静美地与自然山水长相依。

依依惜别布拉格，穿越田园牧歌的乡间小路，车子驶向云雾缭绕的山里，柳暗花明。红色屋顶的房子微微露出姿容，那是藏匿于青山绿水之间的KV小镇，也称为温泉小镇，距离布拉格121公里。

小雨淅淅沥沥，树木愈发青葱，薄雾轻荡、云翻絮涌，人迹罕至，仿若梦幻仙境……

温泉小镇，也称Karlovy Vary（卡罗维瓦利）小镇，依山傍水，历史悠久，泰普拉（Tepla）小河潺潺流经街心。传说，1350年，皇帝查理四世的一条猎犬不小心跌入温泉，他因此偶然发现了这里的温泉，所以卡罗维瓦利温泉又称“查理温泉”。

正值黄昏，骤雨初歇，润湿的空气饱含负离子的气息，深吸一口，心旷神怡。漫步街头，行人稀少，俨然保存完好的中世纪小镇，哥特式、巴罗克、文艺复兴等不同风格的建筑当街林立，古色古香。偶尔可见花色绮丽的马车当街穿行，青石板上留下嗒嗒的马蹄，渐行渐远……

温泉小镇，随处是温泉气氛，街边温泉从地底深处汩汩冒出，喷涌如注、纷纷扬扬，像雾像雨又像风，整个街角氤氲缭绕、热气蒸腾，散发着淡淡的硫黄味……

路过温泉脆饼店，香气扑鼻，不由停下脚步。薄饼店口味齐全，榴莲、柠檬、柚子、椰子等水果口味，还有榛子、牛奶、巧克力口味，应有尽有，随意挑选。店主年轻帅气，长着浓密的络腮胡，热情爽朗，看到我们手举薄饼拍照时，他也拿着薄饼在一旁抢镜，动作搞怪，幽默风趣。10元（捷克币）一张的温泉薄饼，一次欢悦的体味，收获的不仅仅是旅行路上的口腹之蜜，还有异乡人留下的美好印记。

小镇由一条主街贯穿，小桥流水，仿佛江南水乡的古韵悠悠。白色高楼耸立山前，阳台开满紫红的花朵，远远望去，花团锦簇与碧水青山交相辉映，斑斓的图画诉说着小镇的浪漫心情。

温泉小镇，民风纯朴。拐角处沿着山路拾级而行，雨后的风从山顶灌来，凉飕飕的，秋意渐浓。狭窄的山路上偶遇当地上山采摘蘑菇的一对夫妇满载而归，妇人热情地向我们微笑致意，打开朵朵花瓣似的蘑菇，分享她的劳动成果和喜悦心情，山野的芬芳扑鼻而来……

KV小镇藏匿于深山绿水之间，天然氧吧，远离喧嚣，静谧安详。乘坐咣当咣当的小火车上山，空山新雨后，很复古的感觉。登顶眺望，森林郁郁葱葱，绵延无边，暮色苍茫，中世纪小镇镶嵌于群山之间，山色空蒙，仿若一幅淡淡的水墨画。

下山前往温泉长廊，随意漫步，走走停停，闲坐一隅，看古老建筑，看寂寂远山。乐音从远处传来，那是年轻乐团在街头弹唱。古建筑前，台阶边上，队伍排列整齐，衣冠楚楚，节奏轻快，声线优美，余音袅袅，行人驻足聆听，一旁金发碧眼的小姑娘如百灵鸟般轻轻和唱……此刻，嗒嗒马蹄传来，那是青石板上划过的嘈嘈切切的音符。肖邦、莫扎特来过这里，屠格涅夫、托尔斯泰来过这里，青石板上留下他们的足迹。晚风轻送，暮色即将四合，浓郁的文艺气息扑面而来……这是连下水道的井盖都设计成琴键，可以踩出五色音符的小镇。

我们热带海岛的温泉是用来泡的，可是KV小镇的温泉是用来喝的。柱廊林立，那是有名的温泉长廊，到小镇游玩的人必不可少到此地来小憩，手执扁口长嘴杯子，痛快畅饮捷克最有名的温泉。

古长廊之下，飞檐翘角的小亭台旁，休憩的座椅边，各种不同温度的温泉出水口共有十多处。在当地购买的温泉专用杯上就标记不同温泉水温。根据各人喜欢选择不同温度的水，边走边喝或是坐着喝，提神醒脑、怡养身心，很是惬意。

之前听说这里的温泉味道不好，可尝试了几处，入口皆没有什么特殊的刺激味道，除了淡淡的咸味，没有像传说中的浓烈硫黄味和铁锈味。因此，我不太排斥地喝了好多杯。

男女老幼，手持扁口长嘴陶瓷杯边走边喝，人来人往，悠闲自在。鸽子唦唦从廊前飞过，恰是小镇的一道景观，也一派清幽恬静的图景。

夜来凉风起，暮色即将降临，餐饮店暖炉燃起，择温泉长廊边上一家，在火炉旁坐下，连接数据网络，通过小视频、图片和家人分享此刻在小镇的美景美食，倍感温暖。无论行走多远，家是心灵的港湾。纵然此时已是北京时间的下半夜，还有人在倾听你的心情。

吃一份色香味俱全的烧鸭腿套餐，没有米饭，却也心满意足，结束温泉小镇的浮生半日。

是夜，温泉小镇，入住始于1868的百年老店。这座古老的房子随便一件家具都是上百年的历史，小花小草盎然点缀，复古而清新。室内装饰精美，每个房间小巧别致、温馨怡人，绝不雷同，单是墙面就有不同色调，粉红、鹅黄、浅绿……每推开一扇房门都是一种惊喜，灯饰、插花都非常讲究。室内装饰风格各异，每一面墙、每一盏灯，甚至是一个毫不起眼的小角落，无论是哪一个点都被精心设计成一幅精巧的图画。电视机前必不可少茶几座椅、茶壶茶杯，花朵开放满屋，圣像耶稣、莫扎特画像、木制小提琴、兽皮被摆放在恰当的位置，文化氛围浓郁，家居古色古香，积淀岁月的痕迹。每一个角落都体现店主老太太的匠心独运和高雅的生活情趣。

百年老店，温馨的房子里睡去做了美美的梦。老太太早早起来为我们张罗丰盛的早餐。餐厅小巧可爱、布局精巧，抬头可见莫扎特头像，花草掩映，赏心悦目，处处皆可入画。主人动作利索，通晓捷克语和德语，不太懂听英语，一路面带笑容，带我们参观一个又一个房间，温和热情，感觉甚好！

老太太七十六岁了，身体硬朗，一个人打理这家家族老店，优雅迷人，开着奔驰风风火火，真诚的笑容让人过目难忘。

对美的追求，对生活的严谨、一丝不苟，用心呵护，真诚待人，优雅至老，是老太太的品质，也是百年老店的品质。

KV 小镇，群山环抱，潺潺流水，古色古香，恬静舒适，文艺气息浓郁；空气好，水好，人好，适宜休闲，适宜创作，适合养生，是诗意栖息的疗养胜地。

温泉小镇，浮生半日……旅行，是一种回归，游遍大千世界，然后回来做自己。

三月婺源·陌上花开

吴越王钱镠给寒食节回娘家看望父母的妻子信里说道："陌上花开，可缓缓归矣。"缓缓，是彼此的信任与体谅；缓缓，是给予对方足够的随性与自由；缓缓，还是深长的牵挂与思念。不是不想你回来，而是田间花开正艳，你若欢喜，就慢慢看够了再回来吧！骁勇善战，却有一颗柔软的心，铁骨柔情当如此吧。帝王心，是如此宽大无私。

五月，蒋勋带上旋子到山上看桐花。在林间穿行，看到大朵花瓣如同白蝴蝶飞舞、坠落，他说：我们一生怀着这欣喜与忧伤，通向美的漫长途径。春花秋月冬雪夏雨，季节更替是大自然一场幻妙的演绎，再曼妙的画笔也无法涂画出它丰富的色泽与多样的表情，唯有沉浸其中才能领会它深深的情意。当身体与自然万物保持和谐的节律，内心也定是寂静安好的。

经历了寒冷禁锢的冬，抵达天清气明的时节。三月到婺源看花可好？带上心爱的人，不负春光。

跋涉千山万水，抵达婺源已是雨夜。小楼一夜听春雨，在异乡醒来，早起在一个有一千多年历史的庆源村。古老的小村庄空气新鲜，寒意袭人，寂静得只听见鸟鸣，屋顶上炊烟袅袅，房前是一个阔大的园子，看到碧绿的菜畦，还有各种草木纵横交错。高大的梨树伸展着枯瘠而奇崛的身姿，垂垂老矣，却迎着初升的太阳向上生长，梨花朵朵细细碎碎，在金色的阳光中纷纷扬扬。

古老的房子，徽派建筑，鳞次栉比，傍水而居。着一袭棉麻衣裙，披散着长发，倚在长着青苔的古墙前，仿佛回到古代，梦到这里便缠绵，时光在这里倒流、辗转、迂回……

梦里老家，淡淡古韵，恍惚相识。走过乌镇，走过西塘，走过周庄，走过里同，走过绩溪，还有徽杭古道……越来越迷恋那些深深浅浅藏匿于古老村庄小桥流水边的老房子，白墙灰瓦，飞檐翘角，有绘画之美、舞蹈之美、诗歌之美，是一种历史的延续，也是一种文化的信仰。无论时光如何流逝，人世如何变迁，总以一成不变的姿态，在僻静的一隅散发独特的芬芳、古朴的气息……让人感受到坚守的力量。家园，就该如此吧！

穿过迂回曲折的小巷，踩着被雨水打湿的青石板，顺着溪流，跨过小桥，两岸是桃林。看到一树一树的花开，纷繁似锦，疑是闯入陶渊明笔下的桃花源。桃林尽头是田园风光，大片的油菜花铺及山上，漫山遍野，在晨风中摇曳，黄灿灿的花瓣上闪烁着晶莹的露珠，在晨曦中熠熠生辉……薄雾在山坳间飘荡，轻云缓缓掠过山头，飞鸟振翅，田园牧歌，远离俗世，让人想起诗歌与远方。这样的早晨，仿佛是一场艳遇，是一次心灵的私奔，内心开满细碎的花朵，是秘而不宣的幸福。

经过雨水一夜的滋润，山花越发娇艳可人吧？这么想着的时候，阳光透过云层普照江南山落大大小小的村庄。这样的时节适宜冥想，适宜出行，适宜看花，适宜携着你的手一起观望春光无限好。

出走是一种不羁的自由，说走就走吧！阳春三月，万物复苏，发芽吐蕊，莺飞草长，就连千年古樟也勃发新枝。枯木逢春，是一种生命的召唤，更是一种生命的执着。

车子在山间穿行，映山红、杜鹃花飞速扑入眼帘，红彤彤的一片又一片，仿佛火烧原野，四处蔓延，无法自持，那是青春的怒放，是激情的燃烧，是欲望的绽放。路边，迎面而来的还有桃树、杏树、玉兰……还有许多叫不出名字的各种花儿，红的像火，粉的像霞，大朵的玉兰在光秃秃的枝头盛开，洁白如玉，如同少女素净的面容。深巷杏花，遇上春雨，婉约雅致，又该是给江南增添几缕梦幻和柔情……

路过十里樱花，花团锦簇，像绯红的轻云，像燃烧的落霞，也像极了你明媚的笑……

江岭的油菜花，壮阔如海，如此盛大。那一片金黄，是凡·高画中向日葵的颜色，欣欣向荣，欢腾着生命，喜悦。那一片花海遍及山间、村落、山坳、河岸、溪桥，房前屋后，犹如画布徐徐铺展，从高山到低洼，装点大地，壮阔而绮丽，柔美而多情，丰腴而妖娆。放纵的春天就该如此吧？

犹记得七月盛夏，青海湖畔呼啸而至的油菜花招摇在碧波之滨，卓尔山巨幅的画卷迤逦云端雪峰之巅，还有318路上高城理唐毛娅大草原上的那片花海……大美无言，沉默如斯。每一次花约，是一场视觉的盛宴，仿佛遇见一场绚烂烟花，极致绽放的还有不可遏制的心情……

春风得意马蹄疾，一日看尽江南花。走过许多地方，看过不同的花，却情有独钟于婺源的春花。那铺展在山坳、田畴，九曲十八湾河道旁一路盛开的春花，摇曳多姿，一直绽放在梦里。烟雨江南，水乡之美，是婉约的小家碧玉，是邻家女孩一样的秀丽端庄、清丽可人。

单是文化名村李坑的小桥边那一树桃花倒映在溪水里，就已是一幅不可复制的淡淡水墨画，而晓起黑色瓦片屋檐上伸展出来的几支梨花探出清丽的姿容，古朴中焕发出小清新，已深深印在这个春天里……美好的景致就如美好的人，是如此让人过目不忘。

那一场花约，仿佛迷离恍惚的梦，绮丽芬芳，总在春风吹拂时轻轻醒来。

台湾大学拜谒傅园

对傅斯年先生最初的认识，源于明斋先生的《渐远的风雅》，里面有写他去李庄的时候，特意去寻访了傅斯年先生的故居。后来在明斋先生的讲座中，又听他谈起，说傅斯年先生最明显的特征是体胖，高大魁梧，声如洪钟。生活中，好友茶叙时候，又常听他讲起傅斯年先生的故事，说傅斯年是个大义凛然、敢于直言、独具个性的人。在傅斯年担任国民参政员时，曾给蒋介石上书揭发行政院长孔祥熙贪污的劣迹，最终把孔祥熙炮轰下台。后来孔祥熙的继任者宋子文也因傅斯年的一篇《这个样子的宋子文非走不可》，朝野震动，也只好下台。一个国民参政员一下子赶走两任行政院长，实属罕见……明斋先生讲述时绘声绘色、妙趣横生，仿佛傅斯年先生是住在他隔壁的邻居或是熟知的故友。

得知我要到台北，明斋先生特意叮嘱我，要到傅园去谦恭拜谒。

带着明斋先生的期许，仿佛是去看望我们共同的友人。夏日将逝，傍晚时分，我只身一人来到了台湾大学。闻名遐迩的台大给我的初次印象是那么古朴。不太起眼的门面，青灰色的墙，不注意的话根本看不到“台湾大学”的招牌。走进校园，笔直的椰林大道一通到底，末端是图书馆，两侧的红砖楼是各院系机构，都是矮层建筑。楼前种植大树，枝繁叶茂，楼房门檐四周，攀爬着古老的藤蔓和花花草草，古朴中透露出清新和田园风，堪称花园式校园。

大门往右拐就是傅园，曲径通幽，古木参天，遮天蔽日，参差披拂。道旁右侧，白色柱式廊亭为傅校长的墓亭，掩映在葱茏树木之间。落日余晖映照，苍翠之中平添几许肃穆悲凉。

傅园由仿希腊巴森农神殿建筑风格的廊柱、几何学水池、埃及的方尖碑构成，西洋风扑面而来。园里空无一人，前方的水池已干涸，落叶飘零，方尖碑直指云天。形单影只的我在园里徘徊，感知到他的孤独，百感交集，黯然神伤。

轻轻踏上台阶，来到墓前，斜光穿过树梢，拉长了我纤瘦的影子。小立傅校长墓前，双掌合十，低头敬拜，片刻的心灵交流，敬仰之情顿生。

傅斯年先生，中国近代著名学者、教育家、社会活动家，曾代理北大校长一年，后任台湾大学校长。胡适先生于1952年在台大的演讲中曾对傅校长进行高度的评价：“他替台大定下了很好的基础，他是世界上很少见一个多方面的天才，他的记忆力之强更是少有的，而且思考敏锐……傅先生能够做学问而富有伟大的办事能力。”傅斯年先生头脑聪明，办事能力强，不仅学术有专攻，还是天生的领袖，更是有责任担当的爱国志士。他直言不讳，敢作敢为，他的独立精神、自由思想成为台湾大学最有营养的根基。他提出的“上穷碧落下黄泉，动手动脚找东西”的原则影响了一代又一代的人。

傅园牌碑上记刻：1949年11月15日在校庆演说中期勉学生要做到“敦品、励学、爱国、爱人”，这八个字即成为台大的校训。王汎森说：“一个学术的风格，一种自由主义开放的风气，我想这是他留给台大最大的遗产。”一代宗师的价值，在于他的博大精深，在于他的独立精神、自由思想滋养后世，生生不息……

小园幽径独徘徊，沉思，默念，想起你来，西边云彩漫天，傅园寂寂，轻轻地我来了，轻轻地我走了……

傅校长正值壮年突然脑溢血离世，就像一颗巨星的陨落，他毕生的经历就是一首波澜壮阔的史诗……当我这么想的时候，抬头傅钟便出现在眼前。余晖脉脉，夕阳暖钟，是暮古的色调。大学生一男一女在边上闲聊，一旁还有白发苍苍的老人在小憩。低头看到石栏上镶嵌的铜牌，上面的题词是傅校长的著名言论："一天只有二十一个小时，剩下三个小时是用来思考的。"1949年，傅斯年先生担任台大校长，奠定本校发展基石。时至今天，每次上、下课，"傅钟"都会响二十一声，警醒莘莘学子孜孜不倦求知的同时要留给自己思考的时间，这也是对孔子提出的"吾日三省吾身""学而不思则罔"的传承吧！

参观胡适纪念馆

早晨，从忠孝敦化站乘搭212公车，二十多分钟的车程，就到了胡适纪念馆。纪念馆由陈列馆和胡适故居组成。

陈列馆以图文史料详细介绍了胡适的生平事迹，陈列他的部分书稿、创办的刊物及手迹。胡适不到三岁父亲就教他认字，幼年父亲去世，母亲的言传身教对他有深远的影响。后来奉母亲之命与江冬秀结婚，为此他曾给大他五岁的族叔胡近仁的家书中剖析自己的心怀："吾之就此婚事，会为吾母所见，故从不曾挑剔为难。（如不为此，吾绝不就此婚……）今就婚矣，吾力求迁就，以博吾母欢心。"子从母命，委曲求全，可见胡适是新文化旧道德的楷模。

参观胡适故居时，看到起居室中的两房，一房为胡适的卧室，一房为夫人江冬秀的卧房，都是单人床，一墙之隔，是无法逾越的心灵沟壑。江冬秀对于胡适仅是生活的伴侣，照顾着他的起居，衣食，但旧式的婚姻却也是最坚固的，纵然精神不能相通，却也能牵手到白头。

展厅还重点突出了胡适的求学经历。胡适是个会读书的人，用现在的话说，他是个学霸。1904年离开家乡到上海读书求学，接受新式教育，1910年考取庚款留美。先在康奈尔大学学习农科，后转文科，再到哥伦比亚大学师从杜威学习哲学。留美阶段是胡适一生思想与志业定型的阶段。除了获得哥伦比亚大学博士学位外，胡适一生荣获三十三个荣誉博士学位，学识渊博，成就非凡，实在令人叹服！

蒋介石对他评价："旧伦理中新思想的师表。"胡适还是新文化运动的领袖。他认为文化思想的变革是政治改造的前提。他与志同道合的一帮友朋结合共力，揭开新文化运动的首页。求学之道上，他提倡"大胆假设，小心求证，实事求是"。他说："有几分证据说几分话，有七分证据不说八分话。"他提倡健全的个人主意，主张养成独立的人格，尽应尽的义务，享应享的权利。他还主张每个人应该把你自己这块材料铸造成器，实现个人的价值，为一己之命和社会事业而不懈努力。

胡适的生命过程呈现了他如何贯穿实践一己的信念。胸怀祖国，在责任担当中，追求独立个性和民主自由。

空无一人的陈列馆里，我独自一人仔细阅览，凝视注目，小立片刻，深深感怀与思考。在陈列馆前台，我购买了《胡适四十自述》、《胡适演讲集》（上、中、下三册）、《胡适诗选》、《尝试集》、《尝试后集》、《白话文学史（上卷）》、《万山不许一溪奔——胡适雷震来往书信选集》等书。除了《胡适四十自述》为近年出版，其余均为1970年初版，1978年修订。《胡适讲演集》标价仅三十台币，《白话文学史》是钱玄同题签钤印本，标价五十台币，真可谓物美价廉。轻轻翻阅，民国风扑面而来，甚为欢喜！

从陈列馆移步就是胡适故居。灰瓦红墙的房子掩映在树木丛中。房子的廊亭里安放着一张圆桌，配座的是旧式藤椅，管理员是头发有些斑白的老人，他指着墙上当年胡适接待记者访谈的照片对我说："你看照片上的两棵树还在，就是这棵和那棵。"随着他示意的方向望去，窗外，两棵树依旧葱葱翠翠，闪烁着自由蹦跳的阳光。

踱步入屋，是简单的居所，一厅，一书房，两卧室。厅里和书房立有书柜，里面整齐安放的是胡适生前收藏的书。管理员指着书本特别强调说，胡适有做读书笔记的习惯，书本里有胡适做的许多批注。书房里还放置一张方形大书桌，那是他伏案读写的地方。管理员陪同我走到卧室前，说左边是夫人江冬秀的卧房，右边是胡适的卧房，各放一张单人床，简简单单的床铺，几乎保持当年的原貌。

我有些讶异问："为什么会分开？"管理员解释，旧式婚姻多分床而睡，况且胡适奉父母之命娶的江冬秀，没有什么情感，两人精神上几乎没有交流。然后补充说，江冬秀也是个聪明的女人，只是没有读过什么书。我点点头，想起了另外一个知书达理的女子曹佩声，在海峡对岸、在西湖边等了胡适一辈子，无果而终。

徐志摩说："灵魂之伴侣，得之，我幸；不得，我命。"胡适在婚姻里曾努力挣扎，最后是认命，却也有白头偕老的另一种圆满。

胡适故居对面的山上，是胡适的墓园，和他合葬在一起的是结发之妻江冬秀。穿过马路，踏上高高的台阶，看到胡适的铜像，慈祥的面容，儒雅的气质，略带微笑，目光如炬，注视着远方。再上一个台阶，来到胡适的墓前，正午的阳光炽烈，蓝天白云之间，苍松翠柏犹如哨兵守卫着这位民国大师，万古长青。前方的墓碑上刻着的鎏金大字赫然入目："这个为学术和文化的进步，为思想和言论的自由，为民族的尊荣，为人类的幸福而苦心焦思的人，敝精劳神以致身死的人，现在在这里安息了！……这位哲人给予世界的光明将永远存在。"

在胡适墓前谦恭敬拜，默默地心灵交流，带着敬仰与虔诚，带着期许与祈福，忽然想起胡适陈列馆里柜台前购书时管理员说的话："胡适应该被忘掉！"一个胡适的守护者，每天等待那些来瞻仰胡适的人，何以说胡适应该被忘掉？在我的追问中，他继续补充说："只有当胡适的思想得到实现并发扬光大的时候，人们才能真正地忘记他……"

阿里山看日出

心想没有太大的机遇看到日出，又想半夜爬起来挨冷受冻实在痛苦，纠结了一个晚上，还是去了，就算看不到也当作一次难得的体验吧！

我们入住阿里山景区，凌晨2:30，1点多才入睡的我还是从神木宾馆叫早的铃声中醒来。匆匆洗漱，下楼租加绒加厚的大衣，室外温度16摄氏度。寒气袭来，瑟瑟缩缩，我们从宾馆出来走几分钟便到达火车站。

凌晨三点钟的阿里山火车站灯火通明，人影憧憧，游客排长龙队在等待购票。到祝山站小笠原观景台票价为150台币。排队检票，队伍长得蜿蜒曲折，半夜三更，人山人海的游客静静等候，井然有序，队伍中还有老人和小孩。我开始嘲笑自己当初的优柔寡断，想如果我此时还在宾馆睡觉而错过一场华丽的日出是多么遗憾的事情。

人生总是遵循既定的规矩会太过平淡。生活需要些许的情趣，心灵也需要出走，比如不辞劳苦辗转到很幽深的小巷里只为吃上一碗传说中的清补凉，长途跋涉千山万水只为邂逅一场胜景，风雨无阻只为去见一个很久不见却想见的人……心之所向，就要行之所往！

这些夜行者，都有一颗说走就走的年轻的心。

经过长时间的等待，终于抵达月台。小火车咣当咣当地从丛林深处开来，昏暗的路灯下仍可清晰看到它披着红装，慢慢悠悠、轻徙莲步的样子。半个小时的车程，小火车摇摇晃晃，我仿佛静卧摇篮中，靠着车窗竟然也睡着了，睁开眼来便已到达祝山小笠原观景台。

举目望去，台阶上下都已经坐满了人。他们怀着同样的心情，朝着同样的方向，守望一片漆黑、雾气升腾的远方。等待光景瞬息的万变，等待一场奇迹的出现。

观景前方高脚椅子上突然跳上一位老人。他洪亮的声音打破了山的寂静，吸引了昏昏欲睡的游人。他自我介绍是这里的解说员，已经在这里站了二十多年。他开始讲述阿里山的故事，包括阿里山的前世今生、历史的变迁，还有观景台得名于日本人小笠原，以及被地震毁坏的过程。他说，阿里山的日出排名世界第十六，指着前面不同的方向，告诉我们春夏秋冬日出的位置及具体时间。朦胧中老人还特别指着前方一棵比较细小的神木，说它已有一百多年的树龄，以得天独厚的位置成为阿里山日出的地标，说正值夏末秋初，日出时间为 5 点 39 分 36 秒，精确到秒令人惊叹。老人强调，来拍摄阿里山日出一定要拍到这棵树，否则就是白搭。最后他还介绍到阿里山必看的景点，以及阿里山有名的特产，山葵和桧木。

讲解员已有六十三岁，一直站在高处，就像英雄领袖，说话很有气场，声音具有穿透力，幽默风趣，还不时和游客互动，让人觉得将近一个小时的等待一会儿就过去了。

雾气全然不领会游客焦急等待日出的心情，还在缓缓升腾，仿若少女在翩翩起舞，挥动着轻柔的面纱，如梦似幻。

云雾缭绕，尚未散去，天蒙蒙亮起来，渐渐看清游人陌生的面孔。5 点 39 分到来，只见阴暗的云层透出微弱的亮光，由一个点逐渐扩散，形成线形，然后在云端涂上一层金边。霞光映照，云朵变暖，由粉红变橘红，纵然光线柔弱，纵然云雾厚重，但只要有一点点霞光，就能感知太阳在跳动。乌云是遮不住太阳的，对吗？

大家凝神注视前方，千呼万唤，热切期待太阳瞬间从云层里突然蹦出来。可是过美的期许往往会带来深度的失望，既定的愿望犹如饱满华美的气球，安静地存在，然后慢慢萎缩……

天边霞光由亮渐变暗，最后完全消失，祝山又恢复一片雾海茫茫。

讲解员宣布观日出到此结束，还说“今天看不到没关系，明天再来”。不紧不慢的台湾腔，幽默风趣的话语，寓意深长，耐人寻味。

纵然得不到美丽的结局，但是风风火火的奔赴以及漫长等待的过程已经赋予人生太多的意义。大家心有不甘却没有太多迟疑，果断有序地退场。转身，奔赴下一站的旅行。

阿里山小火车穿越时空，身着古典盛装，轻徙莲步，咣当咣当地又来了……

一条江，一座城，一个人

——湘行散记之凤凰古城

对一个心仪的人保持一点距离，时时想起，那丝丝缕缕的思念可让空落的心变得柔软，让枯索的生活注入温暖的色调，让单调的日子过成诗。从某种意义上来说，当心频相对，一个人可以是另一个人的诗与远方。

凤凰古城就是这样一个地方，如同曼妙的女子，总在轻轻呼唤你的到来。对之，心存向往，却悠悠然然，不疾不徐，一直远远地眺望着……也许时空的阻隔、遥远的距离，更让人产生美感。

对凤凰的认识，源于沈从文先生的小说《边城》，沅水上游，豆绿色的沱江边，翠翠、老人与黄狗、渡船、白塔组成一幅简约的图画，近乎返璞归真。连同山涧吹过的风，岸边的翠竹与芒草，沱江里来去游弋的鱼，一切都随性自在。

这是有故事的地方。端午日初见擅长捉鸭子的傩送，让翠翠情窦初开。而世界一切的美好总是转瞬即逝，连同纯美的爱情。两兄弟同时爱上一个女孩，采用唱山歌的方式来决胜负，天保自愧不如傩送唱得好，且翠翠心里喜欢的是英俊的傩送。天保忍痛割爱，驾舟远行，不幸溺水身亡，傩送也因此远走他乡，相继爷爷去世……这一切突如其来的不幸，让未经世事的翠翠一夜之间历尽沧桑长大成人——每个人都会被迫长大，或早或晚，总有那么一天。

边城凄美动人的爱情故事，沈从文先生娓娓道来，以温婉细腻的笔触折射出的是淳朴的风土人情及至真至纯的人性之美，悠长隽永，读来让人淡淡感伤、回味无穷。

对于我，因为一个人，向往一条江、一座城……

湘行路上，我带着一本沈从文先生的《湘行散记》，里面有一篇《一个多情水手与一个多情妇人》。文中写道，清晨吊脚楼里的妇人倚在窗前与河下水手频频致意“后会有期各自珍重”，夜晚的那点露水恩情，连同眼泪与埋怨已揉进这些人的生命中，成为生活之一部分，使人心中柔和得很！

就是最底层、最卑微的人物，于最艰苦的生活当中，也不可缺少对欢爱温暖的渴求与期盼。

手执书本，翻越一座又一座山，在迂回颠簸的路上，我告知好友，我将到一个多情的地方去，从黔阳古镇沿着沅水，顺流而下，寻寻觅觅……

沱江蜿蜒曲折，从山间劈开，绵延不绝，缓缓映入眼帘。正午阳光明媚，波光粼粼，山石林木倒影忽明忽暗，山长水远，浩浩荡荡。千年古镇，拱形小桥横卧江心，吊脚楼依稀远方，源远流长，生生不息。

我们选择靠水而居的映月桥客栈，为沱江下游，为的是避开喧闹的游客，还有夜夜笙歌的酒吧。为寻觅清静之境，却没想到，客栈背后的山上就是沈从文先生的墓地。住在这里也算是与沈先生毗邻了，只有两三分钟的步行路程，不期而遇，正合我意。

清早，晨曦映照东边的群山，洒落江面，波光潋滟，晨雾轻轻薄薄，氤氲缭绕。古老的城如同蒙上神秘的面纱，游人还没有醒来，静谧如诗、如梦、如幻。

我在凤凰古城醒来，第一件事就是去敬拜沈从文先生。从映月桥客栈，沿江往回走十多米，有一条小路往右拐，然后上山便是沈从文先生的墓地。台阶一旁的石墙上镌刻着沈先生的生平简历：我国著名文学家、史学家、考古学家。1902 年 12 月 28 日出生于凤凰，1988 年 5 月 10 日病故于北京，享年八十六岁。1992 年 5 月从文先生的骨灰，一半洒入沱江，一半安埋于此……

沈从文先生墓地位于凤凰沱江镇杜田村，距县城 1 公里，背靠青山，面朝沱江，听涛山麓。他寿终正寝，与最亲密的爱人长眠于故乡的山水，叶落归根，也算是另一种圆满吧！

想起沈先生“三三”长“三三”短的情书，张兆和女士“二哥、二哥”的亲密回应。一对有情人，从青丝到白发，从相识到长眠于此，从最初的门不当户不对，到后来的政治风云，该经历多少千回百转、艰苦磨难，却始终不离不弃、携手相牵、相濡以沫……不知何故，我伫立于这片山水之间，心里不时涌起满满的感动！

沈先生墓前方右侧立有一块石碑，当代画坛大家黄永玉先生为表叔题下碑文："一个士兵要不战死沙场便是回到故乡。"笔法行云流水，洒脱不羁，其色绿，如沱江一泻千里，又蜿蜒有致。

来到沈从文先生的墓前，才发现自己两手空空，于是，我漫山遍野地寻找野花。七月流火，野花败落，草木葱茏，觅寻一朵野花何其容易！幸好还遇上那么一朵小雏菊，还有那一朵蓝铃花，纵然娇小却优雅迷人。我将细丝藤草轻轻蔓笼，小心翼翼放在碑顶，却又发现少了香火。陪同我一起的老帅说："给他老人家敬一支香烟吧！写作不是要吸烟提神吗？"于是，我拿着老帅点燃的香烟轻轻放在沈先生的墓前，老帅还提醒我，着火的一头要朝外……献花敬烟，双掌合十，躬身敬拜，默默对谈，内心无比宁静。那一刻，我仿佛是去看望一位故友，心中有许多想说的话。

四处张望，没有看到高大的坟墓，更没有什么亭台楼阁。宁静、简朴、自然，是沈从文先生墓地的风格，只立有一块天然五彩石墓碑，正面集先生手迹，刻有："照我思索　能理解'我'，照我思索，可认识'人'。"背后铭文："不折不从，亦慈亦让，星斗其文，赤子其人。"

墓志铭言简意赅，却是沈先生一生人品文风最好的概括。这里环境清幽，翠色入目。风从河面吹来，拂去夏日的燥热，清清凉凉，让人想和沈先生多待一会儿，再多待一会儿……

从山上下来，又是一派小桥流水的人间烟火，通向沈先生故居的路，绿水青山徐徐铺展，不由想起沈先生写过的文字："在青山绿水之间，我想牵着你的手，走过这座桥，桥上是绿叶红花，桥下是流水人家，桥的那头是青丝，桥的这头是白发。"执子之手，一路走来，古桥倒影摇曳波心，多情而应景。

从墓地到故居仅有十多分钟的步行路程。进入古城，走街串巷，蜿蜒曲折，一路游客熙熙攘攘，一路街边摊贩大声叫卖，热闹非凡。沈先生的故乡已被店铺和游客占满，各个角落弥漫着浓郁的商业气息。淳朴的风土人情与自然民俗已经无处找寻。那个肌肤黝黑、眼神亮烈，在青石板上来来回回的翠翠也已无影无踪。

随着络绎不绝的人群，来到凤凰古城中营街十号，在古城牌坊处往左进去一百米便来到沈从文故居。这是一座四合院，建于清同治五年（1866），飞檐翘角的房子，徽派明清风格，砖木结构，古色古香。沈从文故居为两进间，中间天井隔开，每间两室一厅，正南正北朝向，依山而建，平面布局，是南方宅院的典型。

老房子桐油刷过的门楣泛出黑褐色，古朴而厚重，抬头可见匾额，刻有“沈从文故居”字样。两侧各挂大红灯笼，古意盎然。迈进第一间左侧的房子，挂有沈从文先生父亲母亲的照片，还有全家福。沈家育九个儿女，最后存活五人。从照片可看出沈先生极像他的母亲，慈眉善目。再往里屋走，天井里是一个大水缸，和江南大户人家的格局相同。拾级而上，迈进高高的木门槛，来到厅堂，是供奉沈从文先生的地方，安放沈先生的简笔画像和雕像。左侧房间摆放一张老式四进滴水床，雕工精湛。从房子的构造、布局、内饰可见沈先生祖辈父辈家业的殷实。右侧的房子里存放诸多沈先生生前的用品，睡床、留声机、书架、书桌等，极为简陋的用品、极简朴的生活，成就了一位诺贝尔文学奖提名的大家。沈先生还喜欢一边听音乐一边写作，也是个追求艺术享受的多趣之人。

墙壁上还挂着沈从文不同时期的文学创作及参与学术交流的照片。他被誉为“乡土文学之父”，他的幼年和少年时代都在凤凰度过，十五岁从军，二十岁离开湘西，闯进京城，开始文学创作和教书的生涯。创作出《边城》《湘行散记》《从文自传》等佳作，获得事业与爱情双丰收。1933 年，曾经被张兆和列为“癞蛤蟆十三”的他，抱得美人归，和张兆和就在这里举行了简单的婚礼仪式。

从山旮旯里飞出来的金凤凰小学毕业，自学成才，闯荡京城，扎根乡土，以独特的文风、唯美的笔触，以一派清波跻身名家行列，沈从文先生无疑是一部励志的大书。

从里屋走出来，到厅堂中央，左侧的墙上悬挂沈从文先生的孙女沈红的撰文《湿湿的想念——写给爷爷》：“七十年前，爷爷沿着一条沅水走出山外，走进那所无法毕业的人生学校……这些文字画卷，托举的永远是一个沅水边形成的理想或梦想……”字里行间是对爷爷的追忆，是对凤凰古城变迁的感慨，饱含深切的思念，真挚动人，读来让人泪目。

经过侧门走出沈从文故居，通过沈从文书店，这里陈列沈先生的所有作品，我选盖好印章的两本代表作《边城》《长河》，轻轻离开……

沿着沱江找寻沈从文先生，从起点到终点，再从终点到起点。“溯洄从之，道阻且长，溯游从之，宛在水中央……”

“星斗其文，赤子其人”，而怀念与敬重一位作家，最好的方式是好好读他的作品吧！

故乡是一枚胎记，沈从文先生在自传里曾说：“我的情感流动而不凝固，一派清波给予我的影响实在不小。我幼年时较美丽的生活，大都不能和水分离。我受业的学校，可以说永远设在水边。我学会思索，认识美，理解人生，水对于我有极大关系。”水孕育万物，连同一个人的思想、性情与审美，沅水已绵延至沈先生的血脉里。

来处也是归途。一条江，一座城，一个人，静静的就好。愿你轻轻地来，轻轻地走，不要惊扰他……

随君直到夜郎西

——湘行散记之黔阳古城

随君湘行，千山万水，峰回路转，重峦叠翠，流水汤汤，景致变幻，如入画中。

最惬意的旅行莫过如此，被爱与自由包围，随心去远方，到处流浪，走走停停，看看山，看看水，看看日出和日落，期待雨水与云海，身边有你，还有他。你一路开车，他一路摄影，我尽管一路看风景，偶尔成为风景中的那个她，如同歌词里唱的："你在远方的山上，春风十里。"

我们的出行始于宗教信仰气息浓厚的南岳衡山，从云雾缭绕、如梦似幻的仙境小东江，到一派山水田园风光的勾蓝瑶寨及小桥流水人家的上甘棠古村，再到怪石林立、一夫当关万夫莫开的莨山地质公园。然后途径两百多公里穿山越岭，通过数不清的隧道，也不知横跨几条江河，傍晚时分抵达黔阳古城。

江流缓缓流经古城，江面宽阔，太阳西斜，炎热的夏季，余晖亮烈照射水面，波光灵动，熠熠生辉。近岸停靠几只小船，有“野渡无人舟自横”的寂寥之感，远处逆光飞扬风帆点点，大有“潮平两岸阔，风正一帆悬”之气势。对面青山寂寂，随江流蜿蜒不绝，通向天际云端，渺渺茫茫。

眼前如恬静少女缓步徜徉的是沅舞清流，被誉为黔阳十二景之一。沅、舞二水交汇于此，山山水水环绕，风光秀美，古有诗云：“沅舞宏将众脉收，西南水汇入东流。潆洄赤宝澄谭静，拟泛坡公月下舟。”

行至水云处，脑海里常会浮现出古诗的句子，极为应景。是先有山水后有诗，还是先有诗再有山水，抑或是山水与诗本同体？有书友曾说：行走是深层次的阅读。书本里的诗句，我们该经历多少年月，走多远的路，遇见多少的风景，才能真正读懂？有时，心中的诗句与眼前的景致就这么不期而遇的地上了，让人不由轻轻说一声：哦，原来你就在这里。

不是吗？这眼前的古镇，这我跋涉千山万水到达的地方，当我走入小巷深深，在飞檐翘角的房子之间行走，随处可见“龙标”这一名字，方知原来此地古称“龙标”。随之心头一震，仿佛是他乡逢故知，想起李白的诗《闻王昌龄左迁龙标遥有此寄》。这首诗被选编入初中语文教材，朗朗上口带着学生读了很多年。题目很长，讲这首诗，需先解题，总是提到王昌龄被贬到“龙标”。而“龙标”在什么地方？课下注解为“洪江西”。对之，一直是个遥远而模糊的概念。而今来到这个地方，满脑子都是李白的诗："杨花落尽子规啼，闻道龙标过五溪。我寄愁心与明月，随君直到夜郎西。"

脚下的土地正是"龙标"，今为黔阳古城，有两千多年的历史，位于沅水上游，与凤凰古镇一脉相承，却比凤凰古镇早近千年，素有"滇黔门户"和"湘西第一古镇"之称。街边明清建筑鳞次栉比，古城内有"五门十街十二巷十三景"，人文荟萃，被誉为"楚南博物院"。

沅舞清流，碧波荡漾，游鱼驰光而卧，和风轻送。唐天宝年间，五十余岁的王昌龄被谤谪龙标尉。他从江宁出发，溯江而行。经过辰溪、酉溪、雄溪、樠溪、沅溪，青山隐隐水迢迢，长途跋涉，风尘仆仆，抵达黔阳。

当年的龙标是偏僻之地，李白诗中的"闻道龙标过五溪"，便写出了王昌龄被贬谪之地的凄凉与荒远。李白对之十分牵挂，心中充满哀怨感伤，且将愁心寄予明月，愿随友人一起到夜郎之西。全诗表达了对友人遭贬谪的同情及忧虑关切之情。读此诗，也可读出李白与王昌龄的深情厚谊。

循着李白的诗，寻找王昌龄的足迹。暮时落日余晖脉脉，映照古老的城门，更显庄严肃穆，赤红沙砖铸造的城门历经千年的风吹雨打依旧巍峨挺立。行走在宽厚的青石板上，依稀听到当年嗒嗒的马蹄声，灯火昏黄，道旁是古老的房子，徽派明清建筑，屋檐垂挂红灯笼，墙壁斑驳，镌刻年月沧桑的印记。古屋有的经过修理维护，焕然一新。有的没人去打理，歪歪斜斜、颤颤巍巍在风中，几近破败。古城里走街串巷，游人稀少，烟火气息浓郁，有的房子空落，有的住着宗族后人，也可见客栈、小食店，但不多。随意行走，仿佛时光倒流。

这是一座依旧鲜活繁衍生息的古城，从远古走来，保持着古朴风貌也不失本土浓郁的烟火气息。不像有些古镇，熙熙攘攘，全被商铺和游客占据，再也找不到原味。

清晨起来，吃一碗现磨绿豆面。晨曦微露，行走古街，通过城墙巷、壕坑巷、下南门遗址，路过同仁堂药局、璞庄、楚风堂、易氏宗祠、渤海世第……街道冷清，格外祥和安静。偶遇老人挑着两箩筐蔬菜赶集，菜叶子新鲜采摘，滚动着水珠，老人佝偻着身子，从和煦的晨光中走来。逆光中看到他的剪影，恬淡如画，流光飞逝。

深深浅浅的小巷，房前屋后，阳光照不到的地方，许多的年轻人白衣胜雪，在屋檐下，在有些破损的门槛边，支着画架在写生。他们凝神注视、挥动画笔、入景如情的样子很动人。想起卞之琳的诗："你在桥上看风景，看风景的人在楼上看你，月亮装饰了你的窗子，而你却装饰了别人的梦。"你在作画的同时，本身就是一幅美丽的画卷。

就在学生作画的旁边，看到有一口古井用栏杆围起来，标示"少伯井"。井水碧绿，清澈透亮。告示牌有文字说明：相传为王昌龄贬谪龙标县尉时所建，清顺治年间，黔阳古城被围困，百姓靠此水生活，终得无恙，为感王昌龄掘井之恩，将此景命名为"少伯井"。这口井不仅面积宽、流量大，且水质好，可饮用，煮饭特别香，还有保鲜作用。而且，少伯井井中有井，井下有井，神奇神秘。

一池清泉，滋养生命，流传千古，造福百代。让我不由想起当年苏轼被贬海南儋州时，由于当地缺水，也是带领百姓挖井，如今那口井还在，井水清洌甘甜，称为"东坡泉"。但凡豁达乐观之人，无论遭贬何方，总给当地百姓带来福祉。边塞诗人王昌龄才华横溢，被称为"七绝圣手"，同时也是正直廉洁、颇有政绩的地方官。据《黔阳县志》记载：他洞悉民情，"爱民如子"，为官清廉，生活简朴，"为政以宽"。因此，人民赞颂他道："龙标入城而鳞起，沅潕夹流而镜清。"

闲逛古城，继续寻找王昌龄的足迹，来到东门古城墙。古城墙建于唐建中二年（781），为红砂石城墙，坚不可摧，绵延五华里，设有五个城门楼，保护完整。与古城墙相对的是钟鼓楼，宋熙宁中龙标山顶建普明禅寺（1071），修钟鼓楼，楼为三重檐歇山顶木结构，有楼梯可上，登顶可俯瞰黔阳全景，如今已闭门谢客。驻足仰望钟鼓楼，高耸入云，气宇轩昂，古韵悠悠。

钟鼓楼前方有一株高大的樟树，叶子细细碎碎在风中婆娑起舞，树干笔直粗大，枝繁叶茂。王昌龄被贬龙标期间，不仅挖井造福百姓，还指导百姓广植林木。传说此樟树为他当年亲手种植，故称“昌龄香樟”。这棵树历经千古，遭遇风雨、雷电、火灾、虫害等诸多不测，依旧郁郁葱葱，在炎炎夏日吹送绿意与清凉。树旁有王昌龄石刻雕像，头戴官帽，手执文书，目眺远方，目光恬淡。

从东门古城墙下来，条条小巷融会贯通，经过下南门遗址，走出古城门之外，沅河之畔，是大名鼎鼎的芙蓉楼。王昌龄在这里写下送别诗《芙蓉楼送辛渐》：“寒雨连江夜入吴，平明送客楚山孤。洛阳亲友如相问，一片冰心在玉壶。”芙蓉楼因此而闻名遐迩，为江南四大名楼之一，属楚南第一胜迹。

芙蓉楼风景区为古典园林建筑，错落有致，亭台楼阁与长廊掩映在繁花绿叶当中。沅江河畔，平江直流，烟波浩渺，垂柳依依，小紫薇盛开，花团锦簇，轻轻摇曳古楼前。芙蓉楼为两层四角飞檐木制阁楼，里面供奉王昌龄。沿着木梯上楼，木板隔层发出咚咚的声响，仿佛历史的回音。芙蓉楼凭栏远眺，翠色入目，沅舞清流，源远流长，千古悠悠。

此地有芙蓉楼、送客亭、耸翠楼等，为王昌龄宴客吟诗之所，他曾于此饯别好友辛渐。千古名句“一片冰心在玉壶”七个字，被清道光二十年（1840）黔阳状元龙启瑞，合篆成一“壶”状字镌于石碑，立于芙蓉楼边“玉壶亭”里。

进入芙蓉楼庭院的牌坊“龙标胜迹”门，抬头可见，门楣正中为王昌龄送客图，乃清代状元龙启瑞的祖母、著名女画家黎采苹根据王昌龄的《芙蓉楼送辛渐》的诗意勾勒，著名泥塑家肖登瀛先生所塑，故称“三绝图”。胜迹门建于清中晚期，砖石结构，门向河岸倾斜两尺多而不倒，其倾斜度已经超过意大利比萨斜塔，是中国古典园林建筑上的奇迹。

芙蓉楼风景区记事碑廊迂回曲折，园内藏有历代名家书法碑刻两百余方，还有江南第一古城铁钟及一尊千年根雕，根雕所刻人物众多，栩栩如生。

流连忘返于芙蓉楼，可否想象这是王昌龄于劳心官府公文、劳力于俗务之外开辟的一座后花园？这一座心灵的家园，闭门深山，随处净土，还有酒与友相伴，有诗歌且远方……

黔阳古城，随手一指都是上千年的古街、牌楼、宗祠、城墙，每一面墙、每一块砖、每一片瓦，都是历史、是文化、是积淀，值得你细细品读……让步调放慢，发呆，走神，于古城，地老天荒情永在，与亲密的爱人执手走过，恍惚经年！

古人云：“读万卷书，行万里路。”走过长长的来路，过五溪，进古城，登古楼，才真正读懂了李白的诗句：“我寄愁心与明月，随君直到夜郎西。”旅途上，有一种遇见，叫最美的意外！

挂在瀑布上的千年古镇

——湘行散记之芙蓉镇

电影《芙蓉镇》是少时的记忆，兴许是在我老家老王祠堂前的露天电影场上看过，那会儿看的还有《小花》《庐山恋》《人到中年》等许多老电影。多年以后，故事情节已经淡忘，但影片中那些漂亮的女主角仍历历在目，如张瑜、刘晓庆、潘虹等，她们曾经家喻户晓，成为一代人美好的青春记忆。

因一部电影而记住一个地名，芙蓉镇对我是这样的一个地方，一直很遥远，却也并不陌生。这个暑假的湘行，终于有机会去了一趟芙蓉古镇。走过千山万水，游过诸多古镇，感觉古镇多是一条江缓缓流淌街心及两排房子鳞次栉比靠水而居的格局，是小桥流水人家的千篇一律。而芙蓉古镇却很特别，既有江南古镇小家碧玉的清新婉约，又有山寨土王的雄浑霸气，她有着不同于其他古镇的独特韵味与宏伟气势，乃至我旅行归来多日总会记起它，每次与老帅说起都不约而同地认为芙蓉古镇是个很有意思的地方。

芙蓉古镇，地处湖南永顺县，从乾州古城出发路过气势非凡的矮寨大桥，大约一百六十公里的路程。为了使旅行更多趣，这一程，我们避开高速公路，选择走国道。一路听许巍的歌，在青山白云间穿行，走走停停，风景在路上，山道弯弯，仿佛幽境探秘，林深处隐藏无限幽趣。偶有遇见纯净的湖泊，还有横跨在湖面的若隐若现的彩虹。

芙蓉镇，她原本是一块镶嵌在山水之间的美玉，或者说她原本是养在深山人不识的大家闺秀。也似安放在摇篮里酣睡的婴儿。千百年来，她就这样静静地依偎在山的怀抱里，有点像老舍先生笔下《济南的冬天》里描写的："一个老城，有山有水，全在天底下晒着阳光，暖和安适地睡着，只等春风来把它们唤醒，这是不是个理想的境界？"

芙蓉镇，原名王村，与世隔绝的地方，绿水青山环绕，濒临酉水，上连川鄂，下通津京，自古是商贾重镇，有两千多年的历史。因电影《芙蓉镇》在此拍摄而得现名，是溪州土家族土司王朝的起始都王府，承载了土家族土司王朝818年辉煌历史源头的古镇。因有一条瀑布穿镇而过，又称为挂在瀑布上的千年古镇。

芙蓉古镇是典型的山寨，河流、山川、飞瀑、古塔、土司城、老房子交织成一幅幅曼妙的童话绘本。南岸高耸入云的古塔气宇轩昂，仿佛一只雄鹰展翅翱翔于天宇之间，却永远守护在这里。登上古塔，可俯视古镇全景，是一览众山小的感觉，郁郁葱葱的山林之间，点缀着古老的房子，飞檐翘角，黑瓦白墙，错落有致。酉水汤汤，从远山奔泻而来，蜿蜒至此，如同娴静的少女，闲庭信步，缓步徜徉，悠远而辽阔。太阳西斜，落日余晖映照，波光潋滟，草色青青，垂柳依依。举目远眺，但见孤帆远影，碧空如洗，青山寂寂。

沿着高低不平的山势，踏上青石板，在古街间行走，路过的大王行宫、土司别院雄踞于高高的石岸上，气势雄伟。迂回曲折之间的石头房子，炎炎夏日散发出蒸腾的热气，街边工艺品店琳琅满目，还有各种小吃摊，米粉豆腐、冰棒和凉粉应有尽有。

黄昏，到河岸纳凉，远远便听到哗啦啦的水声，循声而去，攀上石阶，曲径通幽，柳暗花明，万道巨流汇于空谷，如同银色的帘幕被扯成几绺垂挂在天地间。山势层层叠叠，悬泉落入深

潭，如大珠小珠落玉盘，形成双层瀑布的奇观，而古老的村庄明灭可见，悬挂于飞瀑之上，更是让人叹为观止。

暮色降临，华灯初上，河岸老房子的织锦灯笼同时点亮，通明一片，璀璨夺目，就像郭沫若诗句里写的："远远的街灯明了，好像闪着无数的明星。"灯火阑珊，激流直下陡壁，飞瀑汇落下深潭，如万马齐喑，似铜管齐鸣，映照在一片灯火之中，越发清亮悦耳，古镇之夜沸腾起来……

行走之间，我指着古镇墙上拍于1986年的《芙蓉镇》剧照中年轻时候的刘晓庆和姜文，对一旁的摄影师韩同学说我也要拍这样子的照片。美好的爱情无论何时何地总能让人心生向往的，不是吗？

古镇因《芙蓉镇》电影而更名，也因此从默默无闻到名声大噪。影片以芙蓉古镇为背景，展现了"四清运动"及"文化大革命"时期普通百姓的悲惨命运，直击心灵，沉暗压抑，却不时交织出温煦唯美的浪漫爱情画面。

影片中的人，像牲口一样地活着，而我却愿意看到更多的美好。比如爱情，犹如悬崖缝隙间破土而出的嫩芽，再黑暗的牢笼也束缚不了它的自然发生；比如好人，真正的好人是当你落难而所有人都远离你时，却仍向你伸出援手的人，就像影片中的谷燕山。好人是照亮悲苦人世的一道光，影片反映了在人性之恶盛行的年代人性之美仍不可泯灭。

过往，如云烟。历史已经翻开崭新的一页。公路通到家门前，芙蓉镇的山民盖起了楼房，开起了客栈，迈向红红火火的日子。游人如织，人影憧憧，酉水之畔，凉风习习，微微的云朵飘过，丝丝缕缕，万家灯火，扑朔迷离，对岸飘来渺茫的歌声，仿佛天上人间，如梦似幻……

长夜过去，破晓时分，天色蒙蒙亮，轻薄的云烟笼罩着绵延不绝的峰峦，黛黑的远山奔向远古，犹如一幅淡淡的水墨画。寂静的村庄还没有醒来，碧水长天，雾起时，我就在你的怀里……让爱自然发生的地方，万水千山总是情！

雾漫小东江

旅行归来已多日，有一条江却夜夜在梦里流淌，如同对你绵绵不尽的思念，挥之不去……有的风景注定过目不忘，就像遇见的人，纵然时空阻隔，纵然人世变迁，却一直驻足在心里。

我们午后从南岳衡山出发到达小东江时已是接近傍晚时分，行程二百余公里。雾漫小东江为国家 5A 级旅游景区，位于湖南省郴州资兴市东江湖内。

沿着蜿蜒曲折的山路，凉风习习，拂去了夏天的燥热，车子缓缓驶进景区，翠色入目，水气扑面而来。夏日的黄昏，西斜的

余晖映照江面，绵延几公里，恍惚进入梦里。雾气蒸腾，冉冉飘荡，轻轻柔柔，萦绕于青山绿水之间，如同妙龄女子着轻薄衣衫在水中央隐隐招引着你。

肤如凝脂，领如蝤蛴，明眸善睐，巧笑倩兮，盈盈一水间，脉脉不语，望了一眼，便如同轻啜一口青梅名酒，猝不及防醉倒在她的怀里。

让我怎么比拟你？所有的语言都显得苍白无力。有一种凝视如你的柔波，那是早春初绽的蓓蕾，是夜夜窗前的星辉，是松风吹送的呢喃，是灵犀的跃然跳动，是情愫的潜流奔涌……远方的山上春风十里，也不如你！

小东江最佳观景的时间为早上六点至九点。清晨，太阳还没有出来，或是太阳被挡在群山之外。大地刚刚醒来，连同寂静的村庄，青草带着露珠，山与水相依，痴痴缠缠，天气微寒，飘飘荡荡的雾气漫至半山腰甚至漫过山顶，触及苍穹。黛黑的起伏连山蜿蜒至远方，仿佛在牛乳中洗过一样，静谧如诗、如幻，氤氲之间，是一幅淡淡的长卷水墨画。

渐渐，天光一片，旭日东升，晨曦微露，跨过高山，洒落江面，水墨画微微颤动，荡起层层涟漪。迷蒙的雾在阳光的透射下，露出清丽的面容、娇柔的身姿，仿若少女拖着长长的纱裙在翩翩起舞，袅袅娜娜……一泓碧波闪烁着蓝宝石的光，深邃而迷离，静静依偎在大山的臂弯里，像极了你将我拥入怀里。

翠蕊含烟蔓枝头，就连空气中也弥漫着甜丝丝的草香与花香。天地有大美不言，而你是小家碧玉，略施粉黛，轻颦浅笑，是盛夏最好的样子。我的目光紧紧跟随着你的左右，姣好的面容，洁白的颈项，微卷的秀发，翻飞的裙角，曼妙的身姿……烟波浩渺，岁月更迭，流年似水，你是东风深处的一抹春色，纯美如初。

青山隐隐，水迢迢，烟笼寒水如长虹凌卧碧波，我着一袭白色长裙，长发飘飘，走过栈道，攀上石阶，穿过翠竹，漫步江岸，任光影摇曳胸襟，任清风吹拂脸颊，任雾水沾湿发梢，任路边的野花亲吻着我裸露的脚踝……此刻，我愿是那个从《诗经》里走出来的古代女子，“在水之湄，溯洄从之，道阻且长，溯游从之，宛在水中央”……

眼波流转，一叶扁舟驶入画来，荡漾烟波里，渔翁戴着斗笠独坐船头，偶尔起身撒网，淡雅至无。波光粼粼，倒映出峰峦叠嶂，孤舟笠翁，船桨，锦缎红灯笼，随风轻荡的桨声揉碎在清波里，云蒸霞蔚，淡淡剪影，悠远空茫，如同笼罩着轻轻的梦。而这一个轻轻的梦，笼罩的该是多少千古幽情？

自然是心灵的故乡。远离世俗，最好的方式是与山水为邻。古代文人多受儒家“独善其身”和道家“道法自然”思想的浸润，血脉里一直流淌着隐逸情怀。而中国隐士之鼻祖严子陵不为功名所惑，辞官隐居，日日垂钓富春江边，与清风明月为伴，此乐何极？

世俗纷扰，于古人，最理想的境界是走向山水田园。之于我，放下一切，远游他乡，夏日清晨，漫步小东江，闲看云起，已是生命的馈赠。我只是过客，不是归人。轻轻走过，飘飘若仙，内心是从未有过的澄澈与轻盈。

家乡美：记丁酉年元月初三游抱告后溪

对乐东抱告后溪的向往源于二哥对年少时的记忆，他每到一处游玩，总是不由感慨，这里不如抱告后溪美。后溪，究竟是怎样的一个地方？让二哥如此念念不忘，情有独钟。

其实二哥去后溪也是四十年前的事了，那时他还是个中学生，父亲经常带着他到后溪砍柴。我们家老房子的木楞就是从后溪里取的材。那是20世纪70年代初，家境贫困，生活拮据，父母亲却无论如何都要决心建造一座像样的房子。在几乎没有任何积蓄的情况下，房子是靠自己勤劳的双手建造起来的，所需的砖是自己造砖窑烧出来的，所需要的木头也是到几十里外的深山里砍了用牛车一车一车拉回来的。旧时乡民到山里砍柴总是在夜里两三点启程，带着山刀、木锯，还要带上一天要吃的饭菜。二哥年少时父亲去砍柴总是带上他。他说最后一次父亲带他到后溪是1973年。拉着牛车进山，听到第一声鸡啼上路，天亮正好到达，后溪边上有一个村庄叫藤坑村。村里有一个姓孔的人家，是父亲交的当地的朋友，黎族人，是村委书记，嗜酒，人缘好，汉区好多人都是他的朋友，外人到山里都需要当地人带领。二哥回忆说，我们家盖的房子所需的木料仅是一棵很大的树。由于树木很粗大，牛车无法搬运，父亲同他一起把大树放倒之后，还要请好几个亲戚拉着木锯到山里把树木锯成木条，才用牛车拉下山去。好几天要都住在山里，白天干活，晚上到村里姓孔的人家住……

每次二哥说起后溪，仿佛那是一个世外桃源，说那里环境清幽，有溪流清澈见底，鸟鸣喧天；说那里青山如屏障，草木葱茏，有很古老很高大的热带植株，有很淳朴的民风，有热情好客的友人……那是让二哥无论走到哪里都魂牵梦绕的地方。我想，二哥想念的不只是那一片绿水青山，更是那一段苦难生活的甜美记忆，仿佛饮尽苦茶之后的回甘。时过境迁，后溪对于二哥，仿佛童年的歌谣在岁月长河久久回荡，每个人的心里都有一处这样的碧水青山吧……

带着二哥的念想，在阳光明媚的日子里，在家人团聚的大年初三，我们带着二哥在回乡创业的北师大毕业的同学南海云鸥的带领下，一起向传说中的后溪进发。南海云鸥同学蹬着飞快的三脚猫在前方带路。一路爬坡，山路盘旋，迂回曲折，景致随之变换，远处青山浓淡相宜，如长幅水墨画徐徐铺展，碧空如洗，白云朵朵如片片飞雪。

峰回路转，经过一个又一个山坳间的小山村，简朴的民舍低垂山脚。上了长长的山坡，穿过灌木丛间的小路，柳暗花明，只见木棉花如同巨大的火炬挺立于蓝天白云之间，迎风绽放，血染一样的风采，呼啸着扑入眼帘。树下禾苗青青在清风中低吟浅唱，田园牧歌，一月的海岛阳光亮烈，春暖花开。低矮的茅草屋斜倚在山坡上，屋檐下写“木石语堂，南海云鸥自题”，墨汁饱满，字迹灵动。走进去，看到门楣下的对联写着“清风明月皆佳客，青山绿水即性情”，横批“道法自然”。这是用木条、竹篾，还有蒲葵叶建造而成的房子，冬暖夏凉，清新简约，散发出大自然的芬芳。这样的房子，背靠青山，头顶白云，让我不由想起诗句“千峰顶上一间屋，老僧半间云半间”，自然与原生态，诗情与禅意并存，这是南海云鸥同学的后溪部落。

“一水护田将绿绕，两山排闼送青来。”伫立门前，春风吹拂，一碧万顷，清水田间秧苗低眉浅笑，水塘草甸深处，鱼腾虾跃，岸芷汀兰，郁郁青青。

走进伐竹取道的山林，茂林深处，只见一块有着平整石面的大石头如同巨手擎天，仿若镇山之宝。阳光透过枝枝叶叶，顺着手机逆光看，东边紫光从天纷纷洒落，仿若佛光普照，甚是神奇……

这里民风淳朴，南海云鸥的友人一家都过来帮忙了，在堂前忙活开来。黎族健壮小伙身板伟岸如山，黝黑的脸庞，眼神亮烈如海岛炽烈的阳光，打扮入时，行动利索，又是杀猪又是宰鹅，还有鸡和松鼠、山鼠……都是自家放养或野生的，他们磨刀霍霍，白刀子进红刀子出，在大树下用石块瞬间搭起简易灶台，支起一口大铁锅，生起柴火，骑着电摩到溪边打水，风风火火来回在崎岖的山路上。炉火上野味飘香，五脚猪已烫熟，开膛破肚的山鼠抹上盐巴在柴火上烤。肉食捞上来，往滚烫的汤里倒入刚从树上摘下的木瓜，从田地里摘来的野菜，一眨眼工夫，山肴野蔌齐上桌。山兰糯米酒喝起来，还有山歌唱起来，场面欢腾热闹，酒酣耳热之际，是道不尽的兄弟情谊，在频频交杯中感受到的是黎家人的淳朴和热情……

想起当年父亲与在山里结交的姓孔人家，每次相聚也必定痛饮淋漓。可以说，喝酒是黎家人的生活方式，也是社交礼仪。酒是媒介，一起喝了酒就是兄弟，兄弟就要一起喝酒，多少深情厚谊都在一次又一次的喝酒中累积起来的。喝酒可以增进情谊，酒是一种文化，喝酒已成黎家的一种习俗，那我们就开怀痛饮，入乡随俗吧，纵然我不胜酒力。

酒足饭饱后，已是午后，花开正艳，暖风微醺，众宾客酡红的脸像极了朵朵盛开的木棉。从木石语堂到后溪景点还有两公里的山路，我们乘着山里的越野车跟着南海云鸥的三脚猫，继续上山。穿过丛林，穿过山间小路，很快就到达后溪入口处。前方是上坡的土路，车子不能进入。我们只好拄杖徒步入山。沿着红土山路，道旁山岭险峻，山上树木丛生，日光下彻，横柯上蔽，在昼犹昏，听到远处溪流泠泠淙淙。从高处下一个陡坡，豁然开朗，只见乱石穿空，泉水击石，泠泠作响。溪水翻腾着洁白的浪花，如同白练在风中飘舞，又如少女的裙裾随风轻扬。那样清澈，那样轻快，那样轻盈，那样清幽，那样绵绵长长，流向远方，流向森林，流向云端，流向天边外，流向亘古，流向父亲带着二哥砍柴的艰苦岁月……

高山绵延不绝，如同绿色屏障阻隔了喧嚣的尘世，除了翠色入木，就是溪流潺潺。白云生处，前方没有去路，森林蓊郁，是静谧，是万籁和谐。“行到水穷处，坐看云起时”的意境也莫过于此吧。走过一程又一程的山水，才渐渐读懂了一句又一句的古诗，理解了山水中有诗，诗中有山水，更有人生的大境界。

陶渊明四十岁不为五斗米折腰，毅然辞官还乡，走进山水田园，采菊东篱，返璞归真，在悠然见南山中抵达生命最本真、自然的状态。追求心灵的自由，在山水田园间，“晨兴理荒秽，带月荷锄归”，践行了中国读书人“达则兼济天下，穷则独善其身”的理想。对于他，只需做回自己，有酒盈樽，欢畅在心，生命就足够温暖从容……

北师大高才生南海云鸥同学能文工书善绘画，特别推崇苏东坡，曾经写的苏东坡在海南的文章在网络上引起很大的反响。他毅然放弃城里的生活，回乡创业，寄情山水，也是一种归隐之思吧。他说特别喜欢木石语堂的夜里，满天繁星，流萤飞舞，如星星点灯，蛙声一片，从田间传来。越过槟榔树，盖过一座又一座高大的山，在篝火旁烧烤，支一张桌子喝点小酒，酒意七八成，吟诗作赋，醉眼蒙眬看世界，恰是十分美好！

避车马之喧，在山水之间呼吸新鲜空气，“明月松间照，清泉石上流”，与大自然对话，让心静下来，抵达诗意与远方……生若如此，夫复何求？

而之于山水，我只是一名过路的女子。流连忘返，已而暮色苍茫，依依惜别，下山路上，残阳如血，红云漫天，黛黑的远山连绵不绝……二哥还在回忆当年和父亲到后溪，落脚在溪水边上姓孔的黎族人家，在他家吃住，那时山上的树林茂密……四十年过去了，山清水秀，后溪的样子还在，溪流还在，水还是很清澈，但父亲已经不在了，山上的树木已没有了从前的葱茏。他说的时候怅然若失……流年更迭，逝者如斯夫，这一片绿水青山已不再是那一片绿水青山。

祥和定安，静美古城

熬过最寒冷的冬天，小寒假开启，春天也接踵而至，我们该以怎样的姿态迎接春天的到来？生活需要仪式感，或到田间陌上赏花，或到古城去晒晒太阳吧。

热带海岛立春时节，阳光明媚，花红草绿，蜂飞蝶舞，万物复苏，气象更新。三五好友邀约走进定城，寻访老县衙、古城墙、旧宅院，徜徉古街，仿佛回到旧时光。

一、定安故城

定安，唐宋属于琼山县辖区，元初镇压海南“黎乱”时，将琼山县南境及部分黎峒独立设县，取“平定安宝”之意，后改为南建州。明初废南建州，复设定安县，县治迁至南渡江畔今址（即定城镇），隶属琼州府。

定城最古老的建筑当属老县衙与古城墙了。

据《定安县志》记载，定安县衙建于明洪武二年（1369），早于定安古城砖城墙的修建（1466）。定安衙署规模宏大，为明清建筑群，沿中轴线有大门三间，仪门五间，戒石坊，正堂五间，二堂五间，三堂五间，内宅五间等建筑。

伫立县衙门前，抬头可见“定安县衙”的牌匾，楹联为“定三尺法无法何来善政，安百姓心民心即为管箴”，鎏金行楷，蜿蜒有致，端庄秀丽，清新醒目。拾级而上迈进门槛，可见高大的酸豆树繁茂苍翠，掩映在朱阁绮户之间，送来阵阵清凉，像极了我老家门前的那一株酸豆树。树上挂满串串酸豆，如同风铃，随风吹来簌簌作响，而那酸酸甜甜的味道曾经沾满童年的美好记忆，在岁月长河里飘散着淡淡的乡愁。

从衙门往中轴线方向走，首先到达的是正堂，这是全衙的核心建筑。正堂是知县公开审理案犯、举行重大仪式的地方，全县所有的大案都曾在这里审理。据《（康熙）定安县志》记载，正堂五间，扁曰“牧爱”，左为财币库，右为仪从库。

随后是知县审理民事案件、大案要案预审的地方二堂。二堂明亮轩敞，前后门一气贯通，为抬梁式和穿斗式相结合的木质结构，构架雕刻别致精美、图案丰富，寓意吉祥平安。堂内有文字介绍：“二堂也是大堂审案时退思、小憩的场所，知县多在二堂办公，审理大多数民事案件，一般不涉及命案死刑。二堂也称为退思堂、思补堂，一再提醒知县断案时要权衡，做到合法、合理、合情。”当中的“合法，合理，合情”与《左传》里记录的鲁庄公所言之“小大之狱，虽不能察，必以情”同出一辙，字里行间蕴含着古时崇尚的严明公正的法则，至今仍可借鉴，有积极的现实意义。

定安衙署是知府曾经办公的地方，是秉公执法的场所，承载着定安历史的印记。时过境迁，白云千载空悠悠，如今已闲置，仅是供游人驻足参观的文史馆而已。

就在同一条古街，距离县衙仅几百米的定安古城墙仍巍峨耸立，默默守护着这方水土。经历兵荒马乱及风雨洗礼，古城墙仅存西北、西南二段，绵亘千余米。城门呈拱形弧顶，结构坚固，用大石条筑砌而成，是海南现存唯一较完好的县治城垣。顺着古街穿过城门，如同走进隧道，却亮亮堂堂。而今城门还是进入古城的重要通道，车水马龙川流不息。

浮生半日闲，行走定城，温煦的阳光斜落在斑驳古老的墙上，映照出你年轻曼妙的侧影。绿树摇曳在灰墙黑瓦的屋檐下，迎春开出嫩黄的花朵。一丛丛，一簇簇，在蓝天白云之下，犹如轻舟，悠悠摇荡。世间万物荣枯相随，生生不息。缓步徜徉于古街，衣袂飘飘，人来人往，低矮平房鳞次栉比，临街而居，双页木门朝外对开，张贴着春联和大红的福字，是民间美好朴素的期许。

行走之间，据友人介绍，就在这条不太宽敞的古街，每到端午日，家家户户当街立起炉灶生火煮粽子，炊烟袅袅，场面颇为壮观。话语之间，仿佛闻到粽子的飘香，那是市井深处的烟火气息，也是对传统习俗的秉承与坚守，是故园该有的样子。

二、探花故里

定安人杰地灵，自古以来人才辈出，当中明朝礼部尚书王泓诲、海南唯一探花郎张岳崧、清朝大理寺卿王映斗等历史名人最具代表性。他们才高八斗，厚德载物，光耀门楣，千古流芳，当中最为杰出者当属探花郎张岳崧。

张岳崧及第探花，被嘉庆皇帝美赞为“何地无才”，官至湖北布政使（二品）。他主持编纂《琼州府志》，擅书画，能诗文，是清代知名的书画家，与丘濬、海瑞、王佐并誉为海南“四大才子”，著有《筠心堂集》。他功业卓著，官居谨慎廉明，乐善好施，曾捐奉修复巩昌之南安、绥德之雕山等书院；重视文化教育，提出“讲究实学，重视实践”的主张，诲人不倦，春风化雨。张岳崧还力主禁烟，身体力行，多次拟写有关禁烟的奏书和章程，提出切实可行的禁烟办法。与两广总督林则徐商讨禁烟大事，并为林则徐发动的禁烟运动制造舆论，可谓不遗余力，功不可没。

百闻不如一见。在友人的带领下，我们驱车从定城出发，将近半个小时的车程，绕过山林，柳暗花明，寻访海南历史文化名村——定安县龙湖镇高林村，走进海南第一家，探花郎张公故里。

高林村一派田园风光，绿树环合，面临状元湖，灰墙黑瓦木门民居依旧时模式而建，青石路铺设至家家门前，清幽寂静，古朴自然。村口有一棵大榕树，枝繁叶茂，绿荫如盖，树下矗立张岳崧铜像，端坐形态，头戴官帽，手执文书，若有所思凝神注视着远方。

迎接我们的是张公第八代的嫡亲，为人谦和，热情好客，在他的引领下，我们参观了张岳崧为官时所建故居、出生地祖宅及张氏宗祠。

张岳崧故居为四合院式结构，悬山式建筑，正屋一幢，后屋一幢，两侧横房两间。老房子顶部木架构上雕龙画凤，栩栩如生，栋梁上刻着张公的书法真迹。房前屋后，花木扶疏，草色青青，翰墨飘香，透露生机，更与古朴房舍前立的翰山张岳崧手书“养花种树得春气，读书听香生妙思”相得益彰。

张家嫡亲指着两侧低矮的瓦房，说张公一生廉洁奉公，为官数十年，仅建了这两间简陋的房子，未曾增置产业。参观过程我们仔细拜读了“家训十则”，其传达的是敦厚处世、崇尚礼仪的孝友家风。在参观左侧的文史馆时，张家后人重点和我们讲述张岳崧二儿媳“符氏课夫”的故事，说符素文和张钟彦的关系是“床上是夫妻，床下是师生”，说丈夫没完成作业媳妇不准上床，在素文的严格管教下最终培养出进士丈夫张钟彦。

符氏本是冰雪聪明、知书达理的大才女。自从在张公拟写的“大贵莫过学道”添上“至乐不如读书”的端庄秀丽诗句后，张公就认准她的才华过人，便叫来钟彦和他的四个弟弟，当面宣布素文为他们的家庭教师。张公回任后，素文不负重托，兢兢业业担任起家庭教师一职，尤其对夫君的学习要求非常严格，最终成就一代进士，光耀门楣。

民间俗语云："一代丑媳妇，十代丑子孙。"书香门第，薪火相传，家业兴旺，媳妇的作用至关重要，张公家就是一个典范。不仅"素文课夫"的故事在乡里至今还广为传颂，其长孙媳妇许小韫也是海南著名女诗人，有诗作流传于世。其中绝句"绿荫庭院午风凉，阶砌名花竞吐香。植就两株青翠柏，他年留得凛风霜。"(《柏香山馆即事》)描绘的是她栖居张岳崧故居的闲适生活，从中仿佛可见探花郎故园当年绿植葳蕤、清幽静雅的风貌。

"大贵莫过学道，至乐不如读书。"张氏后人秉承先辈遗德，耕读传家，诗书继世，尚学重教，代代人才辈出，可谓文脉流长，根深叶茂。

访寻张公故居后又走进故居西侧的张氏宗祠和张家祖宅。张氏宗祠为张岳崧晚年亲自筹建，有完整的山门、前殿、正殿、廊庑。山门、前殿西厢及东廊庑损毁，其余尚存完好。

张家祖宅现存完好，为木头建构的砖瓦房，屋顶开有天窗，轩敞明亮。张家嫡亲介绍说，这是当年张公出生的地方，说在他出生时夜里十二点房间里闪着亮光。虽然这只是个传说，但我深信不疑。想起读过明斋先生在《随处净土》一书中写的读纪昀的《阅微草堂笔记》的读书札记中的"鬼论读书人睡时房屋有光芒四射"之说，说是学识像郑玄、孔安国，文采像屈原、宋玉、班固、司马相如的，光芒可上照高空，同星月争辉。张公有盖世之才，堪称文曲星。今走进探花郎故里，闻听他出生时屋里有光芒闪耀的传说，与古书之说正遥相呼应，异曲同工，亦可谓妙哉！

三、琼剧之乡

定安历史悠久，文脉源远流长，扎根传统，民风淳朴，还是琼剧之乡。厚重的文化积淀给琼剧繁衍传承提供肥沃的土壤，唱戏成为全县群众喜闻乐见的文化活动之一。比如新竹镇卜效村，有着“以戏谋生”的传统历史，人人会唱琼剧，家家有人演琼剧，是全省闻名的琼剧村。在琼剧即将淡出海南人民生活或出现断层的当下，定安人将本土文化发扬光大，显得尤为可贵。

关于定安，对之最初的记忆就源于小时候来到我家乡巡演的琼剧团，来自母亲及她的闺蜜们之间相传的“最爱看定安剧团唱戏”的口碑。那会儿的乡下，晚上除了相互串门在院子里扎堆闲聊，时而也会聚集在大树下点着煤油唱唱崖州古调。偶尔有琼剧团到来，看戏也是乡下人极为寻常的消遣娱乐方式。

记忆中定安剧团到乡里来唱戏，母亲从未漏掉过一场。之于母亲，艰苦岁月，生活贫困，物质匮乏，却学会苦中作乐，热爱生活，追求美及精神的富足。每次看戏还特别有仪式感，仿佛盛大的节日来临，早早从田里收工，早早回家做饭，还精心梳妆打扮，穿上漂亮衣服再出门。呼朋引伴携老将雏走着灰土夜路到几公里外的镇上看琼剧，返程还要背着熟睡的娃儿，多少年来一直乐此不疲。

几年前，我到莫扎特的故乡，被称为“音乐之乡”的奥地利萨尔茨堡，正逢晚上遇见当地路人一家老小盛装出行去听音乐会，突然觉得像极了当年乡下看戏的母亲，隔着遥远的时空不由会心一笑。

母亲认为定安娘子最妩媚动人，其唱腔尤其柔软，字正腔圆，婉转动听，认定她们是各地剧团中身姿最曼妙、戏唱得最好的，尤其喜欢听她们唱经典剧作《刁蛮公主》《梁祝》等。

而小时候的我最感兴趣的不是看戏，而是戏前台后的化妆间，看演员往脸上涂抹各种颜色的脂粉，看琳琅满目的饰品在女演员的头上晃动，看古装戏袍上各种图案的精美刺绣，看她们宛若天仙、珠光宝气的样子往往出了神。在尚未改革开放且地处偏远落后的乡村，在一个孩子幼小的头脑里，那定然是世界上没有的珍奇。看戏回来，和小伙伴们玩耍的时候，总模仿定安娘子唱戏的样子，把土花被子披在身上纤纤作细步，掐起兰花指开腔唱起来。现在想来，那也是我们儿时最有趣的游戏了！

定安琼剧团一枝独秀，在本土戏曲传承当中树立起一面鲜明的旗帜，时来已久，名扬海外，影响深远，遍及海南的各个角落，连同乡村野里，甚至在一位孩童幼小的心里也占有一席之地……

多少年来，无论岁月如何变迁，时代如何发展，琼剧一直是定安人追求的艺术享受和丰富的精神食粮。对于我，自从进城里之后就再也没有看过琼剧了。恍惚经年，而今走进定安故城，漫步古街，路过一个戏台，友人介绍，这里夜夜仍有人来唱戏，笙歌不绝，仿佛他乡逢故知，往日重现，幼时趣事历历在目……又驻足文史馆前，读着琼剧于这方土地入户入村入人心的相关文字介绍，不由赞叹：真是一方水土养一方人也！

祥和定安，静美故园，一直住在时光里。

山间日长，从不慌张

久居俗世樊笼，常有一只飞鸟的心。向往飞向深远的山林，停靠在一朵野花上梳理羽翼，抑或挺立在溪水边自由歌唱……

八月开启，夏秋之际，收拾轻简行装，与挚爱的亲友奔赴山林，来一场山居生活的体验吧！

一

热带海岛，植株繁茂，物种丰富，如尖峰岭、霸王岭、鹦哥岭等，海南热带雨林自然保护区众多，而五指山可谓首屈一指。从海屯高速转琼乐高速，驱车在海南最美高速，仿佛在绿色长廊飞驰，迎面风景如画徐徐铺开。山峦重叠，轮廓清晰，绵延不绝，蜿蜒之间飘荡着轻薄的云雾，如梦似幻。三个小时的车程，穿越崇山峻岭，抵达五指山亚泰热带雨林酒店入住。

五指山亚泰雨林酒店坐落于海拔一千八百多米的五指山主峰脚下，环境清幽，游泳池配套，开门见山，目之所及皆郁郁葱葱，实乃避暑休闲胜地。

草木深深，睡在屋子里，听到各种鸟儿啼叫，婉转悠扬；还有夏虫与蝉鸣，有些聒噪。正应景了那一句诗，“蝉噪林愈静，鸟鸣山更悠”，山林静悄悄的。

树林环合，犹如绿色的屏障，空气干净得一尘不染，在虫叫与鸟鸣声中睡去，仿佛躺在青青草地小憩一会儿，路途劳顿消散。

轻轻推开门，伫立阳台，绿色的风拖着尾翼拂面而来。举目可见远处的青山深藏在云端，近处的树长到窗前，葳蕤生辉。

轻轻停靠绿荫一隅，烧一壶山泉水，沏一杯水满润红茶，手捧一本汪曾祺的《万物有时》，随意翻阅，是自然的清芬。茶香草木盛，书香意味长。风轻悄悄的，草软绵绵的，日子也慢了下来。

蒋勋说："与自己在一起，是生命完整的开始。"远离俗世，隐居山林，支一张桌子，刚泡好的茶如美人醉了，汤色鲜亮，香气氤氲。轻啜一口，微苦之中丝丝甘甜缠绕在味蕾之间，那是生活的味道。

山幽，鸟鸣，风轻，云淡，静静地闭上眼睛，就会听到流向心底的声音。

二

午后到户外去走走吧，来一次有氧运动。沿着栈道，穿越热带雨林，寻找昌化江之源。

上山路上，傍晚将至，乌云聚拢，天色渐渐地暗淡下来。峰回路转，仙女潭突现眼前，如一泓明眸，映出山林石木的倒影，浮云也被揉入波心。

山里的天就像孩子的脸，说变就变。天空越来越低，越来暗，忽地零星小雨飘落湖面，荡起层层涟漪。继续往前走，穿越侏罗纪长廊，看到蕨类植物在石缝间生长，坚忍顽强；遇见与恐龙同时代的桫椤，逆光看到它的剪影，姿态婀娜，亭亭玉立，又犹如一把撑开的伞，雄踞山间，不可匹敌。游走山间，青树翠蔓，蒙络摇缀，热带雨林独特景观令人不由驻足仰望，"绞杀”“空中花篮”“独木成林”……千姿百态，气象万千。

行程一半，大雨突降。山间无半介山亭可避雨，又没有带雨具。奈何？心里暗暗为自己鼓劲：这点风雨算什么？那就勇往直前吧！

一路坎坷，曲折，拾级而上，雨越下越大，顺着脸庞滑下，打湿了衣衫，却全然不在意。攀登路上，目之所及皆热带雨林美景，耳之所闻是溪流淙淙。

正所谓“耳得之而为声，目遇之而成色”，千山万水，雨声潺潺，境由心生皆欢喜！

想到苏轼，一生浮浮沉沉、起起落落，因“乌台诗案”被贬黄州。于人生低谷，在沙湖道中也曾有过风雨中潇洒走一回的经历，并留下千古传诵的名篇《定风波》：“莫听穿林打叶声，何妨吟啸且徐行。竹杖芒鞋轻胜马，谁怕？一蓑烟雨任平生。……”

阳春三月，花红柳绿。苏轼与友人出游，正当玩得尽兴的时候，风雨忽至。拿雨具的仆人先离开了。同行的友人深感狼狈，唯独苏轼不以为意，不去理会那穿林打叶的雨声，一边吟咏长啸着，一边悠然地行走，拄竹杖曳草鞋轻便胜过骑马。

人生有坦途，也时有风雨。忽逢大雨时，苏轼表现出的是超然物外的洒脱。“吟啸”，是一种乐观，更是一种豁达；“徐行”，是一种从容，更是一种处变不惊的淡然；“谁怕”，意味着无所畏惧、风雨无阻、坚守自我。由此观之，苏轼是个乐天派，更是个内心强大的勇者。只要他认定的方向，哪管它风雨兼程。

一场雨成就了一场心灵之旅，彰显了苏轼的可爱及独特的人格魅力。他“吟啸徐行”的背影定格成中国文人的高光时刻，令无数后人敬仰；他的随缘自适、随遇而安及达观的处世之道让他超度一切苦难，给予后世强大的精神启示力量。

就这样，仿佛循着苏轼的足迹，于山林走走停停，游目骋怀，思接千载，心境也豁然开朗。

雨一直下，淅淅沥沥，平平仄仄。溪流湍急，哗哗啦啦，唱着欢快的歌。一路攀登，穿越丛林，蜿蜒曲折，砥砺奋进，终于到达顶峰。

前方已没有了去路，水流如雷声轰鸣，只见瀑布从山巅飞落深潭，如白练腾空，如银龙飞舞。水花迸溅，如飞花碎玉，又如微雨似的，纷纷落下，飘飘洒洒。当我张开双臂拥抱这山这水之时，心也如飞鸟一样自由翱翔，虽然是落汤鸡的狼狈样子，却在抵达终点的刹那，认为所有的艰辛付出都值得，那是苦尽甘来的喜悦。

下山的路因雨水冲刷更滑，跌倒了又爬起来，摔了几跤，也无大碍。亲友相互搀扶，一路逗趣，谈笑风生。

不是吗？人生路上，好的坏的都是风景。因为一场雨，让我们的登山之行多了一份心志的磨炼，添了一份亲情的温暖，行走也因此变得更有趣而令人难忘。

三

暴雨倾盆，下了一整夜。草木浸透饱满的雨水，林子里落叶堆成一叠叠。睡到自然醒来，清晨，空山，新雨后，阳光微露，着轻薄衣衫，到热带林间去漫步吧！深呼吸，每一口新鲜的空气带着丰富的氧离子，凉丝丝，沁人心脾。润湿的风吹过发梢，带着竹子的清香。

路过一株海芋，宽阔的叶子被雨水洗过，碧绿碧绿的，规整排列着一个个圆圈，残缺却也精致，仿佛精美的工艺品，甚是奇妙。

保持一颗好奇心，就有探索未知的欲望。在长满奇特的圈圈植株前，从林间即时打电话到城里，请教相关的专家。经查实，且有资料介绍，原来那是一种叫锚阿波萤叶甲的虫子，在海芋叶子上，将自己的身体做圆规切割叶片，画出一个个直径约 3 厘米的标准圆圈，以切断海芋叶片中传递毒素的大部分叶脉通道，然后安全地享受美食！

大自然是一部大书，充满神奇妙趣，等待我们去认知，去探索。

徜徉绿色的海洋，路边雨后的蘑菇长出一丛丛，顶着一把把小伞，如一朵朵盛开的花；墙角的青苔厚厚的、密密的，也开出花来，一簇簇的……每一个小小的发现，每一朵缝隙间小小的植株，都令人心生欢喜。

热带雨林，满眼都是醉人的绿。古木参天，繁茂苍翠。抬头之间，一片叶子缓缓飘落，仿佛缓慢流逝的时光。夏蝉忽地齐鸣，一旁的小帅说："那声音好生猛！"我说："这儿是它们的家，所以会旁若无人、肆无忌惮。"各种鸟儿也随之啼鸣，婉转动听，仿佛盛大的交响乐，此起彼伏。

通向水满上村的路迂回曲折，水满河一路欢歌，那是原始黎族的母亲河，流经整座山脉，滋润万物，孕育生命，奔腾不息，流向远方。泉水击石，泠泠作响，嘤嘤成韵，与清风应和着。翠色入目，水气蒸腾，行走之间，呼吸着负离子含量 10000 个每立方米的空气，心旷神怡，真不愧是一次洗肺之旅。

山重水复，柳暗花明。曲径通幽，青石路上，无花果挂满枝头，忍不住伸出手摘下一颗，通红的脸，是熟透的，掌心是山野的气息。

远离喧嚣，漫步山野，茂林修竹，天人合一，仿佛自己是自然之子。

蒙田说：坏日子，要飞快去“度”；好日子，要停下来细细品尝。

山间日长，幽静似太古，从不慌张。且慢慢行走，细细消磨，等来日好好回味。

巍巍霸王岭，呦呦长臂猿

因关注长臂猿的媒体报道，对之一直充满好奇，更有进山探访的心愿。暑期恰好有幸和三姐跟随分局领导、监测员一起前往山林调研，了解长臂猿的生长情况。

午后驱车沿海白高速向西，又通过乡间纵横阡陌，翻越一座又一座山，一片又一片橡胶林，偶遇打松村、打炳村，终抵达藏匿于山坳间的青松村。

青松村，四面环山。当地居民苗族为主。村民说这叫斧头山，系霸王岭山麓分支，山间热带物种多样，树果有一百多种，实为花果山福地，是野生动物的美好家园，也是珍稀动物长臂猿的栖居之地。山上的长臂猿听惯了村民逢年过节放鞭炮的声音，还听惯了升国旗奏国歌的声音，也听惯了村委会喊喇叭开会的声音，不受外界惊扰，已与山民为邻、为友，和谐共处，相安各居一所，仿佛它们是青松村的山上住着的一户人家。上山的村民也时有听闻长臂猿的啸声，已习以为常。又听闻当地村干部讲述村里的传说。很早年间，有一山民捕猎了长臂猿，回来之后遭遇各种不幸，如腿变残疾、眼睛变瞎、舌头变短，后辈也没有好的下场。因果轮回，诡秘的传说故事却是活生生的反面教材，教化着大山的子民。如今，当地苗民引以为戒，把长臂猿当神灵一样敬拜，每次看到长臂猿都认为是碰到好运气，回家打鞭炮庆祝。对之是保护有加，更不会去伤害它。由是，长臂猿得以在这片风水宝地栖居，逍遥自在，繁衍生息。

一直以为长臂猿一定栖居在极高的山峰，在幽深难探的山林，是人类难以抵达的地方。未曾料到，它其实与山民互为邻里。

清早五点半我们起床，小山村还没有醒来，四周的山更寂静了。天刚蒙蒙亮，黛黑的远山轻轻笼罩着薄薄的云烟，仿佛披上神秘的面纱，恍惚若梦。在队长的带领下，我们沿着既定的方向进山。

清晨露水打湿了发梢，打湿了植被，土路愈加湿滑。随山势回环，路变狭窄，崎岖陡峭，热带植株参差披拂，青松成林，傲然挺立，直指云天，难怪山脚下的村庄称为青松村。我们穿越丛林，披荆斩棘，攀缘而上，还没到半山腰已是气喘吁吁。随山势攀升，每迈开一步都是阻力，但我们克服了重重困难，拄着拐杖，铆足了劲，一步一个脚印奋力攀登。

总算没有白辛苦。果然，跟着队长来到大半山腰，远远就听到长臂猿早起的鸣叫声。这声音如同悠扬的口哨声，穿越丛林，由远及近，空灵婉转，在晨曦普照的热带雨林，仿若天籁之音，听闻顿时让人耳清目明。循着这优美动听的猿鸣，爬山的动力更足了，我们不由得都加快了脚步，之前的疲累也随之消失。

未见其猿先闻其声，呦呦猿鸣穿过丛林，越过树梢，在山谷回荡，仿佛动听的曲调，越来越清亮，意味着离我们越来越近了。而巍巍霸王岭，莽莽榛榛，云深不知处，长臂猿在何方?

又是一阵又一阵的猿鸣声传来，此起彼伏，极远又极近，仔细聆听，分辨，发觉甚是有规律。首先是母猿吹三声悠扬的哨音，接着是雄猿齐声应和，仿佛是一场又一场盛大的交响乐，整个林子顿时热闹起来，正像诗句中说的“蝉噪林逾静，鸟鸣山更幽”一样，猿鸣山更幽了。队长说，这座山头栖居一个长臂猿族群，仿佛是一个大家庭，清晨母猿最早醒来，接着吹哨唱歌叫大家起床洗漱吃早餐。这种说法也是挺有意思的。

循住声音的方向一路爬行，我们终于到达山顶，但仍还未看到长臂猿的身影，却偶遇长臂猿监测员。他指了指山沟示意我们那是长臂猿的方向。我们静悄悄、蹑手蹑脚又顺着陡坡往下，仍是没有发现。有经验的队长说就地等候，终会出现的。果然，不一会儿，长臂猿出现了。只见树枝在摇动，有一个黑影从一棵树晃到另一棵树，像闪电一样转瞬即逝。我们再耐心等待，不一会儿，忽地看到两只小黑猴在树上嬉戏玩耍，极为伶俐，活泼好动，一会儿荡秋千，一会儿空翻，一会儿跳跃，仿佛是杂技表演。小长臂猿看到有人在观赏越发来劲，空翻动作难度系数更大，表演更加精彩。大金毛母猿一直跟随着两只小黑猴，害怕它们有什么闪失，一直若即若离，但从来不会离开视线。小猿猴也紧紧跟着母猿的步伐，母猿去哪儿，它们也一路追踪到哪儿，真是不离不弃、相亲相爱的一家人。

猿是最近似人的野生动物，许多方面与人有相通之处，尤其是母爱之情。有一个场景尤为令人感动。当调皮的小黑猴在树上荡来荡去时，母猿站在不远处高高的树枝上守护着，目光紧紧跟随。小猿猴很顽皮，忽地动作过猛，手臂未能抓住树枝，瞬间坠落。只见母猿很着急地紧盯住幼猿跌落的地方，紧接着又奋不顾身往下扑去。此情此景，舐犊情深，委实动人。

母猿掌管家族，披着闪闪发亮的金毛，在绿树丛中特别耀眼。小黑猿小时候雌雄不分，直到长大毛发突变方可辨认雌雄，金毛为雌，黑毛为雄。长臂猿很爱干净，一直生活在高高的树上，从不下地。长臂猿栖居之地长满高高的黄桐树，果子熟了落了一地。队长说，这一带有一百多种果树，而黄桐是长臂猿最爱吃的果子。还说长臂猿吃果子吃得很干净，从来不浪费，不像猕猴啃一半就丢掉。

霸王岭得天独厚的自然和生态环境滋养了长臂猿。而为了保护这大山的精灵，护林与监测员长居山林，不辞劳苦，投入了大量的工作。就如监测员一个月至少有二十二天的时间要守在山上，无论阴晴雨晦，几乎是跟长臂猿居住在一起，默默陪伴，观察记录长臂猿的身体健康状态和起居日常。正因为他们的守护与陪伴，长臂猿才得以繁衍生息，不断壮大。从 1980 年建立霸王岭自然保护区时的两群 7—9 只，到现在已恢复五群 36 只。今年 4 月总书记视察海南热带雨林国家公园五指山片区时就肯定了长臂猿保护的成效，指出这是中国生物多样性的典范。可喜可贺的是，自今年元旦前长臂猿产下幼仔之后，据说近日又添新丁。这都得益于林业工作人员的精心呵护。在此，向守护大山的护林员致敬！

有一种深沉的爱叫扎根山林。汪曾祺说："一定要爱着点什么，恰似草木对光阴的钟情。"让我们温柔相待这青山，这绿水，这热带雨林，这雨林之可爱的精灵。

棋子湾之恋

八月末，夏末秋初，海岛的阳光亮烈，天高气爽，绿树阴浓，红花映衬。特殊的年份，最长的学期，最短的暑假。从五指山参加工作室的研修活动归来，看着假期很快就要结束，却还想抓住一点尾巴，正好婆婆一直心心念念说去棋子湾，那就去棋子湾走走吧！

从海口驱车沿着西线高速公路两个多小时便可抵达棋子湾。这是我第三次到达棋子湾，第一次是近十年前，到海尾湿地公园游玩，顺便绕弯来看看，当时尚未开发，道路正施工，尘土飞扬，周边没有酒店，一派原生态。海域辽阔，一望无际，岸边仙人掌在乱石间一丛丛开出花来。第二次是前年去霸王岭看木棉花，也只是路过匆匆逗留。

直到这一次，小帅提议说一家人去找个地方度假，婆婆说那就去棋子湾住开元酒店。说走就走，于是我们就来到了开元酒店，来到了棋子湾。

其实，婆婆这是第四次到棋子湾了。婆婆今年八十一岁高龄了，每次问她想去哪走走，她总是说去棋子湾。

一路上，我和她同坐后排座位，她拿出手机给我翻看棋子湾的照片，跟我讲述往事。一会儿说这张照片是二十多年前，领了课题奖金，带着课题组老师一起来棋子湾游玩的情景；一会儿指着那张照片说，这是她前几年和三十多个毕业的学生来到棋子湾聚会烧烤庆生的情景，说那一次学生买了很大的蛋糕在开元酒店为她祝寿，场面盛大，非常热闹，非常开心。说着脸上洋溢着满满的幸福之情。老人故事就是多，一路上说起她的学生，山南海北的，如数家珍，喋喋不休，高兴得像个孩子。

婆婆于20世纪60年代初毕业于浙江大学，婆婆和公公是大学同学，家里还存放浙江大学毕业五十周年的荣誉证书两张。婆婆毕业后和公公双双先是到云南西双版纳支援边区工作，没多久又辗转海南，扎根宝岛，先是到东方县建设广坝水电站。再后来入职儋州两院任教，直到今天，已退休多年，也是桃李满天下了。

公公婆婆生活简朴，为人师表，潜心钻研，艰苦创业，无私奉献，爱生如子。在职期间常给家庭困难或需要帮助的学生伸出援手，或是经济上雪中送炭，或是就业上帮忙介绍推荐工作单位。学生由是感激，多年后仍念念不忘，跨洋过海来看望老人家。近在海口的学生也常来婆婆家里聚餐茶叙，嘘寒问暖，有的已成为婆婆的干儿子，每个周末都看望她，师生情谊委实动人。

入住酒店，稍做休整，临近傍晚，婆婆提议去棋子湾看海。还说上次和学生来聚会没有去棋子湾看海是一种遗憾，说有个心愿就是再去看看棋子湾的海。

棋子湾地处昌江昌化，呈S形，分大角、中角和小角三个景区，听说中角目前还未通车，路难走，而小角是昌化渔港小镇码头，开元酒店处于中角和大角之间。为方便来回，我们没有选择坐酒店的观光车，而是自驾前往。驱车几分钟，车子在棋子湾大角近岸停靠，从入口走到海域还有一段距离，生怕有关节疼痛毛病的婆婆吃不消，她却说她可以走，没有问题。实际是健步如飞，一点都没有拖我们的后腿，大约十分钟步行便看到大海一片汪洋呼啸而来。踩在绵软的沙滩上，一脚深一脚浅，留下一窝一窝的足印，每走一步都有一点费劲。可是向来腿脚不大灵便的婆婆却又像个孩子一样奔向大海，一边踩沙踏浪，一边大声呼喊："这是最美海湾，中国的夏威夷！中国的夏威夷！"一遍又一遍地呼喊，张扬着年轻人的热情，白发如秋日的芦花在海风中招展，完全忘记她是个八十岁的老人。婆婆身体状况尚好，就是腿脚不大好，时有肌肉和关节疼痛，为此也吃过很多药。可来到棋子湾，她瞬间生龙活虎起来，欢呼雀跃，看得我一愣一愣的。又担心一个浪头过来把她打倒，直叫小帅赶紧去扶好奶奶。

走过松软的沙滩，我们来到拍打着浪花的礁石边，浪头一个又一个涌来，又一个又一个退去，激起巨大的浪花。婆婆忽地又兴奋地奔过去，还想爬上湿滑的礁石拍照，吓得我又一愣一愣的。礁石嶙峋，风高浪急，年轻人站上去一不小心就会侧翻滑倒，更何况是一个八十多岁的老人呢！实在太危险！我们只好强行拉住了她，可仍能感受到她无比激动的心情，她又一次在呼喊："棋子湾，中国的夏威夷，大家一定要到这里来玩玩！"

小帅在一旁说："奶奶其实是很会玩的人，她有一颗年轻的心，到每个地方都能充分体验和享受一个地方的快乐。"其实，海南美景无数，漂亮的海湾也多，为什么婆婆对棋子湾情有独钟，给予最高的赞誉？我只能说，棋子湾对她是有许多美好回忆的地方，是有很多故事的地方。因一个人爱上一座城，因一段往事爱上一个海湾。我想，对于婆婆便是如此吧。当一浪一石皆有情，一切看起来就都那么美好。

看着老人不顾一切拥抱大海，我也被她的热情所感染了，脱掉鞋子，光着脚丫，赤足奔跑，踩沙踏浪爬上礁石观海听涛，快乐如一朵小浪花，抑或自由如一尾游弋的鱼儿。裙角翻飞，长发逆风飘扬，心情也随之放飞。海阔天空，渔舟唱晚，所有的烦忧烟消云散……

棋子湾不同于别的海域的特点是这里礁石成林，搁浅岸边的小石子五颜六色就像棋子洒落凡尘，棋子湾也因此而得名。

放眼这片海域，沙白水清，浪花翻卷，层层叠叠，由远及近，猝不及防翻涌而来，大有“惊涛拍岸，卷起千堆雪”之势。夕阳西下，脉脉斜阳，落日余晖映照，汹涌的海又平添了几许妩媚和多情……

残阳收尽最后的余晖，大海暗淡下来，留下一片平静，和风吹送。返程路上，婆婆说终于完成了她多年来的一个心愿，就是再次到棋子湾看海。回到开元酒店，暮色已降临，我们错过了经典日落晚景，却也收获满满的天伦之乐。

棋子湾之开元

（一）

海南，绿水青山，椰风海韵，热带风情，得天独厚的地理环境，瓜果飘香，美食美景无数。尖峰岭、五指山、七仙岭、霸王岭，热带雨林繁茂，负氧离子丰富，是休养避暑之胜地，是去了还想再去的地方。亚龙湾、海棠湾、香水湾、棋子湾，沙白水

清，碧海蓝天，朝晖夕阴，气象万千，是放飞心情之佳境，是来过就不曾离开的梦乡……自由贸易区港，正欣欣向荣，我的可爱的家乡，随手一指，每一个山头，每一个海湾，都堪称国际旅游度假天堂。

纵然海南处处美景，关于旅行，却习惯了舍近求远，呼朋唤友，携老将雏，山水之间，在岛内转悠，想想也是惬意的。在空闲的时间里，在暑期的末梢，寻一处盛景，诗意栖息，放松心情，棋子湾的开元酒店也是不错的选择。

（二）

说走就走吧！从海口出发，沿着西线高速，驱车两个多小时便可到达，实为便捷。来过开元酒店的朋友都说这里不错，性价比高，于是慕名而来了。

开元酒店位于昌江县昌化镇棋子湾的大角和中角之间，坐拥山海盛景，古代宫廷式建筑。汉唐气象，巍峨雄伟，气宇轩昂，方正华贵，给人威严厚重之感。

走进大堂，面朝大海，格局开阔，错落有致，各种装饰与摆设有古典之美。看到宫廷式的壁灯还有古式雕花木床，落下的帷幕随风轻荡，引人遐思。靠海的露台，有人在品茶、观海、听涛。此情此景，观书、抚琴、下棋、闻香，抑或是对酒，都是极为美好的事情。

读过李泽厚先生的《美的历程》，当中谈及中国建筑艺术，观点是：中国建筑的平面纵深空间，使人慢慢游历在一个复杂多样楼台亭阁的不断进程中，感受生活的安适和对称环境的和谐。中国建筑表现出来的是严格对称，严肃、方正、井井有条的理性精神和实用的观念情调。

开元酒店的建造与设计遵照了中国古代宫廷建筑的审美理

念，整体建筑的结构布局讲究对称，讲究严谨，充满理性之美。行走开元酒店之间，更能亲临其境深刻体会李泽厚先生在书里所描绘的关于中国建筑艺术风格之内涵。不同于西方哥特式风格建筑，极力触及苍穹，脱离世俗，亲近神灵。它平铺直叙，气势雄浑，逶迤交错，纵深空间无限伸展，极为接地气，给人平稳、宽阔、舒适之感。平面铺展，这当中按照李泽厚先生的美学原理，还体现中国人神同住的倾向。

通过曲曲折折的回廊及长长的过道，方可抵达入住的房间，是我住过的酒店中需要走最多的路才能到达住所的酒店。开元酒店不是高层建筑群，多为五层，最高也只是七层，为的是追求营造宫廷建筑平面铺开的有机群体的效果。

网上介绍，该酒店主打落日晚景。咨询了一下，说这里观看落日晚景最佳时间为七点。入住稍做休整是午后五点多，尚有一段时间，我们便到棋子湾的大角去看海。因为玩得太过尽兴忘记了时间，看海归来已落日西沉。错过了开元酒店的经典落日晚景也是有一点遗憾。可是光影流转，四季风光不同，一日风景各异，凡事向来难以两全，那就期待看一场晨光中的开元美景吧！

入夜，大海之庭，寂寂人定，灯火通明，流光溢彩，仿佛回到大唐盛世。宫廷式建筑给人时空穿梭之感，古朴厚重与方正之中多了一份妩媚与柔情。

清晨起来，走过长长的路，犹如在宫廷游走，穿过大堂，沿着台阶往下，每十个台阶设有阔大的台基，走起来不累，也给人踏实安全之感。回眸仰望，晨曦普照，逆光中，酒店基身轮廓鲜明，显得更为庄严肃穆。而腾空微翘的屋檐仿若苍鹰振翅，极力伸展于苍穹之下，古朴厚重之中更添灵动之美，却又不失雄浑霸气。

从石基继续往下，穿过一片马尾松树林，间或红花映衬，明艳耀眼，沿着栈道曲曲折折、高高低低。大约走了十分钟路程，来到棋子湾开元酒店辽阔的海域。站在高处极目远眺，早晨的海静谧而宽广，如同娴静的少女，仿佛还在睡梦中没有醒来。近岸，礁石林立，犬牙差互，各具形态。

海阔天空，一碧万顷，清风送爽，沙白水清，远处的薄雾还未散尽，晨光洒落海面，映照红礁石，透射出五彩的光芒，恍若七彩丹霞，又仿佛你绯红的脸颊。礁石嶙峋，镶嵌着各种各样的贝壳、海螺，远看斑斓的宝石在闪烁。赤足登高望远，凭海临风，长发逆风飞扬，裙裾翻飞，心旷神怡。

潮水初涨，漫上石岸，搁浅岸边的小石子五颜六色就像棋子洒落凡尘，棋子湾也因此而得美名。日光下彻，波光粼粼，鱼翔浅底，和光而卧，俶尔远逝，往来翕忽，似与游者相乐。

远离凡尘，亲近净土，一个人，一片海，每一朵浪花，每一枚贝壳，每一只在沙地爬行的寄居小蟹，都让人心潮澎湃……

（三）

棋子湾不仅有美丽的自然景观，更有人文荟萃。从开元酒店往昌化镇方向几公里的昌城村有一座庙宇叫峻灵王庙，供奉的是神山爷爷，是这方水土的守护神，庇护着百姓平安康顺。

与棋子湾毗邻的昌化岭，山上有一块三米多高的巨石傲然挺立，遥看南海，犹如守护这片海域的将军。自古以来，海南西部渔民尊奉这块巨石为“神山爷爷”。

峻灵王庙有碑文记载：昌化岭上有一巨石，似人直立，雄姿独尊，气魄巍伟，后汉时敕封为“镇海广德王”；宋元丰五年（1082）七月，封之为“峻灵王”；清光绪十二年（1886）八月十八日加封“昭德王”，村民俗称“神山爷爷”。

碑文还介绍，峻灵王庙建于何年已无从考查。自宋以后经历几个朝代，一度遭遇飓风摧毁，1985年儋州、昌江、东方人民筹资复建庙宇一幢三间。为了恢复原貌，1992 年周边人民又筹资在原址重建庙宇一幢三间，就是如今看到背靠青山、面朝大海巍峨挺立的样子。

庙宇前旁侧矗立一块断碑，镌刻着苏轼所撰写的《峻灵王庙碑》的片段，勾画了了，字体娟秀，落款是“县令何適立”。

“九死南荒吾不恨，兹游奇绝冠平生”，苏轼当年被贬至儋州这荒蛮之地，也早已做好死在这里的准备。碑文记录：“谪居海南三载，饮咸食腥，凌暴飓雾，而得生还。”宋元符三年（1100）农历五月，920 年前，被贬琼岛的苏轼获旨赦免。离岛之前，东坡感慨万千，抱着“掘墓买棺”的打算到海南来的他惊叹这三年历尽周折竟然还活过来了，并把这归功于山神爷爷的庇佑。临行前，苏轼向峻灵王敬拜，并留下了《峻灵王庙碑》，以此表达对山川之神相助的感谢与感激之情。

碑文还记录了苏轼上岛的行踪路线，还有山上巨石的形状及神山爷爷被敕封的情况，就连巨石旁边生长的热带水果荔枝、黄柑都有细致描摹，可谓翔实。也可见撰写《峻灵王庙碑》的苏轼对昌化这片水土的风土人情、历史掌故是多么熟悉和了解。他无论行走到哪里都能深情地生活，融入当地深入地体验和享受生活的快乐，包括美食与美景，可谓多趣之人。难怪，苏轼离开海南时，轻轻吟诵的是一句：“我本儋耳人，寄生西蜀州。”

美丽的传说故事虚虚实实，令人无限遐思，而峻灵王庙与苏轼却是真实存在，历历在目，棋子湾也因之变得神秘，变得多彩，也可爱起来，厚重起来。

海南黎药园，浅夏轻吟胜春朝

“晴日暖风生麦气，绿阴幽草胜花时。”阳光亮烈，绿树阴浓，紫薇花层层叠叠开满树枝，凤凰花如同轻云初绽枝头，预告着海南夏天来了。

正值五一小长假，立夏之日，早晨阳光明媚，夏花绚烂，应戴好富博士邀约，三五好友同行，从海口出发经海文高速一个余小时的路程，便来到地处文昌市郊迈号镇的中国热带农业科学院热带生物技术研究所的实验基地——海南黎药园。

车子停靠竹林边，阳光映照，一片翠色入目，凉风习习从竹叶间吹来，热气顿消，沁人心脾。热带海岛，阳光之下，万物都在蓬勃生长。闲走之间，篱笆下随处可见忧遁草，一丛丛，一簇簇，摇曳着青翠的光，摘下一把嫩嫩的叶子，烧一壶开水热泡便可入茶。屋檐下支一张桌子，摆上茶盏，四面绿植环合，树影婆娑，大风吹过，簌簌作响。新泡的忧遁草茶，汤色嫩绿，小清新的气息，轻啜一口，是初夏的味道，微微苦涩之后是温润绵软的回甘。若是在忧遁草茶里添加新开的麝香石斛兰花，那就更美妙了，味蕾之间缠绕的除了香草味儿还有淡淡的花的馨香，我们美其名曰“忘忧茶”。

久别重逢，远离喧嚣，人在草木间，随自然的节律品茶聊天，相谈甚欢，意味深长，所有的烦忧烟消云散。于竹林之下茶叙，虽未能及“竹林七贤”那般喝酒、纵歌，肆意酣畅，却别有一种淡淡的幸福。宁静的夏天就这样在无忧无虑中自然开启了。

到黎药园子里去走走吧，也是极为赏心悦目的。时日匆匆，红了樱桃绿了芭蕉。春去夏来，大自然是一场又一场幻妙的演绎。凤凰花初开，木棉花已结成果，果壳干裂，脱离枝头，棉絮潇潇洒洒飘落了一地。乍一看，仿佛一层薄薄的轻雪。道旁野菠萝的叶子浑身流淌着绿，带着刺如同长剑极力伸展。

园子的入口海芒果花开了一树又一树，每朵五个花瓣，纯白如雪，花心有一点红，像是天使遗落人世的唇吻。海岛初夏，金色的稻田此起彼伏，迎风低吟。枝头已是硕果累累，迫不及待拥抱夏天。野柚子挂满枝丫，寂寂低垂。波萝蜜飘香，莲雾也开始一串串地挂果。荔枝红遍，如妃子的笑，黄皮果由青开始泛黄，百香果挂满棚架……绿叶成荫子满枝。明晃晃的园子草木葳蕤，龙血树、海南粗榧、巴戟天、剑根薯、火焰兰、血叶兰……一切都自由随性地生长，就像萧红笔下的“倭瓜愿意爬上架就爬上架，愿意爬上房就爬上房。黄瓜愿意开一朵花，就开一朵花，愿意结一个瓜，就结一个瓜”。各种花木目不暇接，欣欣向荣，一派盛景。

引人注目的沉香树已成林，海南珍贵木材栽种七八年，有的已开始结香，俯身轻嗅，淡淡清香扑鼻，怡然安神。更有刚嫁接好的沉香树幼苗，披着新绿，在阳光下摇曳，等待来年香飘四海。

石斛园子种类繁多，是未曾遇见的新奇。各种花儿竞相开放，姹紫嫣红。麝香石斛，露出明媚的笑，清丽的姿容，如同穿着紫衣的女子，优雅从容住在时光里。晶帽石斛白中带黄还有一点微紫，特别好闻，香远益清，轻轻一嗅便让人欲罢不能。火焰石斛高高地迎风盛放，就像一团烈焰，也像一面红旗，在风中招展，在蓝天白云的映衬下璀璨夺目，让人不由多看几眼……林林总总，不胜枚举。天宫石斛、唇重石斛，还有叫不上名字的，红珊瑚花、水仙花也在一旁助阵，各有各的姿态，争奇斗艳、千娇百媚。不由让人轻声赞叹：生当如夏花！

《历书》里说“万物至此皆长大，故名立夏也”。浅夏胜春，万物并秀，拔节生长，徐徐铺开向阳的绚烂画卷。

从石斛园子绕出，我们就这样穿过一片片透亮的叶子青翠、摇曳不定的林子去找寻花开初夏的秘密……

戴博士一边领路，一边指着珍贵树种向我们专业讲解。据介绍，海南黎药园占地 50 亩，主要以迁地保护的方式收集包括沉香树、龙血树、见血封喉树、巴戟天、石斛兰、艳山姜、海南假砂仁等海南特色黎药资源植物及特色南药资源植物，完成 511 种黎药植物的迁地保护，包括沉香树、龙血树、海南粗榧、巴戟天、剑根薯、火焰兰、密花石斛、血叶兰等 12 种珍稀濒危黎药品种。海南黎药园在实现特色资源植物收集、保护的同时，还开展特色资源植物白木香等的繁育及栽培技术研究……原来，每一种植株背后都离不开科技人员的辛勤栽培和精心呵护。这里的植物不仅具有极高的观赏价值，还具有极高的研发价值和药用价值。就如忧遁草，经研究表明，含有多种生物活性物质，具有改善全身血液情况、提高心脏收拢工作能力等多种药用功效……行走之间，亲近自然，聆听专业解说，识别植株物种，开阔眼界，增长知识，也是满满的收获。

走累了，回到屋檐下歇一歇，再喝一盏忧遁草茶，暑气消散，心怡神宁。举目远眺，海岛初夏天空那么湛蓝，犹如深蓝的大海，朵朵白云飘飞，仿若白帆远航，又像是裙裾的一角，偶尔掠过树梢，是翻飞的心情。

正值饭点，园主早已准备好一桌热腾腾的饭菜，色香味俱全，食材鲜美，是园子里养的走地鸡；还有就地采摘的蔬菜，池塘里刚捕捞的鱼，一切都是鲜活的，皆为原生态绿色时蔬。举箸品尝美食，大快朵颐，边吃边聊，别有一番古诗里的“开轩面场圃，把酒话桑麻”的意趣……

昆姐说：“美食好味！美花怡情！美景悦心！”感谢好友戴博士百忙之中的盛情邀约，全程陪伴专业讲解还不辞劳苦当司机。花木繁盛，好友相伴，立夏之行，因您而美好！

最后吟小诗一首，谨记初夏之快乐时光：

黎药园里风光好，热带科技创新高。
花木繁盛尽开颜，浅夏轻吟胜春朝。

诗意栖息中国文艺阅读空间地标——海口晓岛·云洞

寒来暑往，三年一轮回，毕业季，又送走一拨孩子，有喜悦，有感伤，依依不舍，各奔东西。

暑期如约而至，意味着有属于自己支配的时间，可以闲下来，慢下来，读一本喜欢的书，做一顿好吃的饭，来一趟惬意的

旅行，抑或邀约三五好友茶叙，或者随心所欲，在周边溜达，漫步，发呆。

初老的标志是好奇心退减，没有探索未知的欲望，对新鲜事物或美好景象失去兴趣，不想涉足远方，开始宅起来；沉溺于手机或者只顾家庭琐屑，失去了对自我提升与成长的需求，失去了对美好生活的追求和向往。

年轻与年龄没有多大关系，而是在于你对待生活的态度。不需刻意暗示自己年岁已长，爱读书，常运动，多旅行，身体与灵魂同时在路上。倡导健康的生活方式，便可永葆青春，身轻如燕，健步如飞，意气风发。

相对于“错彩镂金，雕缋满眼”的华丽之美，我更倾心于“初发芙蓉，自然可爱”的素朴之美。天然去雕饰，清水出芙蓉，如宋代的白瓷，如庄子崇尚的返璞归真，如当下所提倡的极简主义。

生命的快乐在于简约，减少繁杂的人际交往，克制物欲横流，回归自我，回归内心的本真。如同陶渊明，不为五斗米折腰，远离喧嚣，回归田园，于带月荷锄归之间，于采菊东篱之时，悠然见南山，抵达心灵的自由。

流年清欢，一屋两人三餐四季，灯火可亲，好的爱情便如此。彼此为伴，心心相通，互相信赖，互相理解，互相支持，却相对独立与自由。相反，互相猜疑，斤斤计较，鸡飞狗跳，无休止的争吵，会耗损精力、体力乃至健康，从而陷入一地鸡毛的困境。

剔除繁杂，放下一切，极简不失为生活之美。生命的进程如悠扬的乐章，激越与高亢之后是平和与低回。繁华落尽终将趋于平淡。极简不是一味地简单至无，而是以简为丰，减少物质的需求，追求精神的享受，是留出更多的时间、空间给自己，关注本我，让精神生活更丰盈。

暑期到来，那就放空自我，让心灵像一尾鱼儿游弋于自由的领域吧！于乡野田园，于草木之间，于云天与大海之间……

热带小岛，南海之滨，不远足也可以很浪漫。台风天过后的午后，朗朗晴空澄澈如镜，三五好友邀约，沿长堤路驱车转角便遇见云洞，于碧海蓝天之间巍峨挺立。远远望去，如一只大白鲨云游南海，吞吐日月之光辉。靠近，多个洞穴仿佛全景天窗敞开，无论站在哪个角度总能看见一幅精美的图画。水岸长桥，蓝天白云，碧波荡漾，船帆点点，波光粼粼，一望无垠，令人心旷神怡。

椰影婆娑，海风习习。走进图书馆，只见阅览者高低错落，或坐或立，或斜倚山枕，或蜷缩洞穴，或平躺一隅，手不释卷，以最舒适的姿态凝神阅读。

拾级而上，迂回曲折之间，别有洞天。书架规整安放，沿壁而立，自然、人文、历史、哲学、社科等各类书籍整齐排放，密密紧挨。指尖在书脊间轻轻滑过，遇见鲁迅、郁达夫、沈从文、汪曾祺……大先生温文尔雅住在时光里，其传世之作以独特的魅力散发出人性的光芒，给人深刻的思考、审美的启迪及精神的力量。最后，指尖轻轻停留在《阅微草堂笔记》，是清朝翰林院纪昀以笔记形式所编成的文言短篇志怪小说。该书以一个个狐鬼神怪故事讽刺假道学家的虚伪面目，折射出封建社会末世的腐朽和黑暗，针砭时弊，扬善惩恶，情节跌宕离奇、妙趣横生……

阅读是心灵的远行，轻轻翻开书本，即使是匆匆一瞥，也能让人宁静片刻。

我们总以为，近处无景致，心之所向也往往是诗与远方。这个夏天倘若不远游，那就择近到海口晓岛去走走吧。

这座“岛上之岛”，由马岩松带领的MAD建筑事务所设计，临海而建，因海而生，以“诗与远方”的名义落户海口，为中国文艺阅读空间的地标。

云洞，得天独厚的地理位置，坐落海口湾，面朝大海，斜依世纪大桥，曲面墙体，内外合一，以多个具有“呼吸感”的孔洞及半室外空间的设计，使其成为一处“无边界的宇宙空间”。凭海临风，三百六十度落地窗全景的视野，让你仿佛身居云端。这里可以满足你关于文艺范的任何设想，手捧佳书，椰风海韵拂面而来，是一种天上人间的高级感。

云洞自开馆以来，博得众多游览者的青睐与好评，成为海口一张靓丽的文化名片，是不容错过的网红打卡点。

衡量一座城市是否宜居，在于这座城市的人与自然是否和谐共生。衡量一座城市的品质高低不在于这座城市有多少高楼大厦，而在于它的文化底蕴与人文精神的建设，在于学校、博物院与图书馆的配置。

云洞，有热带海岛元素及其独特的艺术造型，中西融合的文化设计理念，内外兼修的气质，可谓是自然与人文的浑然天成，迎合了人们对美的理想追求。在社会发展快节奏的当下，让你不经意间实现了诗意栖息于大地的愿景，是海口人民生活的福祉。

朝晖夕阴，气象万千。晓岛最美的是黄昏晚景。残阳铺水，落日熔金，云霞漫天，水天一色，渔舟唱晚，如轻歌曼舞，如画卷徐徐铺开。这是让人放慢脚步、放松心情的港湾，与云与海与天相通，徜徉书海，神游宇宙，所有的烦忧烟消云散。

繁重的俗务，琐碎的日常，总会让人有身心疲惫的时候。那么，就来一遭云洞吧。这里有最蓝的海、最白的云、最清的风、最好的书、最美的落日，让你游目骋怀、思接千载、自由呼吸、独与天地精神往来。

第五辑　读书偶得

窈窕淑女，君子好逑

海岛绿意盎然、凉风习习的怡人时节，着一袭薄棉布长裙，浅绿色的底子衬着小圆白点，随风摇曳，是我喜欢的小清新。

这淡绿长裙是为上《关雎》一诗而穿的呵！妙龄少女已逝为昨日黄花，却仍然保持某一种特质，窈窕淑女，从我做起吧！走过长长的来路，恋爱、结婚、生子，磕磕绊绊，爱情由最初的纯美发酵为过日子的亲情，而当读到“琴瑟友之”“钟鼓乐之”时，自己却不由也被感动了。经典的诗句、纯美的爱情，隔着千年时光，流落的气韵，就像老房子里留下的檀香木衣柜，打开来，弥漫着淡淡香味，有恍惚相识的感觉。

《关雎》可算是中国最早的爱情诗了，家喻户晓、脍炙人口，来自民间，来自普通劳动人民最淳朴、最真挚的爱恋。

“关关雎鸠，在河之洲。”诗歌描述一名男子在河边邂逅正在辛勤采摘荇菜的女子，一见钟情，从此日思夜想，终不能寐。这该是怎样的一位妙龄女子啊！对男人具有如此巨大的魅力，真让人心生羡意！

“窈窕淑女，君子好逑。”“窈窕”被许多人简单误读为身形苗条的意思，“好逑”的“好”也被许多人误读为“喜好”的“好”。而诗歌中的男子要找的是配偶，而不是情人，是娶回家来传宗接代、相夫教子、伺候公婆的妻子。两千多年前中国古代男子理想的择偶标准是怎样的呢？其首要条件是“窈窕”，即文静而美丽。不仅外表漂亮，而且心灵美好，而“文静”是美丽的核心。文静的姑娘不会是举止粗野、身形臃肿的肥婆吧，她一定是婀娜曼妙、蕙质兰心的，不仅有苗条的身形、靓丽的外表，更是谈吐优雅，美目盼兮、巧笑倩兮，还要有轻徙莲步、缓缓而来的迷人风姿。其次条件是“淑女”，不仅有体貌之美，而且有德行之善，即是一位好女子，性格随和、心地善良，是未嫁从父，既嫁从夫，绝不强势，热情待人、温柔宽厚的小女人。

“参差荇菜，左右采之。”“参差荇菜，左右芼之。”一个“采”和“芼”的动作，逼真地描绘了女子顺水流忽左忽右采摘荇菜忙碌不停的摇曳身姿。由此也可断定，这位男子遇见女子的那一刻，她正在辛勤劳动。对普通老百姓来说，劳动是最美的，劳动能力就是生存能力，养家糊口的能力。兴许他更爱她劳动的样子，总之，这爱多少与勤劳有些关联。因此，窈窕淑女还必须是心灵手巧、勤劳能干的。她不仅文静美丽，而且晓畅针黹，还擅长烹饪，烧得一手好菜，甚至精通农事，能挑水砍柴，真可谓上得了厅堂，下得了厨房啊。

温柔、文静、美丽、勤劳、善良，这些可贵的品质融汇为中国古典女子的最佳特质，从古到今，一直为男子梦寐以求。

那一个“寤寐思服”的男子，自从遇见了“窈窕淑女”，就不能抑制心中的想念。“山有木兮木有枝，心悦君兮君不知。”而爱一个人却不敢说出来，这是怎样煎熬的甜蜜和忧愁啊！于是，“悠哉悠哉，转辗反侧”，甚至想她想到梦里头，畅想着有朝一日能够和她在一起，能够对她表达爱意。古人，原来也是很浪漫的，没有鲜花、没有香车、没有豪宅、没有钻戒，却有他独特的表达方式，那就是弹琴对她表示友好，击鼓奏乐让她快乐。爱一个人，就是使她快乐，给她幸福，原来爱情如此简单、美好，没有任何的杂质和物欲，不容玷污！

不由想到一个骁勇英明的男人，他是五代十国中吴越国的开国帝王钱镠，赫赫战功，却极有铁汉柔情。他的第一任妻子吴王妃戴氏每年的寒食节必归临安，看望并侍奉双亲，每每此时，钱镠甚为挂念她。一年春天王妃未归，至春色将老，陌上花已开，钱镠写信说："陌上花开，缓缓归矣。"田间阡陌上的花开了，你可以慢慢赏花，不必急着回来。

爱，本是陌上向阳努力绽放的花朵，洁净灿烂，散发出沁人心脾的香，让人迷恋和沉醉。"无一字提及思念。并不是不想念你呀，但若留的你喜欢，我何妨原地等待，且耐些心。爱是这样宽大的寂寞。""钱镠只此一语便艳称千古，可敌得过诗篇无数。"安意如在《陌上花开》里是这样解读的。

爱，向来如此千回百转。而爱不是占有，不是纠缠，是给予彼此的空间和自由。红尘之爱，更多的却是一杯怪味的鸡尾酒，掺杂着太多的私心、假意、贪念，相互索取，甚至被糟蹋得满目疮痍、支离破碎。

"窈窕淑女，琴瑟友之。""窈窕淑女，钟鼓乐之。"诗歌一咏三叹，让人再一次聆听到来自中国最古老情诗的声音——爱她，就给她快乐。这份幸福，更多的是精神层面的，是一种情怀、一种志趣、一种呵护，与物质无关！

庄子：知鱼之乐

庄子与惠子游于濠梁之上。庄子曰："鲦鱼出游从容，是鱼之乐也。"惠子曰："子非鱼，安知鱼之乐？"

——《庄子与惠子游于濠梁之上》

庄子是知道鱼的快乐的，因为他的内心具有极强的感知力、审美力，长满柔软的触须，充满奇特的想象，并且是打通与外界的联系，连接万物与宇宙的。而一草一木一鱼的快乐都会感染他，或者说一草一木一鱼的快乐都是他内心快乐的映照，正所谓境由心生，物我交融。

庄子当是文艺男青年，当他看到花开的时候他也许会说花儿笑了；而惠子或许是生物学家，当他看到花开的时候想到的一定是花青素和光合作用的结果。一个充满感性，一个充满理性；庄子认为，万物皆有灵性，我想这是庄子与惠子的不同。

惠子的逻辑是，我不是你，所以不了解你，不知你的喜怒哀乐，也不知你的所思所想。由此看来，惠子的内心用英文来说是Close的，由此推及万物都是Close的。因为关闭，所以没有对话，没有交流，也没有融合，就不知彼此，更不用说心心相通了，这个世界因此也了无生趣。

而庄子为何知鱼之乐呢？那是因为庄子的内心是Open的。因为开放，才能打通疆界，与宇宙及万物共生，超凡脱俗，天人合一。所以，庄子知道一只鱼儿的快乐。

或者是当他在濠梁之上，和惠子一边散步一边闲聊。风从河岸吹来，带着山野的气息，目之所及皆是绿树葱翠，繁花耀眼，不时还飘来阵阵花香，传来几声鸟鸣，潺潺流水穿桥而过，蓝天白云当空。庄子瞬间心旷神怡，正好看到鱼儿在水中往来游弋，也觉得鱼儿是快乐的，这也恰如“我见青山多妩媚，料青山见我应如是”。

于是，庄子可“乘物以游心”，独与天地精神往来，如同大鹏鸟一样“水击三千，抟扶摇而上九万里”。延伸到美学范畴和文艺的表现手法是借物抒情、托物言志。

王国维在《人间词话》中也曾说：“以我观物，故物皆着我之色彩”，也是庄子的观点。杜甫在安史之乱山河破碎之际感伤时乱，垂泪咏叹“感时花溅泪，恨别鸟惊心”，正所谓“花”“鸟”皆着“我”之色也。

所有文艺的创作都离不开借物抒情，情景交融。就如一位画家朋友曾和我说过的，古人是多么浪漫，借一根彩带或一片祥云就可以飞天。倘若文艺家像惠子一样不知鱼，也不知万物之乐与忧，那该如何吟诗作画，表达丰富的思想感情？

诗人聂鲁达说：“万物生机勃勃，我遂能生机勃勃。”庄子的“知鱼之乐”可谓开创了艺术流派的先河，而他笔下的“鲲鹏展翅”也有点意识流的先锋味道。

李白的“欲上青天揽明月”“飞流直下三千尺”“白发三千丈”及其吟咏的“大鹏一日同风起，扶摇直上九万里”，还有李清照高歌的“九万里风鹏正举，风休住，蓬舟吹取三山去”……都是来自庄子的情怀。这种“怒而飞”的豪情及阳刚之美为庄子独有，因此中国浪漫主义的源头应在庄子。难怪木心说：庄子是不折不扣的艺术家，是浪漫主义。中国文学的源流，都从庄子来。汉代的赋家、魏晋的高士、唐代的诗人，全从庄子来。嵇康、李白、苏轼，全是庄子思想，一直流到民国的鲁迅，骨子里都是庄子的思想。石涛、八大似信佛，也是庄子思想。甚至，木心还认为，倘若没有庄子，中国的文化将会是另外一种局面。

想当年苏轼历经人生波折被贬谪黄州惠州儋州，却能随缘自适、随遇而安，抒发“竹杖芒鞋轻胜马，谁怕？一蓑烟雨任平生”及“吾心归处是吾乡”的感慨，苏轼骨子也有庄子的一种豁达与超脱。

庄子还是自然主义者，他认为鱼儿在水里自由自在地游来游去，没有受到任何的束缚和羁绊，就像大鹏鸟展翅遨游太空一样，是最逍遥、最快乐，也是最美的状态。就如一朵花的开落，一朵云的卷舒，一阵风的来去……清静无为，顺应自然，是生长的最佳状态。

世间万物，天人合一，美美与共，如同江河湖海，各得其所，和而不同。

那么，逾越千年，回到现实，我们是否也可汲取先哲的一点精神养分？放慢脚步，不急功近利，不揠苗助长，以人为本，让生命自由呼吸，顺应自然的节律，静待花开！

身未动，心已远

——读蒋勋的《吴哥之美》

对吴哥的向往，源于阅读蒋勋的作品及之前观看他所讲的视频《小吴哥的日出》。蒋勋去了吴哥十二次，在多部作品、多篇文章里都提到吴哥，提到高棉的微笑，可见这样的一个地方与蒋勋之间有无法可解的情缘。他在吴哥城的废墟里冥想终日，仿佛他的前生是当年吴哥窟的一名工匠，否则为何对这个地方情有独钟。成、住、坏、空，他从荒烟蔓草中的吴哥窟看到存在，也看到消失，照见的不仅是今生，更是前世……如同莲花的绽放，繁华至极，然后凋败荒芜，美终归走向虚无……蒋勋从吴哥窟里找到《金刚经》注脚，照见宇宙的浩渺，王朝的兴衰，及为人的谦卑。读《吴哥之美》，仿若千帆过尽，在虚无的境界里获得笃定修行的力量。

恰逢期末考试结束，驿动的心再次涌起逃离世俗的想法。而吴哥窟是由来已久的向往，冬季正是出行热带国度最好的时节。放飞的心情，让人有说走就走的冲动，各种咨询，邀约同伴，忙活了大半天，可是事与愿违，在我计划的时间里已没有航次，或是在我期许的时间里邀约的友人无法脱身。于是，我突然理解了喜欢一个人去旅行的人……随心所欲的行程安排，不可预测的遇见，足够的自由，让自己与原有的世俗生活隔离，在自我的空间里让心灵释放，寻求清静，获取澄明。而我渴望自由，但更依赖群居，依赖他人的照顾安排及给予我的安全感。

一番纠结之后，我在收到《吴哥之美》这本网购的书时安定下来，是一种放慢脚步的安定。当我徐徐翻开这本书的时候，突然庆幸自己没有急着成行。

蒋勋说，看到去吴哥窟的法国人，手里拿着一本法文版周达观的《真腊风土记》。对一个地方的历史文化背景有所了解，你的旅行才不是走马观花，才获得更多的遇见与深度的思考，让旅行不是到此一游，而是有更多的收获和体会。在游客十分钟就能走完的女皇宫，美丽的斑蒂丝蕾，蒋勋却要流连一整天。墙上各具形态的女神，还有雕刻出来的生动活泼的神话故事，无不吸引着他，让他沉迷其中，出神许久……他还会在清晨五点半起床慢慢步行前往观看六点二十分的小吴哥日出。面向东方，看第一缕曙光到来时，塔身逆光的剪影，看晨曦初露时莲的绽放及如梦似幻的水波倒影，那不是心经里说的“色即是空，空即是色”吗？当落日余晖映照在巴扬寺，四十九座尖塔上一百多尊佛像笑逐颜开，整个世界都明亮了。

阅读的过程，让我放慢了心情，就像预期已久的一场约会，同样需要精细的准备，连同精致的妆容和得体的着装，还有见面时的呼吸与言语都需要反复练习。于是我看了一整天的《吴哥之美》，还有看了一整天的《吴哥之美》的全部视频，身未动，心已远……

一

阅读《吴哥之美》，你将随同蒋勋老师走进废墟的现场，开启一场心灵之旅，在美的沉思中获得美的领悟……

书本有蒋勋老师写作的一贯风格，文笔有理性兼感性之美，有丰富的联想，有精彩的描摹，有独到的思考，有深刻的顿悟，有绘画之美，有艺术之美，有历史之美，有宗教之美。当指尖轻轻翻阅，扑面而来的是吴哥王朝诸寺遗址、雕刻、美学、仪式空间最细腻美妙的景致，是美的沉思与美的领悟。

二十封蒋勋写给林怀民的信，娓娓道来，有印度教与大乘佛教的渊源及其文化背景的介绍，有吴哥王朝历史兴衰的讲述，有各大寺庙建筑的详细数据及职能功用的专业性讲解，还有各种刺绣一样的雕刻艺术的精彩描摹，将吴哥窟的历史、宗教、绘画、建筑及世界一流的雕刻艺术熔为一炉。蒋勋以布道者的心情，以美的形式，以艺术的手法，触动你我最本质的生命底层，那样深刻，又那样宁静。

《吴哥之美》中处处可见蒋勋老师的细心观察与发现，处处流露蒋勋老师对历史文化的敬重与呵护，以及对艺术美学的不懈探索与追求。关于建筑之美，他做了深入的思考，特别表明：美在“留白”。他说：吴哥寺不断用“空间”来塑造建筑的力量，像宋画中的“留白”，像书法上说的“计白以当黑”，像老子强调的“有无相生”。“无”的空间构成“有”不可分割的部分。如大皇宫的设计，吴哥王朝就很注重引道，非常懂得用空间，它的建筑只有三分之一，它用三分之二的空间来包围这个三分之一。而我们如今盖的大建筑，没有空间，没有院子，没有回廊，没有水池，没有广场，所盖的建筑没有可以衬托的东西。

二

《吴哥之美》以荒烟蔓草中的废墟告诉我们：美，终将走向虚无，一切的美，不可霸占……

吴哥窟的建造，为天神，为父母，这是帝王的精神坐标，找准了它，便找到传承与延续的力量。《吴哥之美》回望了一个王朝的兴衰成败，从宗教的成、住、坏、空揭示宇宙万物的自然规律及生生不息，照见了战争的残酷及为人的谦卑。书中描述，蛇神在善与恶力量的对峙中扭动身躯，乳汁之海涌动，滋生万物，每一朵浪花升腾，孕育出一个美丽的女神……君权与神权合一统治世界，才有了顺服的力量。吴哥王朝是在这样的背景下兴建起来的，繁荣昌盛，一步步走向巅峰，成为东南亚最强大的盛世王朝。1431年暹罗族入侵，屠城之后发生瘟疫，吴哥王城从此覆灭。时光流逝，寺庙与植物依存，神像残缺不全，面容摧毁，历经苦难，被屠杀的尸体已随洪荒湮没。可当阳光照在巴扬寺的一百多尊佛像时，我们仍旧看到的四面八方、无处不在的微笑，包容爱恨，超越生死……屠杀与掠夺，繁华与凋零，历经浩劫与洗礼，历经岁月变迁，美却一直无法被霸占，它依旧如初照中从水面徐徐绽放升起的莲花，不惊，不怖，淡定地观望人世……当你读到这样的场景，是心痛，是怜悯，更是心灵的震撼。

三

《吴哥窟之美》以妙趣横生的神话故事，道尽人世无常与善恶是非……

女皇宫被法国人称为吴哥窟的珍珠，其雕刻繁复精密达到惊人的地步，如同织锦，如同刺绣。而每一个门上的雕刻都是一个故事。蒋勋老师在书里将一个个沉睡在废墟里的神唤醒，以妙趣横生的故事，特别揭示了修行当中神与人的共性。

蒋勋老师隆重介绍了女皇宫，因为他认为在所有吴哥的建筑当中雕刻最美的是女皇宫，那是僧舍，是僻静之处，敬奉的是印度教中的湿婆神。女皇宫里大部分故事都与湿婆神有关。雕刻里湿婆神的太太比他娇小，她的手勾着他，像极了凡人。湿婆神坐在五台山最高的台上静坐修行，Kama拿着业箭去射他。业，是印度教里是动情的东西，就是欲望。湿婆修行的时候眼睛是闭着的，当这个業射过来的时候，他的额头出现第三只眼，箭就断了。第三只眼就是慧眼，能识破欲望。同时他用右手把一串念珠交给他的太太，表明我们继续修行。人的修行永远在神魔之间，修行的过程不会没有魔来干扰，而所谓的魔是什么？就是我们内心的欲望。

女皇宫里还有很多因陀罗的故事。因陀罗是天空之神，掌管降雨，他的旁边有一条河，有一个森林失火了，鸟飞了出来，蛇也跑出来，很多生命受危害。因陀罗神把天河的水变成一道道雨丝降下来，因陀罗扮演消防队的角色，把降低灾难的法力赋予火焰，然后让火焰熄灭，百姓就可以继续安居乐业。

女皇宫里还有八万多句的歌颂长诗《罗摩衍那》里的故事，孙悟空哈奴曼去帮助罗摩王子，因为他的妻子被恶魔抢走了，山中无王，两个猴子为争夺王位打起来……

印度教里陌生的故事都在女皇宫里精彩呈现。蒋勋老师在精彩的讲述中总不忘揭示故事给予我们人生的启迪，让你辩证地看待世界，对人世多一分包容，多一分慈悲，也多了一分豁达的心境。

读《吴哥之美》再加上看蒋勋老师讲的《吴哥之美》的视频，吴哥窟历历在目，完好地从沧桑的废墟里站立，鲜活起来，有了人间的温度……历史生生不息，吴哥在蒋勋的笔下永生。

四

读完《吴哥之美》，那一个个曼妙多姿的女神还一直驻足心中，让你渴望亲近，渴望触碰，浮想联翩……

不得不佩服蒋勋老师的想象力，他以清丽细腻的文笔精彩描摹，将一幅幅神像唤醒。她们从神龛里走下来，走到我们生活的日常，轻徙莲步，一颦一笑百媚生，让人心旌摇曳、过目不忘……

“一朵一朵浪花中诞生的舞动着丰腴肉体的女神阿普沙拉，扭动着腰肢，脸上带着浅浅的笑，纤细的手指拈着新绽放的鲜花，摇摆款款而来……”

“隔着数百年兴亡沧桑，她们仍然如此热烈，要从静静的石墙上走下来，走进这热闹腾腾的人世红尘。”蒋勋如是说，他以极富想象力的描写，将女神一一唤醒，让废墟上冰冷的胴体、丰腴的肉身，一一复活了，有了妩媚，有了风情万种，有了人间的温度。

在《塔普伦寺》一章，蒋勋还写道：“我用手掌紧贴在浮雕女神的肉体上，感受到石块的呼吸、脉动、体温，感觉到长达数百年在荒烟蔓草中不曾消失的对人世的牵挂与不舍……”细细品读这样的句子，一种感动涌上心头，那是一种深深的眷恋，是人神情未了浓浓愁思……

吴哥窟为世界七大历史文化遗址之一，这里汇聚世界一流的雕塑艺术，还有最为宏伟壮观的建筑群。蒋勋老师的这一本《吴哥之美》是历史的追忆、是美的唤醒、是人生的启迪，无疑给我们解读吴哥窟这本融汇宗教、建筑、绘画、雕刻等艺术为一炉的教科书做了最好的注脚。

《吴哥之美》让你放下执念，获取微笑前行的力量。心动不如行动，带着《吴哥之美》出发，来一场说走就走的旅行吧！

读蒋勋的《舍得，舍不得》

我们如此眷恋，放不了手；青春岁月，欢爱温暖，许许多多“舍不得”，原来，必须“舍得”；“舍不得”，终究只是妄想而已。无论甘心，或不甘心，无论多么“舍不得”，我们最终都要学会“舍得”。

——《舍得，舍不得》

蒋勋的《舍得，舍不得》出版于2015年10月，系蒋勋的文化散文集，内容丰富，意蕴深远，包括唐诗宋词的赏析、中外名家画作的欣赏、旅行游记等，从京都永观堂、清迈无梦寺、加拿大耐恩瀑布……蒋勋带着《金刚经》云游四方，一路读经、抄经，在洪荒自然里看见生命的不同修行，在文学艺术里照见生命的不同可能，领会人生中的舍得与不舍得。其书最大的特点为每一个篇章都以《金刚经》的语录为注脚，是从佛经的角度诠释经典、思考人生的一本书。

2015年岁末购得这一书，就一直把它放在枕边。当我不安的时候，当我迷茫、焦灼乃至孤独的时候，会轻轻翻阅它，指尖停留哪页就读哪页。然后，慢慢平静、安宁，内心渐渐充满愉悦。

一直认可林语堂先生主张的“文学情人”之说，蒋勋之于我，就是这样的“文学情人”吧？感觉与他之间没有任何代沟，且有某种相通的特质，对之，可谓一见钟情。从最初接触的《说宋词》再到《说唐诗》《说文学》《说红楼梦》《品味四讲》《孤独六讲》《汉字书法之美》《少年台湾》等，渐入佳境，以至深陷……蒋勋老师首先吸引我的是他的文笔，再是他的思想，然后是他的气质和声音。

他的文笔清新脱俗，说理晓畅明白，兼有理性与感性之美，字里行间尽是清风朗月，旖旎画卷徐徐铺展，时有引发思古幽情，也不乏现代生活的小资小调小情趣。

对他本人的印象多来自他讲课或上节目的视频。一位年逾花甲的老人，宛如翩翩少年，挺直的腰板、修长的身形，白棉衣，牛仔裤，休闲皮鞋，微卷的发型，十足文艺范，给人干净纯良之感，才华横溢，谈笑间潇洒自如，风趣幽默，而不失儒雅。

蒋勋老师说："声音，比视觉更能储存记忆的能量，像一把钥匙，把时光的门打开。"我被蒋勋老师俘获的不仅是他的文字、气质，还有他的声音，亲切、温暖、磁厚、澄澈，像涓涓溪流，引领你步步靠拢，贴近，抵达安静与澄明的境地。俗务缠身的生活，我把听蒋勋老师的课穿插于日常琐碎之中，在吃早餐的时候，在打扫卫生的时候，在晾衣服的时候……因得于美与温暖的相伴，日子便活色生香。空荡荡的屋子倘若没有了他的声音，有时会觉得空落落。我曾在朋友圈里随手写下：夕阳无限好，只是近黄昏，看云赏月听蒋勋老师讲晚唐李商隐的诗，追忆繁华消失的感伤与无奈……

蒋勋老师常挂在嘴边的一句话是："天地有大美而无言，美无处不在。"他立足于生活的细节，于平凡之处窥见不寻常之美，一花一世界，一鸟一天堂，于一片云、一缕风、一抹斜阳读出自然的曼妙，读出世态的百相，读出人世的无常，将其对美的沉思，于活泼生动的文字诗意地表现出来，直指人心。

蒋勋老师主张让生活慢下来，他的作品多关于古典诗词、绘画、书法、旅行，以自己独特的审美视角将其呈现在读者面前。

阮籍、嵇康、王羲之、陶渊明、王维、李白、杜甫、李商隐、苏轼、柳永等都是他笔下的常客。从古人的精神追求到今人的衣食住行，妙笔生花，游弋古今，款款而来，颇有建树。

这一本《舍得，舍不得》就是其一，是一本充满禅意与哲理的书。其副标题为“带着《金刚经》旅行”，从佛学的层面看待人世的生、离、死、别，读完让人放下诸多的执念，内心获得更多的释然。

书里我常常看到这样一名安静温暖的善男子。书中描写的场景很迷人：“通常，到一城市，进旅馆房间，习惯先烧一截艾草，焚香，坐下来，在砚石上滴水，磨墨，开始抄一段经，会觉得原来陌生的房间不陌生了，原来无关的地方，空间、时间都有了缘分。像桌上那一方石砚，原来在溪涧里，却也随我去了天涯海角。”蒋勋青少年时期信奉基督教，而到了中晚年却受佛教的影响比较多。他喜欢行走，单是吴哥窟他就去了十二次，喜欢流连于泰国、缅甸、日本的各种寺庙。每到一处山光水色的地方，他会徐徐铺展纸墨笔砚，一笔一画，静静抄写《金刚经》，回愿给逝去的父亲。在横竖撇捺之间，仿佛打开了与先父的通道，便获得一种安定的力量。他说，每天清晨起来第一件事就是盘坐读一遍《金刚经》，只是觉得读了心安，就继续读下去。

王玠为亡故父母发愿，刊刻《金刚经》，蒋勋为逝去的父亲抄《金刚经》。我一直认为，一个人去世之后，只是离开，并没有消失，他一直就住在至亲至爱的人的心里。我没有抄经，可是我和蒋勋一样思念仙逝的父亲，我是否可在《金刚经》里也找到一个抵达父亲的通道？于我会在夜深人静辗转反侧的时候聆听蒋勋朗诵的《金刚经》，竟然如被驯服的小鹿，平静下来，安定下来，渐入梦乡。

生活有时如坠入枯井，让人无助，让人彷徨，让人孤独，乃至痛苦、绝望，没有任何一个人可以来解救你，你只有自我挣扎，然后慢慢地复活过来。而我遇上蒋勋，遇见了一种平和内心、解救自我的方式。

母亲父亲相继离世，让我瞬间成为孤儿。那是世界上最疼爱我的人，岁末年初之时，我越发想念他们，盼望他们入梦来，与之短暂亲密相处。

至今，母亲还一直居住在我的心里，连同她曾经为我做过的美味佳肴仍在记忆深处里飘香，她的面容时常在我脑海里浮现，她的谆谆教诲时常萦绕在耳畔。伴随我长大的她的一切，连同她抚摸我的温暖的手，已经深深烙在心里，某些时候，会被轻轻唤醒……而阴阳相隔，天各一方，该到哪儿去找母亲？我们都曾经是多么舍不得，而如今却也只能舍得。在蒋勋的书里，我慢慢懂得了放下。

蒋勋说，他思念自己往生的母亲，把她的照片放在床头，特别想在梦中见她一面。后来才明白渴望母亲入梦，只是一时火焰，如此炽热烫烈跳跃，却只是颠倒幻想，正如佛经所言的“是身如焰，从渴爱生”“是身如幻，从颠倒起”。

《金刚经》云：“无我相，无人相，无众生相，无寿者相。”渴望母亲入梦，是人相的执着，世间万物本无相，又何必执着贪恋？当你这样想着的时候，心里便会释然，痛苦也就减轻了许多。蒋勋就像一位智者牵引着我越过心里无法逾越的沟坎。

生命不能承受之重，《舍得，舍不得》就是这样的一本书，让你放下执念，在字里行间取暖，慢慢释放自己，让心灵变轻，犹如华美的气球冉冉升腾，坦然面对生与死。

获得内心平和及情感的滋养，这是《舍得，舍不得》一本书对我最私密的地方。

当你深陷于某种感情，心里装满一个人会很累。而一个人充满了你的内心，占据每一个角落，这是烈焰一样焦灼的爱，你需要的是像放掉装满容器的水一样，将他放掉一点点，你会轻松一些。这就是蒋勋所说的舍得。

其实，蒋勋的书，更多的还是从美学的角度去沉思，让人获得更多审美的熏陶与启迪。

《灭烛怜光满》一文里，蒋勋是这样描写的：“烛光一灭，月光顷刻汹涌进来，像千丝万缕的瀑布，像大海的波涛，像千山万壑里四散的云岚，澎湃而来，流泻在宇宙的每一处空隙。”第一次惊叹于月光可以写得如此丰盛饱满，如此气势磅礴。而张九龄的“怜”是因为看到圆满的月光，也看到了自己，那是一种月满而人缺的哀愁吧。之外，还有《石梯坪的月光》里对月光的描写也格外新颖传神：“初升的月光，在海面上像一条路，平坦笔直宽阔，使你相信可以踩踏上去，一路走向那圆满。”疏落的笔法，妥帖的比喻，摇曳多姿，空灵澄澈，充满宁静与禅意，直抵内心，耐人品读……张九龄的《望月怀远》，张若虚的《春江花月夜》及苏轼的《蝶恋花》《江城子》《水调歌头·明月几时有》等在蒋勋笔下诠释的是岁月的变迁，人生的悲欢离合、阴晴圆缺及人世的无常，读来让人沉默，让人刺痛，让人孤独。

《无梦寺》里树林间的一尊尊残损凌乱的佛像更是让人过目不忘，身躯失去了手足，肉身残缺，却依然微笑，依然安静笃定。看破红尘，于苦疾灭道之间轻扬嘴角，笃定前行，给人坚定的力量……

《舍得，舍不得》充满澄明与禅意、安静与孤独，每一幅图景都让人沉迷，流连忘返。

流年似水，时光走远，阅读让一个人的内心越来越柔软，也越来越坚韧，《舍得，舍不得》就是这样的一本书。

在时间中成为单纯的人

——读庆山的《月童度河》

她说，只愿在时间中成为单纯的人。

初识她，已是十多年前，她以网络写手的身份走红，二十几岁就已名声大噪，在那个大家扎堆论坛的时代。第一次读她的书，是她的第一本散文小说集《八月未央》，是从大学生那里借来的，再后来是《莲花》《素年锦时》《春宴》，与年轻人一起相传阅读她的书，感觉自己也在青葱岁月里。

她是极为低调的人。与媒体始终保持疏离，很少抛头露面，虽然她喜好摄影，著作中却鲜见她本人的照片。偶尔看到，也只是一个文艺的侧影或是一个如入画中的远去的背影，乃至她在我心里没有清晰的轮廓。可是，对一个人的了解不在于外表，那些发自内心的文字已经足以表达一切。

对之最初的印象，应该是表面平静、内心潮涌的女子吧！她的文字唯美、忧伤，讲述迷惘的青春，又像炭火，在黑暗中发光、炽热，直指人心。

她是安妮宝贝，上一次写她，读的是她的《古书之美》，是对藏书家韦力先生的专访。韦力先生纯粹，专注于喜欢的事，与俗世保持距离，对现代科技有疏离感。当时他的腿脚还健全，他的芷兰斋收藏许多古书，致力于保护传承诸多中华传统典籍，他甚至仿照宋代印刷术印刷书籍，仿若古代男子。而有相通特质的人才会走到一起，相互吸引。安妮宝贝的内在其实有诸多与韦力先生声气相通的地方。

这一次读《月童度河》，她的笔名改为庆山。书本封页上有寥寥数语的说明：“庆山，著名作家，曾用笔名安妮宝贝。”是我见过的最简洁的个人简介。书里说换个名字并未有特殊深意，轻描淡写。她说：“到这样的年龄，不可能再像以往的那个写着早期的动荡情爱和黑暗青春的人。翻越过的东西，怎么可能一再写。喜欢未知和遥远的事物。”而跟随她读这么多年来的我，似乎随之一起成长。深知这是一种告别，包括为人处事与写作风格，趋向于自然、朴素、清简、恬淡、平和、轻灵，告别抑郁、迷惘、焦灼、叛逆、执拗，从跌跌撞撞的青春走向风轻云淡的中年，文字更为明朗、干净、有力、深刻。那是经历了长途跋涉、山高水长、兜兜转转之后的柳暗花明、人月双清；是一位妙龄女子成为母亲之后对人对事的郑重、宽厚、理解、慈悲、豁达。如同穿过幽暗隧道遇见光风霁月，如同历经寒冬迎来春天，梨花带雨挂满枝头。

《月童度河》为庆山继《素年锦时》后的散文小说集，2016年出版，白色硬皮封面，素净典雅。封衣黑白相间，泛出淡淡的青绿，上边的女子不露姿容，只见半身，左手戴玉镯，右臂雕精美花图，传统又前卫，静静地坐在时光里，给人无限的遐思。下边是寂寂青山，清晰可见云雾缭绕，给人悠远旷古之感。翻开书本，清香扑鼻，书页之间点缀些许摄影作品，为春花、山寺、茶盏、女童、手串、旧信……光影婆娑，淡雅至无，满纸清欢。

书本由多则散文和两个短篇小说构成。小说名为《长亭》《月》，讲述女人经历情感跌宕创伤之后的华丽转身，舍离、放下，然后开始新的生活，不断前行、不断成长，是一种奋进的姿态。

爱情也是无常，如同花开花落。而了断一段旧情太需要勇气。俗世里的女子多深陷其中，无法自拔，或是委曲求全，守着那盘变味、变坏的菜食，然后一直伤胃伤身地吃，无可救药。而庆山笔下的女子特立独行，果敢直行，不拖泥带水。缘来，相爱欢好；缘尽，大步走开。她认为，女子最好有一半活得像男人。

好的关系是不粘连、不攀附、不缠绕，而是心灵支撑，彼此自由，如同星月，清辉普照，交相辉映。正如她说，人最佳的状态是明亮、有香气。

《月童度河》更多的篇幅是散文，仿若深海拾贝，零星地记录生活的见闻、感悟和思考。关于生死与离别，关于爱与行走，关于阅读与电影，关于佛性与茶道，关于学习与修行……犹如一株繁茂的树，枝枝蔓蔓，开满细碎的花朵，华美而饱满。书中每一章每一节均可独立，如同每一朵花穗，鼓着风帆，散发清香，沁人心脾，带你去远方。

书中引用“女子大美为纯净，中美为修静，小美为体貌”。一位女子内在的修行大于外表，在纯净与宁静之间，散发气度与优雅，轻颦浅笑、低眉颔首都是美。这是一本适合女性阅读的闲书，可放在枕边随时翻阅。有的书是大餐，有的书是甜点，它无疑属于后者。句句清甜，耐人寻味，是心灵独白，是生命顿悟，是至理箴言。她说，只有爱才能让女人充盈和展示美和活力。她说，我们活得有时像卑微的沙子，有时像一座须弥山。

书里探索的是一种极简的生活状态。她主张生活做减法，深居简出，少购物，扔掉没用的东西，有用而不需要的东西送人，有纪念意义的东西珍藏在樟木箱子里。比如一款喜欢的复古衣裙，珍藏起来多年后给女儿穿上就像遇见当年的自己。同时，与极少的人交往，却与聊得来的人对坐喝茶，说很多的话，不分年龄与性别；写作起来也会忘记了时间……而极少的索取，物质的精简，是为了更多地给予，精神的丰盈。

一本好书可让人审视与修正自己。阅读往往也是自省的过程，获得思想的启迪，身心的修养。庆山的文字一如她崇尚的内心，澄澈纯净，不沾染世俗的尘埃，如涓涓细流，如清风明月，读之，荡涤胸襟，耳目清明，放下执念，心神宁和。

她喜欢用白描的手法，轻轻薄薄、疏疏落落，随意勾勒，却风光旖旎、诗情画意，把人带入清净的情境。她笔下的一草、一木、一花带有山野的气息，摇曳生辉，神韵俱佳，不落俗套，如同清水出芙蓉。如《月》中她是这样描绘的："在夜色中，与母亲一起，坐在雨檐长廊的竹凳上，观望早春的滇藏木兰，光秃挺拔的枝干上，如白色灯笼一样悬挂的白色大花，月光给花瓣洒上光辉。"又在《赏荷》中写道："黄昏暮色，人花相对。深夜，皓月当空，洒下清辉，蛙鼓响起。可以独赏，两人也好。"她还说："赏花，也是要和真正有珍惜爱慕之心的人在一起。彼此安静，使外境呈现出更强烈的存在感。"字里行间是花树盛开，是星辉放歌，是禅的静谧，是人世之清欢。

如此，且听风吟，山野烂漫，炊烟袅袅，在出世与入世之间来来回回。书里有小女子的小资小调小情趣，也有禅宗的清静无为，更有对周遭的关切与悲悯。她的句子，有意无意，开合天真，清浅如莲，明心见性。喜欢一本书，是从中看到了自己，抑或是看到自己期许的美好事物。喜欢一个人亦如此。她说，增加自己福祉的方式是去关心别人。又说，一朵花盛开，就会有数千万朵花盛开……书中展现的是一位同龄女子良善的内心、慈悲的情怀、清简的追求，犹如宋画徐徐铺展。

她说，克制、秩序、平静、专注，一心一意、秘而不宣，这些品质显得更为珍贵。物质享受应尽量保持质朴和单纯，需要增多的是智慧和慈悲。

克制是一种修行。阅读写作之余，焚香、插花、挂画、品茶、步行……身体与灵魂同时在路上，这是一位女子独立行走的人生态度。简单、精进，保持体形，追求雅趣，内外兼修，人也因此而美丽。

远离喧嚣，回归自然，抛弃杂念和贪欲，就可遇见单纯和美好。连同物质的所求与情感的所依，越是放低要求，人就容易获得幸福感。

闭门深山，美好的一天从读书之事开始。两天的时间细细地品读一本书，每个句子每个字都读进心里，犹如遇见故人。就像月圆之时，花树之下，久别重逢，沏一壶清茶，我们相对而坐，对月赏花，倾心交谈。当心频相对，读一本书才发挥出最大的价值，汲取其中养分，生命饱满如雨后盛开的花朵……

你说，玉兰还没开。不辜负春光最好的办法，是一起去看花。

心存善念，祈祷众生平安。等这一切过去，春光与你共赴！

重逢那一个充满蝉鸣和绿意的夏天

——读韩少功的《山南水北》

《山南水北》徐徐摊开于手心，仿佛遇见一位故人，牵引着我缓缓走进那片绿水青山。山水之间的小村庄犹如画卷斜倚湖畔，推开窗户是葱茏的绿色，晨起各种鸟鸣声声入耳，韩老师能分辨的也就那么七八种。韩老师与鸟儿也是亲密的朋友了，他是这样描写清晨醒来的美妙听觉的：

> 每天早上我都是醒在鸟声中。我躺在床上静听，大约可辨出七八种鸟。有一种鸟叫像冷笑。有一种鸟叫像凄嚎。还有一种鸟叫像小女子斗嘴，叽叽喳喳，鸡毛蒜皮，家长里短，似乎它们都把自己当作公主，把对手当作臭丫鬟……

用心去聆听小鸟的每一次动情的对话，人与自然和谐相处，于天人合一的节律中寻求山水田园之野趣，这不是陈冠学的《田园之秋》吗？再来看看这一段：

> 呵嗬嘿，呵嗬嘿，呵嗬嘿——这大概就是本地人说的“懂鸡婆”了，声音特别冒失和莽撞，有点弱智的味道，但特别有节奏感，一串三声听上去就是工地上的劳动号子。它们从不停歇地扛包或者打夯，怕是累坏了吧？

这是与喧嚣城市阻隔的声音，需要一颗多么安静、丰富而敏锐的心才能听懂一只鸟的语言，还有它的个性、思想，乃至整个内心世界。

韩老师对这里的一草一木、一猫一狗皆满怀深情，对每一棵植株都精心去呵护，对每一个小动物都极力去关怀。当然了，对当地乡民也是礼尚往来，为之排忧解难。

从雨果的《悲惨世界》到列夫·托尔斯泰的《战争与和平》，以及沈从文的《边城》，纵观古今中外名作，一位大师级的作家内心根植的总是一种深深的悲悯情怀和人道主义精神。这一点在韩老师的《山南水北》里处处流露。

三毛仅是一只流浪狗，他们收养了它，甚至不顾个人安危去相救，直到日久生情，不可分离，乃至它死后把它埋葬在大榕树下，还把它的照片分别挂在两个不同地方的家里。这样的三毛已不再是一条狗，它已是家人、是爱人。这一章是让我读来流下眼泪的，娓娓道来，很朴实自然又深挚的情感不断往纵深发展，令人动容。

韩老师发自内心的悲悯与宽厚，还体现在他对乡人乃至乡土文化的理解与包容上。他在生动的描摹中是安静地思考，表达出诸多的忧患意识，比如盖房子的时候费尽周折找不到过去的青砖，开始担忧民间传统工匠与技艺的消失。乡土与文明，科技进步遍及农村原生态，时时撞击着韩老师的心灵，让他纠结。他担心原有的慢手工或纯天然的制作渐渐消亡，对旧日一抹月色的怀恋，或一声轻轻的叹息，都是书里最多见的表达。整本书对农村的落后、乡民的笨拙或愚昧，没有偏见，没有挖苦，没有嘲笑，没有批判，而是更多的同情。同时，令他忧心忡忡的是现代文明与科技的进步给农村及农民带来的改变。我想，他是想守护这一片绿水青山，让它保持最本真的原貌与姿态吗？包括那些奇怪的现象还有迷信的思想和不可理喻的一些传统的习俗。世世代代延伸下来的东西必有它存在的天理。

除了悲悯与同情，坚守与期盼，还有安静地思考，更有安静地欣赏，处处可谛听好鸟相鸣，处处可体会乡人淳朴。且看这一段描写：

> 初春时节，菜地上有点青黄不接，我们提着篮子去山上采香椿、蕨菜、蘑菇、春笋一类。沿途遇到村民，尤其是那些农妇，都会领受她们笑眯眯的招呼："有菜吃没有?"意思是问要不要在他们那里摘点什么。或许，他们会问得更具体一些："有苋菜吃没有?""黄瓜出来了没有?""豆角下种了吗?"……这时候，如果你朝她们的园子里看一眼，对那里的形势表示赞美，或表示惊讶，那就更不用说了，她们随手找来一个塑料袋，往菜园里匆匆而去，接下来的形势不言自明。

民风淳朴，乡人之间有关切的问候，有收获的自得，有果实的分享，初春季节万物拔节生长，瓜菜青翠的藤蔓之间蔓延的便是家长里短的纯美乡情……

韩老师的房子建造在八景村学校附近。书里描写他盖的房子有两层楼共七八个房间。他说在家里经常听到学校里传来的琅琅书声，还有上从音乐课上传来的歌声。其中他经常听到最多的是苏联歌曲，几乎这位老师的每节音乐课都在教孩子们唱俄罗斯民歌，抒情而怀旧。他想这一定是一位年老的教师，可当他去看个究竟的时候发现那只是个小姑娘……

《山南水北》是韩老师隐居乡村的生活体验之作，是直接具体的描述，乡土气息浓郁，弥漫着大自然的清芬。书里的他是一位农民，与村民打成一片，只是他的种植和农耕经验没那么丰富，常常向邻居讨教而已。只是他走过许多路，读过许多书，拥有更宽的视野更高的格局更思辨的头脑而已。书里的韩老师站在一个制高点仰望星空，也俯视村民如蝼蚁往来屑屑。翻开书本扑面而来的是泥土芬芳的气息，那些村民自然朴实，又如此鲜活，各具形态：塌鼻子神医的妙手回春，老地主的德高望重、卫星佬的风风火火，意见领袖绪非爹的见多识广、玉梅的热心肠……每个人物独具个性，如此神奇，有不可理喻的一面，却又是真实存在。他们就像随意生长在湖边的野草，柔软而坚韧，沐浴着阳光，摇曳着风风雨雨，一年又一年，生生不息……

书中描写轻松活泼，生动有趣，有的场景掩卷后仍让人不由会心一笑。例如《李家兄弟》一章，李有根接待法国朋友李普曼先生，称兄道弟地拿出李氏家谱来研究，还拿出罗盘来摆在门槛上讲风水，讲左青龙右白虎的含义，这风马牛不相及的，让韩老师的翻译一次又一次陷入僵局。第一次承接涉外业务，李有根很高兴，一见到韩老师就换上京腔，舌头还有点转不过来。这样因文化差异而显得唐突有趣的描述在书里随处可见，读来让人忍俊不禁。

又如几个村民来韩老师家座谈这一片段，他们大赞韩老师的丰功伟绩及给家乡带来的巨大变化，还探讨以后韩老师应该埋葬在哪一块风水宝地的问题。以至在一旁的韩老师听着不知如何是好。在一个好端端的活人面前毫无顾忌地安排他的死，荒唐之中也可见乡下人对死的一份从容与淡定。而死有所安，在乡下人可谓是头等大事，从村民对韩老师的长远规划足见他们是何等热心与好意、细心与周到呢！

这活脱脱的生活场景不仅发生在八景乡，我想应是普遍存在于中国农村的各个角落。不然，当我翻开书本的时候，那些乡村的记忆为何呈现在脑海，历历在目？读书的意义在于以他人的经历与思考丰富自己的人生阅历；也在于一种全新的遇见，邂逅一段又一段奇幻而让人怦然心动的风景；还在于照见，从书里看到曾经的自己；更在于唤醒，唤醒一次又一次的记忆，那是故土的夏夜，是孩童时的家。寂寂庭院，树影婆娑，繁星漫天，月华如水，蝉鸣四起，邻里相聚畅谈，发布消息，切磋农事……我枕在母亲的怀里翩然入梦！

韩老师在《秋夜梦醒》一章里有一段独白："你应该明白，你之所以在三十年后要回到家乡，之所以要在这样一个山村的深夜里失眠，最重要的理由，也许就是要重逢那一个夏天。"

每个人心里都有这么一片令人魂牵梦绕的绿水青山，有这么一个令人无限遐想的充满蝉鸣与绿意的夏天。来处也是归途，那蝉鸣盈耳的温柔夏夜如流水一去不复返，却在不经意的阅读之间被温柔唤醒，飘忽而至，如一个轻轻的梦……

一扇现代人开向南海的窗

——读《名家笔下的南海》

秋末冬初，热带海岛温度恰好的时节，手捧着梁昆老师送来的带有墨香的《名家笔下的南海》，对主编王春煜教授的敬佩之情油然而生。一位八十多岁的老人，曾在吗哪书房与他有过一面之缘，身体硬朗，行走稳健，精神矍铄，耳聪目明，思维清晰，更可贵的是拥有一颗年轻的心；不仅经常参与读书活动，还积极开展各种研讨会，又笔耕不辍，辛勤付出，不遗余力为海南本土文化建设添砖加瓦。从《海南就是诗》到《读一点海南》，到我手里这一本崭新的《名家笔下的南海》，就是最好的见证。

一位耄耋之年的老人像年轻人一样，充满对生活的热爱与激情，表现出来的是海南老知识分子的责任和担当。这样的担当需要薪火相传，作为中学语文老师的我应责无旁贷，在自己的岗位上广泛传播、大力弘扬海南文化。无法想象我们的八十岁会是什么样子，在此，特别向在海南本土文化历史学术研究上孜孜不倦的老人家致敬！

近几年相继出版的由王春煜教授主编的散文集《海南就是诗》及综合文集《读一点海南》为《海南风丛书》系列，均以海南元素为题材。《海南就是诗》选录了从20世纪30年代起至今的海内外一百五十多位作家的名篇佳作，纵横古今，角度多变，形式多样，融思想性和艺术性为一炉，自然风光旖旎，人文历史厚重，尽显别具韵味的海南地域风情。轻轻翻阅，碧海蓝天、沙鸥翔集、渔舟唱晚的画卷随精妙的笔端徐徐铺展，椰风海韵轻轻摇曳，风情万种，姿态万千。而《读一点海南》讲述的是海南的前世今生，由历代诗词、古文，现当代散文、诗歌，传统民歌、名联、琼剧等多种体裁共存。其中录入唐宋以来被贬到海南的“五公”和苏东坡等历史文化名人留下的大量脍炙人口的名篇，还有宋代以来海南本地涌现出的一批俊才如白玉蟾、王佐、海瑞、张岳崧等人的多篇佳作。立足本土，深入民间，揭示海南文化渊源，展现海南文化内涵，题材广泛、情思丰富、真挚动人，具有较高的观赏价值和收藏价值，是滋养海南人不可或缺的精神食粮。

关于《名家笔下的南海》，与以上两本书一脉相承，为《海南风丛书》第三辑，可谓“一扇现代人开向南海的窗”。就该书我想谈三个方面。

其一，关于书的内容。该书自然真挚，内容丰富，史料翔实，充分展现了南海的美丽、富饶、博大、神奇及浩渺，选入自唐朝以来古今名家的诗词歌赋，还有现当代散文诗及散文。古诗附上作者简介、背景说明、译文、注释及诗歌的艺术特色、思想感情等。印刷大气，制作精良，浅蓝色的封面荡漾着轻柔的海风与碧波，清丽典雅，配上艺术大师黄胄先生的《南海朝霞》及《舟上女民兵》两幅插图，美轮美奂。轻轻翻阅，绮丽多姿，大海的气息扑面而来。本书作品或描绘美丽的自然风光，或吟咏南海地域风物、人情习俗，或记述物产的丰饶、海岛人民的朴实勤劳，以及官兵一致同甘共苦保家卫国的动人事迹。《名家笔下的南海》尽是美文美篇，是一幅幅斑斓的画面，是一阕阕优美的赞歌，适宜吟咏，适宜诵读。

其二，关于书的价值。本书富有时代色彩和政治意义，它的价值也是多方面的。除了文学价值、欣赏价值、文献价值，它还是一扇窗口，一扇现代人开向南海的窗。本书编者用心良苦，力求借助古今诗文精华，使读者，尤其是青少年读者通过这一扇开向南海的窗，不仅看到南海的神奇、美丽、富饶，同时增进对南海历史的了解和认知。以优美的画面、活生生的事实激发国人对南海诸岛的热情，以大量的篇章、丰富的史实证明南海是我们的祖宗海。南海诸岛自古以来是我国不可分割的领土，在南海局势紧张的当下，编者的用心是以该书唤醒更多人关注和捍卫海洋国土的责任感和使命感。这是编者的殷切期望，也是该书的重要价值所在。从这一点出发，希望有关部门让该书走进海南中小学校园，列为推荐阅读书目，或设为地方教材或校本课程，让孩子们读这本书，了解海南，热爱家乡。

其三，关于阅读的思考。《名家笔下的南海》着笔于南海的人文风物及自然风光的描述，一草一木、一花一鸟、一沙一贝、一人一物，无不凝聚着名家对这片海岛的深深眷恋，对波澜壮阔的南海无限的敬意。一方水土养一方人。大海是我的故乡，给予我们最丰赡的馈赠，孕育生机，滋润万物。海的子民身上流淌着与大海一脉相承的血液，对大海怀揣的情感更是深沉而热烈的。如李曙白的诗《渔民的妻子》：“她们会让女儿，从小跟着自己学织网，学着做渔民的妻子……昨天她们是渔民的女儿，明天她们是渔民的母亲。”每一句都如此深情款款，从中我们读到海的女儿的勤劳、朴实，在这片海岛的热土上耕作、繁衍、生息，代代相传。还有海南本土诗人乐冰的诗《南海，我们的祖宗海》，单是读标题，就让我深深感动。南海，孕育了我们的生命，体魄与性格，如诗所言：“你是南海养大的汉子，南海是我们的祖宗海，我们的祠堂、神庙在此。”南海之于我们，是祖宗，是血脉亲情，与之相依相存的不仅是我们的肉身更是灵魂，精神与气魄。有些记忆与生俱来，比如故乡，比如家园，比如母亲，犹如胎记，伴随我们游走四方，无法割舍。韩少功先生也在《海念》一文中曾写道：“人是从海里爬上岸的鱼，迟早应该回到海里去。海是一切故事最安全的故乡。不再归来的出海人，明白这个道理。”来处也是归途，当南海成为我们的心灵归属，它已经成为一种虔诚的信仰。

而商品经济飞速发展的今天，房地产过度地开发破坏了防护林及绵长的海岸线。还有为了眼前利益对海洋资源的无度开采、一味索取的行为，我们当敲响警钟，有危机感。南海如此美丽丰饶，它是我们的衣食父母，对之当心存感恩，温柔相待，清醒而有节制，捍卫家园，保护故土，让其更好地为我们的子孙后代造福。

对海有万般的柔情，读《名家笔下的南海》，让我对这片海域有更亲密的接触，更深入的了解。简约至丰，大海就是如此吧，如同王冬青的诗《海的名字如此简约》：“海就一个字，简约，干脆……用千种姿态，表达万种心情。”你从哪里来，又到哪里去，时间在你的臂弯静止，如何回到最初？那一抹幽蓝是亘古不变的色调，无边无垠是你永远的胸怀。而烟波浩渺，浮光潋滟，静若处子，动如脱兔，千种姿态。单是那明镜一样的海面，就足以让人窥见自己与内心。我想，如果可以，我愿是这一片海，静守南山之南的一隅，风平浪静，心旌摇曳，万种心情……

《名家笔下的南海》浩如云烟，绮丽多姿，思接千载，见证了南海热土的神圣及历史之悠久，是一扇现代人开向南海的窗。它让人酣畅遨游，流连忘返，让人冥想与沉思，是探寻南海文化不可多得的知识瑰宝。

闭门即是深山，读书随处净土

——读明斋的《随处净土》

遇上一本好书，如同在春之暮野邂逅一个人，眼波流转，微笑蔓延。明斋先生新作《随处净土》之于我，就是这样一本好书。最美人间四月天，字里相逢，一树一树的花开，轻轻翻阅，如沐春风，如遇佳人。

《随处净土》乳白色的封面斜倚寸幅山石林木之画，一抹淡青如云如烟，也如同素衣女子，略施脂粉，嫣然一笑，清丽动人，清雅之极。《随处净土》书名为明斋先生的学长书法家王刘纯先生题写。轻轻打开，董桥先生的题签“读书人家”及王刘纯先生书写的先贤陈继儒名言“闭门即是深山，读书随处净土”映入眼帘，轻灵毓秀，翰墨飘香，雅趣盎然。明斋先生亲笔撰写的“弁言”与“跋语”，书生本色，言简意赅，清新唯美，意味隽永，无疑是画龙点睛，为该书锦上添花。

这是一部高质量、高品位的沉甸甸之作，无论封面、纸质、装帧、版式、印刷、文字，由表及里皆让人赏心悦目，堪称精品。

有一种说法“文如其人”，我深信不疑。文字是一个人精神、思想、心灵、情感、特质的载体。《随处净土》是明斋先生把读书贯穿于日常的真实记录，以“日月”的形式呈现，新颖别致，字里行间闪烁着思想的火花、智慧的光芒，流淌着一位教育工作者的人文情怀及书生意气，流露真性情。读来增长见识，陶冶情操，涵养身心，丰富思想，启蒙益智。

一、关于内容：民国风，时代感

《随处净土》主题多样，内容丰富，包括读书之美、淘书之欢、藏书之乐、饮茶之趣、品人之雅……旧时月色徐徐铺展，清辉朗照，民国风扑面而来。

以阅读修养身心，以经典浸润人生。明斋先生一直奉行“阅读是幸福的生活方式”，他“阅度”宽厚深广，博闻强记，满腹经纶。书中娓娓道来书人书事及读书感悟，旁征博引、信手拈来，对民国人物如蔡元培、林纾、梁任公、李劼人、鲁迅、郁达夫、马一浮等，如数家珍。从《林纾家书》感知一位父亲教子以正、立德树人、谆谆教诲的拳拳父爱之心；从梁任公的《为学与做人》懂得教育就是教人学做人学做现代人的为学先为人之道；从张冠生的《纸日月》读到了蔡元培先生追求思想自由、精神独立，却能容纳异己的雅量和放眼世界的宽阔胸襟。书中还写到自许“战士”的鲁迅与自称“作家”的郁达夫性格气质、生活态度、文艺思想、创作风格等多有不同却惺惺相惜、互相赏识与敬重的动人情谊；也写了叶嘉莹、吕碧城等才女少女时代的求学经历及家道中落的悲惨遭遇，却在逆境中迎难而上终成大业的动人故事；更有费孝通与王同惠生死相随的凄美爱情，还有徐悲鸿和孙多慈的惊世爱恋，让人振奋，也让人慨叹唏嘘……该书讲述的民国故事尤深情动人，让我们看到的是饱读经书、人格清贵、宅心仁厚的谦谦君子；看到的是气宇不凡、格局高迈的民族脊梁，是国家兴亡匹夫有责、肩负使命的中国知识分子。

《随处净土》流于笔端的是家国情怀，是清风正气，是独立思想，是自由精神的纯正追求。手捧《随处净土》，跟着明斋先生去阅读，是一场又一场的心灵旅行及精神的洗礼。读来让人的内心变得柔软，也让人的内心更坚韧。

《随处净土》无疑为我们打开一扇窗，读来仿佛站在制高点，望见漫天的星斗。

书有古意，弥漫浓浓的民国味，却也不乏注入新鲜活水，富有时代感。明斋先生博古通今，纵横捭阖，讲故事绘声绘色，尤为注重联系当今社会，结合现实生活，与时俱进，古为今用，洋为中用，注重文脉相通、薪火相传，文字之间流淌着时代活水。既有书卷气、人文气息，也有鲜明的时代特色，接地气。此外，书中也不乏讲述生活趣事，谈及轻松幽默的话题。如1月11日的一次茶叙引发的“化美为媚”的谈论，明斋先生从古今中外引经据典，撷取《拉奥孔》《闲情偶寄》《诗经·卫风》《长恨歌》《琵琶行》《再别康桥》等名篇中的精彩片段为例阐述“媚”是一种动态之美，是一种优雅之美，是一种低头的温柔，是楚楚动人的娇羞……对“媚”的解读极有情味，带有个人的独特体验和温度，且观点鲜明，论据充分，可谓入木三分，读来让人会心默叹。

二、关于形式：日记体，新颖别致

《随处净土》体裁多样，有读书札记、文化散文、古典诗词，以日记体的形式展现。简要记录当天的天气情况以及生活工作的日常，把读书贯穿于每天繁忙事务的缝隙之间，再现一个书生校长惜时笃学却甘之如饴的读书底色。

《随处净土》有明清小品文之韵味，语言凝练典雅，句式工整，妙语连珠，深刻隽永，不可草草读之，需细细品味，含英咀华，方得其中真意。《随处净土》文字有古意，却也不乏生动活泼的语言，描摹细致、比喻精当、妙趣横生，读来让人时而颔首莞尔，时而捧腹大笑，有大快朵颐之乐，更有余音袅袅之妙韵。

如1月24日描述的豫北古城一次友人茶叙：“叙谈期间，其中有端坐一隅而默不作声者，宽额长颊，白发萧疏，惟三两片灰丝如秋风落叶一般贴于顶部，其忽而作凝眸状，忽而作哲人沉思状，忽而又作遗世高蹈状，后来终于按捺不住，忿忿然道……言迄，犹愤愤不已也。闻听，众人面面相觑，甚为惊愕，一时不知作何回答，欣欣欢愉之场面，刹那间一片沉寂。见状，余徐徐道……言毕，环视一下座中友人，见默然沉思之后，纷纷颔首许之，亦有击掌而叹赏者。惟白发萧疏者圆睁双眸，嘴口嗡嗡呼呼，作吞吐风云状；又如同艺术大师在练习发音口型似的，自我陶醉呢。”如此精妙描写在书中比比皆是，文字幽默风趣，人物描摹传神，栩栩如生，历历在目，极有画面感，读来轻松愉悦，让人忍俊不禁。

又如，明斋先生1月8日记录：“《纸日月》，佳书也，亦佳人也。如此佳丽妙姝，得以多日相伴，观之悦之，摩挲之，亲近之，且于其‘肌肤’白皙处，畅意写之绘之，可谓得人生大自在也。生活美妙如此，夫复何求耶？”字里行间是读书人的简单快乐，明斋先生把“佳书”比作“佳人”，还说是就像妻子和情人不可外借，若意外获得珍本、善本，不禁揽入怀里，仿佛将多时不见日夜思念的情人迫不及待拥入怀中，还不禁慨叹：“幸好抱回的是佳书，而不是佳人，否则老妻会河东狮吼了。”书中多处对观佳书如观佳人的生动描摹，历历可见书痴的可人形貌，样子委实动人。其书虫之乐也正是书生校长真性情的自然流露，读来极有情味，颇有意趣。

三、关于价值：阅读导向功用

《随处净土》荟萃民国大家思想精髓，又集聚诸多名篇佳句，具有极高的思想价值和审美价值，不仅予人审美的享受、思想的启迪、情感的熏陶，还有阅读导向的功用。该书有读书方法的提炼概括，有每月读本，也有推荐书单，更有深刻的读书心得和感悟，对想读书而不知该读什么书的人指明了方向。在大力倡导全民阅读的当今，这样的读书札记，无疑是极好的引领。

四、关于品书识人：书生校长，书痴本色

书生校长的底色是读书，无论阴晴雨晦，无论舟车劳顿还是公务缠身，坚持每日读书并于百忙之中坚持每日写一篇读书笔记。晴耕雨读，笔耕不辍，这种精神实在难能可贵，令人钦佩。细心阅读《随处净土》可发现作者每日的阅读及写作多在“枕上”“马上”“厕上”完成，就连抱病也坚持读书动笔，甚至“飞机降落，在颤抖中”也还在阅读码字。明斋先生不仅讲究阅读的数量，更讲究阅读的质量，注重深层次的阅读，习惯在字里行间信手涂抹，圈点勾画做批注。践行了他提倡的读书四到：“眼到”“口到”“心到”“笔到”，并学以致用、知行合一、以身作则，打造书香校园，成为海南教育界的翘楚和风向标。

明斋先生云“风吹哪页读哪页”，实则非功利性阅读，这样的阅读很纯粹，无拘无束，随性而为，当你不为什么读书的时候也许有更大的收获。木心说，生活最好的状态是冷冷清清中的风风火火。而我想说，生活最好的状态是冷冷清清中的阅读，正如“闭门即是深山，读书随处净土”。就是提倡极简主义，拓宽心灵的时间，回归自我，获取生命的宁静与丰盈。真正的平静，不是远离喧嚣，而是在心里修篱种菊。阅读是修篱种菊最好的方式。手执佳书，胸有丘壑，从容在心，欢畅开怀，可谓人生之大境界矣！

修篱种菊寻常事，尚有桃李寄诗心

——读明斋先生《随处净土（续编）》

《随处净土（续编）》由海南出版社出版，是继2017年出版的《随处净土》之后的又一日记体著作，记录了2018年明斋先生于7月1日到12月31日的读书札记，为《随处净土》的姊妹篇。

《随处净土（续编）》总括之，是读书人的书，所写多为书人、书事、书评；访书、淘书、购书、读书、藏书、爱书之体验，是书缘故事，是人文历史，是书生意气，是家国情怀。

该书趋美向雅，如窗前的清风明月，如夜夜的星辉，又如深谷清泉石上流，泠泠淙淙，汩汩入心。如此之书，不可随意翻阅，或快快读之，它就像芳醇的陈酿，抑或是深烘的咖啡，需慢慢品味，细细琢磨，方可知其味领其意。

该书有明清小品之文风，文辞畅达，句式讲究对称，骈散相间，言简而义丰，深刻隽永，耐人寻味。且多引经据典，知识广博，内涵丰富，诗词歌赋随意挥洒，才情横溢。

如《闲话“群酌”》篇写：“‘劝君更尽一杯酒，西出阳关无故人’的深情已令我怦然心动，‘呼儿将出换美酒’的豪放使我雄心万丈，‘醉眠秋共被，携手日同行’的情谊颇让我无限神往，‘醉不成欢惨将别，别时茫茫江浸月’的氛围更让我黯然神伤……”诸如此类的句段，书中随处可见，行文之间旁征博引，古典诗词信手拈来，一泻千里，入情入境。读来痛快淋漓，又令人浮想联翩、心驰神往。

这是一本有故事的书。书中讲述众多人文故事，情节曲折，跌宕起伏，柳暗花明，妙趣横生，扣人心弦，读来令人随之默叹、莞尔，抑或捧腹，会意处也会动情，热泪盈眶。

无论是读钱锺书的《围城》，读纪昀的《阅微草堂笔记》，读汪曾祺先生的系列作品，还是读俞晓群先生的《蓬蒿人书语》，读《迦陵诗词稿》，读毛尖的书评《乱来》、陆灏的随笔《东写西读》等，明斋先生在阅读中善于捕捉书本中的观点或细节进行拓展、延伸、生发、提升。由单本到多本、书本到生活引发联想，进行主题式、系列式的群文阅读，阅读数量惊人，种类繁多。由此，他的读书札记显得大气磅礴、浩如烟海，书里书外，古今中外，纵横捭阖。尤其善于添加生动的细节描摹，融入个人的思想感情和独到的见解，再对原文进行加工，补充创造，个性表达，使得故事丰满有情趣，人物形象栩栩如生，跃然纸上。读来历历在目，可亲可感，趣味盎然。

明斋先生读书，不仅把书读宽读厚，且把书读精读深。

尤喜明斋先生读纪昀的《阅微草堂笔记》札记系列，当中引述的“鬼论读书人睡时有光芒”等故事，颇为生动有趣，且以小见大、意蕴深刻。从小故事不断生发、探究出大道理，这样的阅读不失为一种深读。而这种纵横古今，书里书外勾连，作者与读者打通，领域无限宽阔的阅读在《随处净土（续编）》中俯拾皆是。

如明斋先生 11 月 17 日的读书札记一则：先讲述《阅微草堂笔记》中邻家少妇托于狐偷情被狐痛斥的故事，紧接着说该故事言下之意是“狐狸精竟然比人还贞洁”，读来不由让人会心一笑；再往下读，笔锋一转，说少妇投怀送抱，古代称之为“奔”，进而追溯“奔”在《诗经》中的源头，由此引申清代笔记小说讲述的狐女、仙女迷恋书生、少年的情爱故事，大都是文士们心中的“奔女情节”的产物。又宕开一笔，写宋代道学家们将此痛斥为“淫奔”，最后呼应开篇，揭示了“故事中狐仙俨然道学家的面孔，实为道学已经深入到了幽穴冥府之中”的道理。如此深入解读一则“艳情”颇具浪漫和讽刺色彩，而笔锋在文化历史坐标之间灵动游走，起承转合，层层推进，摇曳多姿。为文如此，可谓结构精巧，一波三折；渐入佳境，实为引人入胜也；而读书若此，可谓入木三分，鞭辟入里，实为博大精深也。

这是一本真性情的书，出自肺腑，真情流露，朴实动人。《随处净土（续编）》以读书为主线，兼怀人忆旧，闲话佳友雅集，谈论工作见闻，抒写生活感悟，记录行走轨迹，流露真情实感，是一部充满人文情怀而又率真赤诚的书。

该书除了读书札记，也不乏生活小品美文，流露闲情逸致。如《书案》《独酌》《对酌》《群酌》《湖上之思》《风从山间来》等系列文章，充满真善美和生活情趣，映照出作者热衷读书、热爱生活、努力工作、积极奋发、享受生命的人生态度。文章流于笔端的每一句话都是来自生活的真实体验，有感而发，且经过作者精雕细琢、多次润色，反复推敲提炼而成。语言简洁明朗、典雅清丽、音韵和谐、朗朗上口，尤其适合朗读。品读这类文章，即可直抵作者的内心深处，触摸到一颗柔软、丰盈而多趣的灵魂。

正如《再说“独酌”》中所言“至今性情中还渗透着淡淡的书香与浓浓的酒香”便也是作者真性情的写照。胡适先生云：“无一事可瞒人，是为大快。”或热闹，或孤独，或欢喜，或悲伤，于明斋先生笔下不吐不快，得意处赋诗一首，黯然时作词一阕。而没有经历过山高水长、千回百转的人生体验是无法抒写出如此深刻而淡然又富有哲思的文字来的。

如花开半夏，如酒醉微醺，尤喜书中那些忆旧怀人的文字，清新唯美，最为耐品。

“那时候，我们就坐在台阶上，一碗白干，三碟小菜，笑看秋阳，纵论苍生，感觉真好！”（《再说“对酌”》）文字里有青春，有梦想，有《睡在我上铺的兄弟》的校园民谣的味道，又仿佛歌词里唱的“越过山丘，发现无人等候”，流露出淡淡的忧伤，又不失诗情、纯真与美好。

又如：“独酌是一个人的清欢，是个体生命得以张扬的美妙契机，是盘点人生的最为恰切的平台，是叩问灵魂的最为适当的时间节点。且让我们享受独酌。”（12 月 13 日《再说“独酌”》）有些美好需要一个人独自享受，而读了《随处净土（续编）》，你会深刻体会，一个人的阅读与写作，何尝不是另一种形式的独酌与清欢呢！

12 月 14 日《闲话“对酌”》：“我还是向往着雪花飘落的冬日，或秋雨敲窗的傍晚，枯坐斗室，百无聊赖，忽闻哒哒作响，叩门有声，启扉一看恰是多年不见的挚友，怀揣诗文三卷，腋挟老窖一瓶，急忙延请入室，对坐书桌，欢颜举杯，浇透快垒。”读来有流年似水、佳期如梦之感，也有董桥静夜等人忆往事，于“寂寥”之中抒写“不知道什么时候又会在苍老的古槐树下相逢话旧”的悠悠余韵……念远怀人，只言片语皆有意，一枝一叶总关情。

此外，该书还是一部阅读的导读本，具有引领阅读之功效，读之可谓是博览群书。

《随处净土（续编）》随性自由，灵动活泼，篇幅长短不一，一篇札记中往往由此及彼谈及一部或几部著作阅读心得。统观全书，所举书目数以百计，且以经典书目为多。如《小窗幽记》（陈眉公著）、《幽梦影》（张潮著）、《围城》（钱锺书著）、《汪曾祺自选集》（汪曾祺著）、《人物速写》（林文月著）、《胡适文集》（胡适著）、《吴宓日记》（吴宓著）等，不胜枚举。从这个角度来看，该书为我们推荐了一份宝贵的经典阅读书单，具有阅读导向性。

《随处净土（续编）》不仅给人阅读的引领，更给人写作的指导。

明斋先生以切身体会告诉我们阅读要养成做批注的习惯，把阅读的所思所感及时记录于书页之间，且读书要读出书中“好”来；谈到写作，特别提到为文宜短小精炼，许多呆句子、笨句子排列在一起最后才是好句子……微言大义，鞭辟入理，无不给人深刻的思想启迪。

明斋先生诗云：“修篱种菊寻常事，尚有桃李寄诗心。”为人师者，不忘初心，修篱种菊，躬耕不辍，薪火相传，率先垂范，不亦快哉！

后 记

清新自然的环境可以陶冶优雅性情，涵养脱俗气质，浸润浪漫情怀。深居其间，心灵也是澄澈的，未蒙俗世之尘埃。所幸从少女的学生时代到结婚生子之后的成熟妇人，从来就没有离开过校园这片净土，依旧是一袭长裙、长发飘飘的中文系女生，任由岁月流逝，也不曾改变生命的单纯。

六月的海岛，阳光下，房前屋后绿植葱茏，熠熠生辉。七里香开满树冠，点点如夜空繁星，花香似焚，夏天的味道，万物皆可爱，心也是澄澈清明的。此情此景，远离喧嚣，仿佛生活在远方，也总让我想起故园，想起小时候屋檐下明晃晃的庭院。那里有母亲栽种的小种石榴，果实挂满枝头。夏日一场雨又一场雨之后，枝叶猛地又长出一截，苍翠繁茂，果子沉甸甸，丰硕饱满，水盈盈散发着馥郁香气。庭前的扶桑花映衬着蓝天白云开得艳，红红火火。瓦房上的牵牛花恣意蔓延，攀爬一夏，所及之处皆紫花朵朵，一丛丛，一串串，如同风铃在摇曳。还有木栅栏里的指甲花、美人蕉、太阳花，姹紫嫣红，热腾腾乱开一气，亮烈如海岛西部的阳光。生如夏花当如此吧！

这就是我儿时的家，记忆深处是一树一树的花开与盛夏挂满枝头的果实。阳光下的院子翠色入目，葳蕤生辉，生命在蓬勃生长。在这样的院子里生长，人也是明亮而充满生机的。很难想象，这就是一个早出晚归终日在田间地头辛勤劳作的目不识丁农妇的家。除了花花草草，家里收拾得干干净净，母亲的闺蜜每次到我家都不由赞叹糯米粿掉下捡起来都可以吃，言外之意是我家地板打扫得一尘不染，这在农家是很难得的。母亲是文盲但绝不是美盲，她一个插秧种田的农妇，洗净脚上的泥沙，转身便是一名光鲜女子，她精心打理的花木扶疏的小庭院便是她劳作之后栖息的后花园吧。她在最艰苦的岁月也依旧爱美，依旧追求生活情趣。比如闲暇时总会变着法子给我们做凉粉、炸虾饼等，比如要去喝喜酒或者到邻村去走亲戚，母亲是总是一番精心打扮才出门。农家妇女也没有什么化妆品，但把自己收拾整洁也是一种美。母亲总是搬来矮凳子坐下，支起镜屏先绞面，把脸上的汗毛绞得干干净净，露出清丽的姿容，把眉毛绞成一弯柳月；盘起发髻，用芝麻油抹几抹，直到光光亮亮，再穿上平时不太穿的浆洗晒干崭新漂亮的衣服，对着镜子照了又照才出门去。打鞭炮开年之后，父亲母亲穿上笔挺正装，梳着光亮的头发，端端正正坐在客厅里摆放的一对祖传古式木宽椅上，等待穿着新衣的晚辈长幼有序双手捧着槟榔敬拜恭喜，然后从大到小挨个给孩子发红包，这样的场景显得过年特别有仪式感，至今让我记忆犹深。

母亲对我们子女的影响是深远的。记得前不久三哥在家庭聚会饭桌上，还以母亲讲究穿着为例教导晚辈们继承优良家风注重仪容仪表。我也或多或少遗传了母亲的品质，却也是远远不及的。此生很贵，除了生活，人还应该追求点什么。正如母亲，除了种植庄稼粮食，还在庭院里栽花植木美化生活。而我教书之余笔耕不辍，也算是开辟了一处精神的后花园吧。种桃种李种春风，把写作当作日常，当作生活的一部分，集腋成裘，便有了这一部集子。

集子来得有点晚，但皆为过往的追述与现时的记录，篇篇章章来自真实的生活，字字句句出自真诚的内心。所收集的文章个别篇有逾十年之久，近三年五年的作品居多，关于故园、关于故人、关于行走笔记、关于海岛风情等。再回想，早年前，我就写下“写字是一个人的狂欢”这样的句子。随着年岁渐长，“狂欢”改为“清欢”更为合适，写字充盈了我无数枯寂无聊的日子，写作是细水长流的清欢，它让人生在笃定中变得丰厚饱满。从“红袖添香”到“天涯”再到“HN 野菠萝”公众号，也是漫长的写作历程，所幸一直以来身边有三五志趣相投的好友支持，更有师长的鼓励、家人的关怀，至今写作已是生命不可分割的一部分。所幸，活过，爱过，写过。

记忆有时是稍纵即逝的东西，记录当下，便让瞬间定格为永恒，让一闪即逝的所思所想开出花儿，结出果子，清芬萦绕。当我整理书稿的时候，重读一篇又一篇的旧文，如同旧电影回放，徐徐铺展，历历在目，就连细节和当时的心情也如此真切。阅读的过程时而微笑，时而默叹，时而溢出泪水……有一种“忽有故人心上过，回首江河已是秋”之感，时光、故人涌上心头，五味杂陈。父母生活在特殊年代，都是经历诸多苦难却如蒲草柔韧的人，文字里的母亲、父亲已是往生，但音容笑貌仍在。今天是父亲节，想起我写的那一篇有年份的老酒一样的《我的父亲》，内容为追述父亲半生的苦难与晚年的生活。父亲生前看了很欣喜，常放在床头读来读去。那会儿我还想，倘若我出书，父亲便是第一个读者。而世事无常，我已经没有了父亲。父亲仙逝之时我撰写了祭父文，连同《我的父亲》文稿一并烧给父亲，我想父亲是心有灵犀的。正如一代大师黄永玉老先生所言："人死如远游，他归来在活人心上。"父亲一直从严教育子女，最关注子女的进步成长，纵然已经离世，但他的心灵归来活在我心上，一直鞭策我追求卓越，不断奋进。

感谢我的父亲母亲，是你们给予我生命，铸造了我的性情与品格，然后才有了今天的我。这本散文集《等闲海风》特别献给我挚爱的父亲母亲。

写于2023年6月18日，父亲节